「シ
アルトゥール！
これっ、がッ！
魔法剣術だッ!!」
第七王子 ライモンド
（ライ・オルトネク）
アルトゥール・シーシキン
ナキリ・シロー

JN010635

アメット
ヴィルヘルムの侍従。
ウルリカの双子の弟。
ヴィルヘルム・
フォン・オスト
ライモンドの従兄。
オスト帝国の皇太子。
セフェリノ・
サンチェス
オッキデンス王国から
派遣された
騎士科のサポート員。
イバニェス伯
オッキデンス王国の伯爵で、
セフェリノとヴァレンティナの
住む穀倉地帯の領主。
ウルリカ
ヴィルヘルムの侍従。
アメットの双子の姉。
ヴァレンティナ・
スカーレット
オッキデンス王国から派遣された
魔導士科のサポート員。

第七王子に生まれたけど、何すりゃいいの？

I was born as
the seventh prince,
what should I do?
Presented by
Kagononakano Usagi

3

Author
籠の中のうさぎ
Illust
krage

CHARACTERS

I was born as the seventh prince, what should I do?

ライモンド（ライ・オルトネク）

チェントロ王国の第七王子。中身は異世界から転生してきていて、すでに様々な知識を持っている。王立学園の騎士科に在学中の愛され王子。

マリア

ライモンドの世話係だった優しくて可愛い有能な女性。キュリロスと結婚しゼノンとネストルという双子の男の子、そしてアウローラという女の子を授かる。

キュリロス

ノトス連合王国・灰猫の里出身の獣人族。王族の剣術指南役を務めている。ライモンドの憧れ、そしてマリアの夫。

ジャンカルロ

第六王子。ライモンドが最初に存在を知る兄。エルフの母を持ち、絵画の才能に優れている。

ジョバンニ

第五王子。体の弱いジャンカルロを大切にしている。音楽で国内外問わず多くの人を魅了している。

オルランド

第四王子。正妃カリーナの子供で、留学先のオッキデンス王国の王女と婚約している。

アンドレア

第三王子。第二王妃アナスタシアの子供。外交のプロで王太子フェデリコを支えている。

ベルトランド

第二王子。アンドレアと同じく母は第二王妃アナスタシア。若いながらもライの通う王立学園の魔導士科で教鞭をとる。

フェデリコ

第一王子。母はオルランドと同じく正妃カリーナ。王太子として父である国王アブラーモの仕事を手伝っている。

WORLD MAP

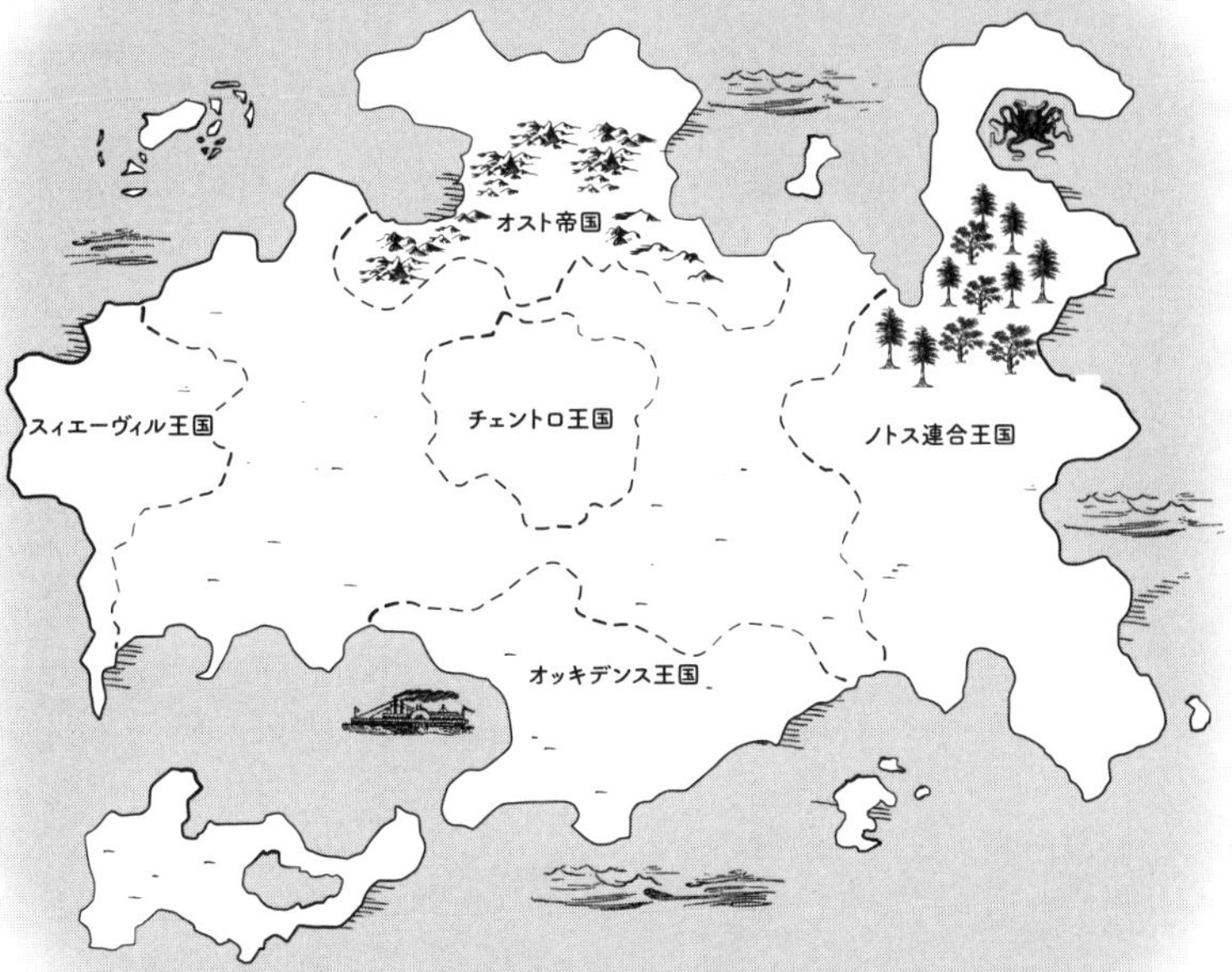

STORY

生を受けたその時から、
前世の記憶を持っていることに
気がついたチェントロ王国の
王子・ライモンド。

ライ・オルトネクと名乗り
チェントロ王立学園騎士科に
入学した彼は、
同じクラスのアルトゥールとシロー、
寮の隣人である魔導士科の
オリバーと友好を深め（?）日々
勉強に励んでいた。

そんな学園生活の傍ら、
知り合った骨董品屋の看板娘
ジュリアとの縁から騎士以外の
将来を描き始めたライは、
ミューラー先生の勧めもあり
商業国オッキデンスへの留学を
決断するのだが——?

CONTENTS

I was born as
the seventh prince,
what should I do?
Presented by
Kagononakano Usagi

第九話 『留学準備って何すりゃいいの？』 006
第十話 『魔物との初戦闘ってこんなもの？』 058
第十一話 『従兄とどうやって仲良くなるの？』 111

イラスト krage

第十二話　『証明ってどうすりゃいいの？』　163

第十三話　『友人関係ってどう育むの？』　212

番外編　狼娘は三世の縁を紡ぐ　263

番外編　新天地あるいは淵源にて　292

第九話

『留学準備って何すりゃいいの？』

I was born as
the seventh prince,
what should I do?

「……こうやって君に勉強を教えていると、つくづくどうして君が魔導士科に入学しなかったのか疑問でならないよ」

西の国への留学が決まって以降、ベルトランド兄様に言われ俺《おれ》に魔法構築の基礎を教えてくれているオリバーが呆《あき》れ半分にそう言った。

「剣も魔法も楽しいからしょうがないよね」

せっかく面白《おもしろ》い世界に生きているのだから、楽しまなきゃ損でしょ。と笑えば、オリバーは確かにそうかも、と少し笑った。

今俺がいるのはベルトランド兄様の研究室に隣接しているオリバーの研究室だ。

オリバーは前に俺がベルトランド兄様にぽろりとこぼした複合魔法の研究開発で、兄様の助手として研究に加わる都合で来学期より基礎を学ぶ中等部から研究をメインとした高等部に飛び級することが決まっており、その都合ですでに研究室が用意されているのだ。

俺の剣のクラスの先生であるミューラー先生から許可を得て、最近の俺はもっぱらこの部屋に入り浸っている。

「さて、神聖文字と魔法構築についてはもう大丈夫？」

「うん、たぶんね。あとは実践していってどこか抜けてるところがないか確認しなきゃだけどね」

元々王宮でベルトランド兄様に簡単な魔法は教えてもらっていたけど、それはどちらかと言うと身体強化の方法やすでに確立されている詠唱魔法の知識だった。それに対して、今オリバーから教えてもらっているのは自分で魔法を作るための知識である魔法構築学。これがなかなか面白い。

そもそもこの世界で魔法を行使する上で必要なものは、自身の魔力と世界を構築する精霊に命令を下す呪文《じゅもん》の二つ。

この世界の人々は日本の神道などに見られるアニミズム的思想を持っており、この世に存在するありとあらゆるものには超自然的な存在、精霊が宿っていると信じている。世界に光をもたらした神の御使《みつか》いとして使わされたのが精霊であるという考えだ。

もっとも、地球での精霊や八百万《やおよろず》の神とは違いこの世界の精霊は確実に存在していることが証明されているため、思想宗教のくくりではなく学問として魔法教養のくくりに入る。

最も弱い精霊は微精霊と呼ばれ、これは空気中水中問わずありとあらゆる場所に存在する。はっきりとした意思のある存在ではなく、どちらかというと微生物のようなもので、人に限らず動物や魔獣が生きる上で必要な存在という意味では空気中の酸素などに近い。

微精霊は大気をめぐり、動植物の体の中に入って循環し、吐きだされた後は再び世界をめぐる。

それぞれの微精霊の持つ性質によりとどまりやすいところ、とどまりにくいところが存在し、それによりこの世界の地球では見られない特異な自然環境が構築されている。

例を挙げるとするならば、朝の来ない常夜《とこよ》の国、常に重い雨雲とかみなりの落ちる音の轟《とどろ》く雷鳴の国、地面に絶えることなく火が燃え盛る炎の国。

その地にとどまる微精霊の性質によって引き起こされるそれらの自然現象は、一歩〝境界〟を踏み越えるだけでがらりと環境が変わるという。それだけ聞くとまるでマップの画面切り替えでステージが変わるゲームのようだ。

そんな『俺』からすると不自然な〝自然の境界線〟をこの世界ではそのまま国境線として利用し、国を分断しているのだ。


話は逸《そ》れたが、呪文とはそんな自然の一部である〝彼ら〟と意思疎通を図るための言語である。

彼らは、なんのためかはまだ明らかにされてはいないが、人や魔物、植物の体内で生成される魔力を得る代わりに力を貸してくれる。その力によって引き起こされる現象が魔法である。

「だから、魔力はお金、呪文は商品名、魔方陣は発注書。人と精霊の間で貿易を行って、俺たち魔導士は特定の現象を魔法として行使する、ってことでしょ」

「夢もロマンもない言い方だな……」

魔導士であることに誇りを持っているオリバーが眉根《まゆね》を寄せてそう言った。

「今までの俺は微精霊たちに大金ちらつかせてその都度オーダーメイドしてたってことでしょ？　うっわ、俺嫌なヤツじゃん」

「そういうこと。だからライが今後も魔法使いながら冒険したいんだったら、神聖文字を勉強して、自分の望む効果を得るためにはどう言えばいいのか試行錯誤を繰り返して呪文に落とし込む必要があるんだけど、とりあえず西の国に行くまでに時間もないし今回は僕も手伝うよ」

そう言ってオリバーは俺の目の前の机に紙の束をドンッと置いた。

「あー……、オリバーさん？　コレ、ナニ？」

次々積まれていくそれらを手に取ってみれば、それは十中八九オリバーが書き殴った新しい魔法を作るための研究資料で、そこそこでかいテーブルを埋め尽くさんばかりの多さにちょっと嫌な予感がしつつそう聞くと、にっこりいい笑顔を向けられた。

「大丈夫だよ、ライ。魔法構築ははまれば抜け出せなくなるから」

「危ないクスリか何かなの？」

「少ない神聖文字を組み合わせて、正しい発音を模索して、思った通りの魔法が行使できた時の快感！　大丈夫！　絶対損はさせない！　なんなら、これを機にはまって君も魔導士科に移動してくればいい！」

珍しくハイテンションなオリバーが、まるで布教するオタクのごとく懇切丁寧に新魔法構築の説明をしてくれる。以前もらったあの本に書かれていた魔法を作るための研究資料のようで、今回俺が作ろうとしている魔法と同じように他者、あるいは物質に魔法を付与する付与魔法の傾向や問題点、解決方法などが事細かに記されていた。

「…………オリバー、魔法ひとつ作るのにどれくらいの時間がいるの？」

「んー、大魔法なんかはそれこそ年単位で必要だけど、今回は、付与魔法の基礎は僕が作った理論を用いるから、早くてライが留学に行く三か月後に間に合うくらいじゃないかな？」

「……早くて三か月？」

「早くてね」

さっそく新しい紙に何かを書きつけるオリバーを横目に、俺はぎゅっと目をつむった。

「……もう、精霊に大金叩《たた》きつける成金魔法でよくない？」

「ロマンは追求してこそだよ。既存の理論の最適化と新魔法の開発は魔導士のロマンでしょ」

「俺のメインジョブ剣士なんだけどなぁ」

現実逃避していても始まらないし、何より終わらない。

俺は諦《あきら》め、オリバーと並んで机に向かいペンを走らせた。

◆◆◆◆◆

「それで、最近姿を見かけないから見に来てみれば……」

今まで俺が騎士科の実戦で使用していた素早さバフと筋力バフ、重量増加付与の魔法を魔力任せの成金魔法からちゃんとした呪文を用いた詠唱魔法に落とし込むために、オリバーと共に研究室にこもって数日。始める前は未知の領域すぎて半ばうんざりしていたが、いざ研究を始めてみると、数学に通じる面白さがあって没頭してしまった。

ほら、あれだよ。ちょっと難しい数学の問題を解き終わった時に脳内アドレナリンでテンションハイになる現象。あんな感じ。

付与魔法とか身体強化の魔法の基礎はオリバーの研究資料があったし、パズルと数式感覚で没頭してたら悔しいかな、オリバーの言う通りちょっと楽しくなってきてやめ時を見失って数日ろくに食事もとらず没頭してしまったのだ。

結果、数日一向に姿を見せない俺とオリバーを心配したベルトランド兄様によって研究は強制ストップ。現在俺はオリバーの研究室の簡素な椅子《いす》に座って足を組んだ不機嫌なベルトランド兄様の足元にオリバーと一緒に正座させられている。

「新魔法の研究にのめりこむのは構わんが、食事と休憩はとれ。特にお前はミューラー卿の特別授業もあるだろう。これでお前が倒れでもしたら助手の監督不行き届きで責任を取るのは私だ」

「す、すみません」

「ごめんなさい……」

自他ともに認めるブラコンである俺にベルトランド兄様のガチ説教は効く。最推しは言わずもがな我が妹エルフリーデとジャン兄様とジョン兄様だけど。家族大好きな父上の血がそうさせるのか、最近俺の家族愛がとどまるところを知らない。推しは家族です。兄妹しか勝たん。

まぁ、ジョン兄様とジャン兄様はともかく、他《ほか》の兄様たちに素直に甘えるのは気恥ずかしいから素直に甘えたりはしないけど。

それはともかく、いつも冷静沈着なベルトランド兄様がその無表情顔をわずかに歪《ゆが》め、そこに俺への心配がにじみ出ていれば申し訳なさが募るというもの。今回の件は無条件で俺が悪いし、言い訳する気もないんだけども。

まだ怒っているだろうか、と窺《うかが》うためにそろりとベルトランド兄様の顔を見上げればぱちりと目が合い、しばらく見つめ合った後、兄様がハァっとため息をついた。

「私も助手や後進の邪魔をしたいわけではないが、一教授としてもこの国を守る王族の一人としても無茶を許すわけにはいかない。よって……今後、昼食は必ず私ととるように」

学園に入って以降、俺が自分で王族であることを隠しているため自業自得なのだが兄様との交流は最低限。ちょっとホームシックと言うか、家族に家族として接することができないのって自分で思ってた以上に寂しかったから兄様の提案は素直に嬉《うれ》しい。

ぱっと顔を明るくさせ、隣に座るオリバーに話しかけようとそちらを向くと、顔を真っ青にしたらだらと冷や汗を流すオリバーが目に入って思わず動きを止めてしまった。

「べ、ベルトランド様と、一緒にちゅうしょ、昼食……？　お、王族と……、しょく、え？」

「……ベルトランドせんせー、オリバーくんが息してませーん」

「…………ウッドを仮眠室で寝かせてやりなさい」

ベルトランド兄様にはーいと適当に返事をし、徹夜でキャパオーバーして足元のおぼつかないオリ

バーを立たせて仮眠室まで連れていく。

　今まで王族はおろか貴族と関わることなく普通に庶民として生きてきたオリバーにとって、ベルトランド兄様は身分的な意味でも雲の上の存在だし研究者としても憧《あこが》れの存在であるためか、たまにこうやって処理落ちすることがある。

　それでも最近はましになってきたと思ったのだが、王族とこれから毎日俺が留学に行くまでの数か月間ともにテーブルを囲み食事をとるというイベントに、脳が元々疲労していたこともありパンクしたようだ。

「な、なぁ、ライ。先ほどベルトランド様は俺も交えての食事と言ったか？　嘘《うそ》だろ、王族の方と？」

「いや、オリバーが嫌なら無理強《じ》いするような人じゃないけど」

「馬鹿《ばか》ッ！　ベルトランド様の提案を断るわけにはいかないだろ！」

　小声で喚《わめ》くオリバーをはいはいとなだめつつ仮眠室のベッドに座らせてやる。

　でもな、オリバー。

　今お前の世話してる俺も王族なんだぜ？

「ライ、食事中は僕の側《そば》から離れないでくれ……ッ」

　これ、後々俺が身分を明かすことがあったらオリバー倒れてしまうのでは？

　いつかは俺のことを話したいとは思っているけど、こんなオリバーを見るとなんだか申し訳なくなってくる。まぁ、ばらす時はとっておきのサプライズでもしかけてやろう。

頭がパンクしたオリバーをベッドに寝かしつけた後、ベルトランド兄様のいる部屋に戻ると、兄様はテーブルの上に置きっぱなしにしていた俺とオリバーの研究資料を読んでいた。

「せーんせ、どうです？　俺とオリバーの研究」

からかい交じりにベルトランド兄様を呼ぶと、ちらりとこちらに視線を寄こしたもののすぐに資料に目を戻して俺を手招きする。

素直にベルトランド兄様の側に近づくと、ゆるく口の端を上げた兄様がぽすりと俺の頭を撫《な》でた。

「上出来だ。さすがは私の弟だ」

「んんンッ!!　この美形めッ！」

珍しいベルトランド兄様の微笑《ほほえ》みに俺は思わずその場でうめく。

だからッ！　兄様たちは自分の顔の良さを自覚して!!

「ていうか、学校では兄弟じゃなくて先生と生徒って言ったでしょ……」

「ここには私とお前以外誰《だれ》もいない」

「ベルトランド兄様、そういうのあんまり言うと誰かに誤解されても知りませんよ」

「勘違いしたい奴《やつ》にはさせておけばいい」

「なんでそんなスパダリみたいな発言しかしないんですッ!?」

すぱ、だり？　と首を傾《かし》げるベルトランド兄様の疑問には答えずに背中を軽く叩いてテーブルの上に散らかしたままの資料を整頓していく。

「……もう少しで、オルランドのところに行くんだろう」

一緒に資料の整頓を手伝ってくれていたベルトランド兄様が、少しためらいがちにそう聞いてきた。

「ん、オルランド兄様のところ、というよりオルランド兄様とフランキスカ義姉様《ねえさま》の治める国に行くってだけで実際に会うかはわかりませんよ？　だって、今の俺平民ですし」

「………ジョバンニがシェンを本格的に習いに母親のソフィア妃の伝手《つて》で南の国に行き、ジャンカルロも数人の護衛だけを連れて旅に出ただろ。そのうえライモンドまで西の国に行くとなると、な」

相変わらずの無表情で、少し言い難《にく》そうにそう告げたベルトランド兄様に信じられない気持ちで目を向ける。

え、まさか兄様寂しがってくれてます？　あのベルトランド兄様が？

「王宮に帰っても、あの可愛《かわい》げのないアンドレアしか弟がいないと思うと気が滅入る」

「あ、そういう？　でも可愛げ担当のフェデリコ兄様がいるじゃないですか」

「………兄上は可愛がる対象ではないだろう」

「俺、フェデリコ兄様の本質はエルとおんなじだと思ってますけど」

あの人幼女気質というか、長男のくせに弟気質なんだよな。十中八九しっかりもののベルトランド兄様と気遣い屋のアンドレア兄様に構われてきたからだと思うけど。なんだかんだ二人ともフェデリコ兄様のこと大好きだからなぁ。

「自国の王太子殿下に随分な物言いだな？　オルトネク」

「我が国の王族の皆さんが寛大で慈悲深く聡明《そうめい》だと確信しているからこそですよ、ベルトランド先生」

あらかた紙を整理し終えたところで、お互いに呼び方を戻す。

「ベルトランド先生、オリバーの分は後で部屋に持っていくとして、早速一緒に昼食どうですか？」

「エスコートしてさしあげようか？」

ふざけて手を差し出してくるベルトランド兄様の手をはたく。

「……ベルトランド先生？」

「すまない」

わざとらしくむっとしてこれ以上ふざけるなら怒るぞ、と主張して見せれば、ベルトランド兄様は楽しそうにニッと笑って少し雑に俺の頭を撫でてくれた。

◆◆◆◆◆

いくらベルトランド兄様が学園の教授の一人とはいえ、さすがに学園の一般食堂を利用するのは王族として憚《はばか》られるため、貴族向けに開放されているカフェテリアの方に足を運ぶ。

「オルトネク、一般的なテーブルマナーは？」

「一般的なものでしたら」

「十分だ」

一般的も何も生まれてこの方《かた》王宮で暮らしていたのだから、その辺のマナーは体に染みついている。

ベルトランド兄様もそんなことは百も承知だが、周囲へのパフォーマンスのためにそんな会話をしながらカフェテリアへの廊下を歩く。たまぁに、ベルトランド兄様の隣を歩く俺を興味深そうに探る視線が周りから向けられるが、学舎内で、それもベルトランド兄様が隣にいるため特に問題など起こるわけもなくスムーズにカフェテリアへとたどり着いた。

「私の研究室にランチボックスを一人分頼む」

「かしこまりました」

「ウッドの分の食事はこれでいいだろう。オルトネク、我々はあちらで食事をとるぞ」

「はい、ベルトランド先生」

ウェイターに席まで案内され、彼らが引いてくれた椅子に座る。たったそれだけのことにカフェテリアを利用していた周囲の貴族子女たちがわずかにざわめいた。

「なにか俺変なことしました？」

「安心しなさい。レストランのエスコートに慣れている平民出身の学生の数が多くないだけだ」

「あ、なるほど」

まぁ、大衆食堂じゃ自分で椅子引いて座るもんな。ウェイターのエスコートのあるレストランに行ける平民なんて富裕層くらいだし。

「食べられないものは？」

「特にありません」

「よろしい」

そう言ってベルトランド兄様が軽く手を振ると素早くウェイターが料理をサーブし始めた。

「さすがですね」

「我がチェントロ王国の誇る学園だからな。ウェイターも一流の者を採用している」

少し慣れていない様子を見せるために、たまにわざとカトラリーで音を立てながら食事を進めつつ、ベルトランド兄様と当たり障《さわ》りない話をする。

「そう言えば、ひとつ質問があるんですけど」

「言ってみなさい」

「魔方陣を必要とする魔法についてなんですけど、あれって魔導士が自分の杖《つえ》なんかの媒体を介して魔力で魔方陣を空中ないし地面に描いて、そこからさらに魔力を投じて発動させるじゃないですか」

魔導士科の一年生で習うような単純魔法は、呪文を唱えるだけでいい詠唱魔法が中心だ。二年になって初めてごくごく簡単な魔方陣を必要とする魔法の基礎を学びだし、対大型魔獣専用魔法などの、複数人で発動する必要のある大型魔方陣を描いてから呪文を唱える魔法は、三年になってから習う。

引き起こす現象が小さければ詠唱魔法で済むのだが、起こす現象の規模や複雑さが増すと魔方陣が必要となってくる。

ケーキ屋でショートケーキひとつくださいと注文して、ショーウィンドウ内のショートケーキを一つ買うのが詠唱魔法。

ショーウィンドウ内のショートケーキを頼むのは同じでも、チョコプレートにメッセージを書いてもらったホールケーキを注文するのが簡単な魔方陣を用いる魔法。

パティシエに一から自分の希望を伝えてオーダーケーキ作ってもらうのが大型魔方陣を必要とする魔法。

商品名はすべてショートケーキだけど、大きさや店員に要求することが多くなればなるほど注文書代わりの魔方陣が必要になってくると思ってもらえばいい。

「魔方陣って発動するためにはその都度魔導士たちで描く必要があるじゃないですか。でも、ベルトランド先生の研究室には触ったら勝手に魔法が発動する魔道具、のくくりでいいんですかね？　まあ、そういうの結構ありますよね。それを持ち運びしやすいスクロール、つまり軽い紙なんかに魔方陣を描いておいて利用するのってどうしてできないんですか？」

ついこの間も不用意に触れてしまったために俺やオリバーだけでなく、シローやアルトゥールがおかしな魔法に巻き込まれたことがある。とはいえ、それもきちんとした魔法ではなかったためか、一時間もしないうちに解けてしまったんだけれど。

その時のことを思い出しながらベルトランド兄様に問えば、ふむと少し考える素ぶりを見せた後に言葉を選びながらゆっくりと話し出す。

「まず、紙に事前に描く方法が取れないのは魔方陣そのものに魔力が通っていなければ精霊が魔方陣を認識できないからだ。だから魔導士は呪文を発する際に言葉に魔力を乗せる。だが、ただの紙やインクは魔力をとどめておくことができず、数秒のうちに空気中に溶け出してしまう。精霊と関わりの深い南国の種族、特に魔法に長《た》けているエルフなどは精霊の目や精霊の耳と呼ばれるものを持って生まれてくる者がいるらしい。彼らは精霊と会話をしたり、精霊と同じく魔力の流れそのものを視認することができるそうだ。呪文や魔方陣に魔力を乗せなければならないというのも、百何年か前にその精霊の目を持つエルフの研究協力があったおかげで発覚した事実だな」

「百何年も前って、そういう精霊の体を持って生まれる人って少ないんですか」

「その賢人、ベネディクト以降は確認されていない。世に出てきていないだけかもしれないがな」

「魔方陣に魔力が必要、ってことは、例えば魔力を通しやすい媒体をインクとして使って、発動直前にそのインクに魔力を通して発動、ってことは？」

「研究自体は各国で何十年もされ続けているが成果は芳《かんば》しくない。私の研究室においてあるものがまさにその研究の産物だな。魔力を溜《た》めること自体はできるのか稀《まれ》に発動することもあるのだが、その魔力が術者から得ているのか空気中から得ているのかわからない上、発動しない時は年単位で発動しない。なのに発動する時は数秒単位で発動する。さらに言えば、何か新しい魔法を作りたかったのだろうが既存の魔方陣ではないためどこかで魔法式を間違えているのかそもそも効果が安定しない。それこそ精霊の目を持つ者がいれば手っ取り早いんだろうが、魔力が正しく乗っているかどうかは実際に魔方陣を発動させてみるまで我々にはわからないからな」

「闇鍋《やみなべ》か、ってくらい混沌《こんとん》としてますね。そこまでいくとどこが正常に動いているのかもわからない、ってことですね。惜しいところがあったとしても、魔力を視認できない我々だとすべて等しく失敗ってことしかわからないから」

「そういうことだ。学園の卒業生たちが卒業制作で作っていったものなどもある。勝手に発動するから危険ではあるものの、学術的に貴重だから保管せざるを得ない」

ベルトランド兄様の説明を聞いて俺は落ち込まざるを得ない。

いや、だってさ。魔法スクロールがあったら絶対便利じゃん。一瞬で水の壁を作って籠城したり、あらかじめスクロールを罠《わな》のように地面にばらまいて任意で発動させたりさ。

いや、百何年に一人生まれるか生まれないかくらい希少な精霊の体持ちの中でさらに魔力を視認できる精霊の目持ちとかいうチートがいないと研究がはかどらないんじゃそりゃ仕方ないんだけどさ。

考えることは皆同じ。というわけなのかベルトランド兄様の研究室に変なものがたくさん置いてある理由がようやくわかった。

それにしたって魔法スクロールがないのは残念である。思わずマナーに反しない程度に小さく息をつきつつ、昼食の最後の一口を口に運ぶ。


「実は、最近オストではそのプロトタイプが発明されたんだよ」


と、不意に自分の肩口近くでそう声をかけられ、思わずびくりと体を跳ねさせる。

「まぁ、実用段階には程遠いけどね」

振り向くと、そこには本来の俺や母上と同じ黒い髪と、その隙間《すきま》から覗《のぞ》くルビーのような赤い瞳《ひとみ》。

思わぬ人物に驚き固まる俺に対して、従兄《いとこ》殿は楽しそうに目を細めて笑みを浮かべる。

「ヴィルヘルム、あまり私の生徒をからかうな」

「ベルトランド様、ライ・オルトネクと知り合いなら私に紹介してくださったらよかったのに」

「オルトネクを？」

「今度の留学で私と同じオッキデンス王国への留学が決まっているのはご存じでしょう」

すかさず有能ウェイターたちは数人がかりで食べ終えた俺とベルトランド兄様の皿を下げ、従兄殿のために椅子を追加し、俺たち三人の前に食後のティータイムの準備をする。

素晴らしい職人技である。

従兄殿も、決して無様に見せないようにゆったりと移動し、ごく自然に椅子に座る。ここに他の貴族の目がなければ拍手を送りたいほど洗練された動きである。

「突然会話に入ってすまないね。ベルトランド様が平民である君を連れていたから気になってね。あぁ、誤解しないでほしいんだが平民だからどうこうという意味ではないよ」

「いえ、大丈夫です。ベルトランド先生のような高名な方の側に、今まで接点のなかったはずの自分のような平民がいれば、疑問に思うのも当然のことです」

「理解してくれて嬉しいよ」

先ほど料理を提供してくれたウェイターとは別の、メイド服を着たグレイヘアーの女性が食後のコーヒーと紅茶をサーブしてくれる。

ベルトランド兄様と従兄殿の好みを把握しているのか、ベルトランド兄様の前にはコーヒーを、従兄殿の前には紅茶を給仕し、その後俺に目を向けたので手で紅茶の方を頼むと、一瞬動きを止めたあとに何事もなかったかのように紅茶を給仕してくれた。

有能なメイドである。王宮に残してきた俺付きだったイリーナだったらこうはいかないだろうな、と少し王宮での生活を思い出して笑みをこぼした。

「以前ミューラーに連れられてきた時から思ってはいたんだが、君は随分と上流階級慣れをしているね」

不意にそんなことを従兄殿が言う。まぁ、そりゃ目立たないとはいえ王族の端くれだもの。でもそんなことは口が裂けても言えないので努めて冷静に、少し恥ずかしそうに見えるような表情を浮かべておく。

「そうおっしゃっていただけるなんて感激です。故郷に帰った時に母に自慢します」

「君の故郷はオストかい？」

「オスト帝国とチェントロ王国の中ほどに位置する小さな国なのですが、両国との交流も多く私のような竜の加護持ちも多くいます」

竜はオスト帝国の皇家の紋章にも用いられているほど皇室と縁深い生き物だ。母上のように婚姻後他国へ出てしまう皇族は除くが、それこそ皇太子のようにこれから先もオストに根付き守っていく皇族は、ある程度の年齢になるとドラゴンの卵を温めて孵《かえ》し、育てる風習があるほどに。

そのため今の俺やホフレの側近のセルジオのような灰色の髪色を持つものは、オストの皇族の証《あかし》である黒髪に敬意を表し竜の加護持ちと呼ぶ。この風習はオストに近ければ近いほどよく見られ、色も黒に近ければ近いほどいいとされる。黒に誇りを示すことは同時にオストの皇族を讃《たた》えることでもあるため、その意味をもちろんよく知る従兄殿は満足げに頷《うなず》いた。

「そうか。卒業後の進路が決まっていないのであればぜひオスト帝国軍への入隊も考えてくれ。

ミューラーとベルトランド様の生徒であれば活躍できるだろう」

「ありがとうございます」

ベルトランド兄様からの何か言いたげな視線を無視しつつ俺がそう礼を述べると、呆れたような顔をしたベルトランド兄様が軽く咳払《せきばら》いをする。

いやまぁ、チェントロ王家の一員なんでオストの軍に所属はできないけど、この場ではこういうしかないでしょ。俺の正体を知っているベルトランド兄様からすれば茶番みたいなやりとりかもしれないけど、この従兄殿は俺のこと知らないんだからさ。

咳払いをしたベルトランド兄様に俺と従兄殿が目を向けると、ところで、とベルトランド兄様が改めて会話を切り出した。

「プロトタイプの発明とやらについて聞いても？」

「ええ、もちろん。ベルトランド様は以前からスィエーヴィルが事前に描いておいた魔方陣を利用する魔法の研究を熱心にしていたことはご存じですか？」

「もちろん知っている。私の母の母国でもあるからな」

「本来は長ったらしい名前があるのだが、ここでは便宜上先ほど君が言っていたスクロールと呼ぼうか」

従兄殿は、紅茶を飲みながらゆったりとした口調で説明を始める。

「精霊の目を持つ者がいない以上数を試すしか方法はないからね。数十年前のスィエーヴィルの国王と、我が国の皇帝の間で魔物や鉱石の取引に関する協定が結ばれていたんだけど、近年相手からドラゴンを研究したいとの申し入れがあってね。さすがに我が国を象徴するドラゴンをおいそれとやるわけにはいかず、数年前から正式に共同研究所を設けることになったんだ。そこでドラゴンの血を用いた魔力媒介を使用したスクロールのプロトタイプが完成したんだ」

「プロトタイプ、というと実用化はまだ先か」

「はい。ドラゴンの血も無尽蔵に使えるわけじゃないですし、紙の代わりにした魔物を狩るのも容易じゃない。その上スクロールの成功例は歴史上初ですから、今回作ったスクロール魔法が実戦で使えるかどうかもわからないですし。プロトタイプは試験的に私や軍上層部数名が所持し、実際に対魔物戦でどれだけ使えるのか機会を見て試す予定です」

　ベルトランド兄様は、希少なドラゴンの血を使用した魔法の開発ということもあり興味深々でさらに質問を重ねていたが、一方俺の表情は少しずつ固まっていく。

　いや、どう考えてもいち平民の生徒が聞いていい内容じゃないでしょ、これ。いや、本当は王族だから問題ないかもしれないけどさ。

　事前に人払いを頼んでいたのか周囲を見渡しても、俺とベルトランド兄様が来た時にいた他の貴族子女たちの姿がいつの間にかいなくなっており、俺たちだけしかいない。つまり、万が一このスクロールに関しての話がどこかに漏れれば俺は容疑者になるってことでしょ？　嫌すぎる。

　そんな俺の思いが顔に出ていたのか、従兄殿は申し訳なさそうな苦笑いを浮かべた。

「君に話をしたのは、今度のオッキデンスまでの道程で魔物が出ればスクロールを使用する可能性があるからだ。急に未知の魔法を使われると驚くだろう？　まぁ、君に魔法の知識がなければ出発日に魔法を使う旨だけ伝えればいいかとも思ったんだけど、どうやらそうでもなさそうだったからね」

「わたくしのような者にまでお気遣いいただきありがとうございます」

「構わない。国民を守ることもまた皇族としての務めだからね」

そう言って笑う従兄殿は、どこまでも高潔な皇族の一員に見える。あの日、俺の誕生日パーティーでこちらを睨《にら》みつけていたのと同一人物とは思えないほど。

（何か、ライモンドとしての俺の行動が従兄殿の気に障ったのか……）

別に、万人に好かれたいなんて思っちゃいない。

今でこそ俺自身ができる限り社交をせずに王位に興味を示さず、発端だった母上の態度も軟化して、エルフリーデが生まれたことでそういう視線が減ったとはいえ、子供の頃《ころ》俺の周りは常にギスギスとしていたし。

面識のない貴族から悪意を向けられ、面倒ごとを嫌う者たちからは避けられたりね。だから、従兄殿から向けられた類《たぐい》の悪意には慣れている。

そもそも、他人から悪意を向けられたことのない人間なんてこの世にいない。どれだけ清廉潔白な人であれ羨望《せんぼう》からの逆恨みややっかみを向けられるのだから、俺の噂《うわさ》か何かを聞いただけの従兄殿が俺をよく思わなくなることだってあるはずだ。それでも、

（仮にも血の繋《つな》がっている従兄に理由もわからず恨まれるのは複雑だな）

俺は今でこそ自他ともに認める家族好きだけど、初めからそうだったわけじゃない。母上の発言のせいで、生まれてすぐの頃はマリアとキュリロス師匠以外に信用できる人がいなかった。貴族はみな

いつ始まるかもわからない後継者争いを警戒して俺に近寄らず、メイドや使用人たちですらその態度は友好的とは言えなかった。

自分とマリアとキュリロス師匠。それから、あの日庭園で偶然出会ったジャン兄様。俺の世界はその三人と自分だけでそれ以外はみんな敵だと思っていたけど、ジョン兄様に出会ってから、もしかしたら父上や兄様たち他の家族も俺のことを愛してくれるんじゃないかって、初めてそう思えた。

父上を始めとした王妃様や側妃様たちに心配され気を遣われていたことを知ったのは、兄様たちと交流を持つようになってからだ。

下手《へた》に王妃様や他の側妃様たちが俺や母上の側にいたら、それこそ派閥争いが手に負えなくなっていただろう。

フェデリコ兄様の母親であり、父アブラーモの正妃であったカリーナ様を始めとした上位貴族が誰も相手にしなかったことで、あれはあくまで母上一人が暴走しての発言とみなされ、だからこそ小さな派閥争いはあれど大きな問題にならなかった。

もしもあの時カリーナ様が諭そうとして、当時まだ脳内お花畑だった母上に近づこうものなら母上は意固地《いこじ》になってもっと大きく反発していただろう。そうなったら他の側妃様たちはカリーナ様につくか母上につくか、はたまた自分の子供を次代の王に推すか。

何にせよ問題はもっと大きくなっていたはずだ。寂しいと涙を流したこともあったけど、その実俺はずっと家族みんなに守られていたんだ。

それはなにも家族だけに限った話じゃなくて、ずっと俺が遠ざけていた派閥争いの中心貴族であるホフレやバルツァー将軍にも言えることだ。

ホフレはきっと、俺や母上が本心では派閥争いなど望んでいないと知ったらもっと早く動いて俺の派閥を名乗る貴族たちを諫《いさ》めてくれていただろうし、バルツァー将軍は俺が自分の庇護《ひご》下にいることをもっと早くに表明して守ってくれていただろう。

俺がそれを信じられなかっただけ。ジャン兄様のこともあったし、『俺』の記憶を持つ俺が何とかしなきゃって思い込んでた。今にして思うと、ずいぶん視野が狭く意地を張っていたものだ。当時の俺はハリネズミか何かか？

俺は確かに前世である『俺』の記憶を持っているけど、こうして改めて考えてみると大人《おとな》と言うには未熟で、かと言って子供と言うには要らない知識を持っている、ずいぶん中途半端な存在だ。

前世を持つ俺ははたして前世の続きを生きているのか、まっさらな人生を歩んでいるのか。

考えると思考のドツボにはまっていきそうなので今は考えないようにしよう。

それはさておき、だからこそ今の俺は、相手がどんな人物であれどんな感情を俺に抱いているのであれ、まずはちゃんと話してみたいと思っている。

まぁ、あからさまに俺を利用しようだとか、俺の大切なものに危害を加えようと思っている奴が相手の時はその限りではないけれど。

(狙《ねら》ったわけじゃないけど、せっかく従兄殿と留学先が被ったのだから……)

話をして、人となりを知って、それでもなお嫌われるのなら諦めよう。

（今の俺は、寂しくて泣いていた時の小さくて弱い俺じゃない）

「そうだ、ライ。君には私の従者たちを紹介しておこう」

ベルトランド兄様との会話に一区切りついたのか、俺にそう言葉を投げかけた従兄殿が軽く手を振ると、先ほどまで給仕をしてくれていた女性とカフェテリアの入り口付近に立っていた男性が近づいてきて、従兄殿の後ろに並んだ。

兄妹だろうか、男女の差はあるもののとてもよく似通った顔立ちをしている。

二人は黒に近いグレイヘアーを持っていて、ひと目でオストの皇族に近い血筋だということがわかる。

「私の側近のアメットと侍女のウルリカだ」

アシンメトリーにした前髪は、アメットさんとウルリカさんが並ぶことで左右対称になるようだ。

アメットさんの髪は後頭部の高い位置でくくられているにもかかわらず、毛先は肩よりも下にくるほど長い。

一方ウルリカさんは夜会巻きというのだろうか。きっちりまとめられているため確かな長さはわからないものの、ほどけばアメットさんと同じくらいの長さになるだろう。身長は男性であるアメットさんが頭一つ分高いが、それ以外は本当によく似ている。いや、いっそ似せている、と言った方がいいかもしれない。

「アメットは白魔法の使い手で軍では医療従事者として経験を積んでいた。オッキデンスまでの道程では医者代わりと思ってくれていい。ウルリカは魔導士としての素質はないが、代わりに器用で体術にも優れているから有事の際は暗器で私の護衛を、それ以外は料理などの雑事をこなしてくれる。先ほども言ったが今回の旅程で魔物が出た場合スクロールを試験的に導入するが、その際君が私を気にする必要はない。自分の身を守ることに集中してくれて構わない」

どのような旅になるかはわからないが実際に魔物や賊の襲撃があった場合、俺が正体を隠している以上優先されるのは従兄殿の命だろう。まあ身分を明かしていたとしても、代えの利く第七王子と五大国の次代を担う皇太子とではその価値は雲泥の差だけれど。

何人学園側から護衛がついてくるかは知らないが、彼らも俺ではなく従兄殿を守る動きをするはずだ。だから彼は今この場で自分のために命を懸ける必要はないと、ベルトランド兄様のいる前で言質《げんち》を取らせてくれたんだろう。さもなくば、旅程での不慮の事故で従兄殿に何かあった時、護衛を務めた者だけでなく俺もまた責められ咎《とが》を受ける可能性があるからだ。

「ありがとうございます。ミューラー先生に訓練を付けていただいているとは言え、まだ若輩者の身ですので、アメット様やウルリカ様のような方がいらっしゃれば心安くあれます」

俺の言葉に一つ頷き返した後、従兄殿はそのまま席を立つ。

「改めて、今日は留学前に君と交流が持ててよかったよ。ベルトランド様もお話しできて楽しかったです。スクロールは実用化する前に一度学園にも持ってくる予定なので、その時はぜひお力添えください」

「もちろんだ」

そのままひらりと気さくに手を振ってから、従兄殿はアメットさんとウルリカさんを連れてカフェテリアを後にした。

平民のライとして話した感じ、従兄殿には好感が持てる。学ぶ者に貴賤《きせん》の差はないと謳《うた》う学園ではあるが、それでも平民を見下すような貴族は少なくない。

そんな中、留学先を共にするからと言ってまだまだ研究段階にあるスクロールの話や、旅程で何かあった時に他の護衛はともかく俺は俺自身の安全を優先させていいなど平民に対しての気遣いが見て取れた。

帝国の民でもない俺にすらここまでの心遣いをしてくれるとは。オスト軍の軍事力と忠誠心の高さを作り出した一端を見た気がする。

「オルトネク。もしも道中スクロール魔法を実際に見る機会があればどう思ったのか手紙を送ってくれ」

「もちろんですよ、ベルトランド先生」

その時はオリバーにも送ってやろう。魔法構築にあれだけ熱を上げていた彼のことだからきっとベルトランド兄様と同じように喜んでくれるだろう。

◆◆◆◆◆

従兄殿との予期せぬお茶会の次の日は、魔導士科の研究室でオリバーと魔法を作成する日ではなく、ミューラー先生との剣術の日であった。

できれば従兄殿やその従者について事前にもう少し人となりがわかるような話が聞ければと思っていたので、ある意味元竜騎士のミューラー先生との特訓は都合もタイミングもよかったと言えるだろう。

ストレッチをしながら昨日あった出来事を軽くミューラー先生に説明する。

「それで、ミューラー先生って現冒険者の元オスト帝国軍人じゃないですか。そんなミューラー先生ならアメット様とウルリカ様のこともご存じかと思いまして」

「…………あなた、いくら学園では貴賤に差はないとはいえ、よく王族二人を平気な顔して相手取れますね」

「友人には肝が据わりすぎてて逆に怖いって言われました」

これは昨日カフェテリアで従兄殿とベルトランド兄様二人と一緒にお茶をしたと話した時にオリバーに言われた言葉である。

俺も王族だからね、と言えないから笑ってごまかすしかなかったが、確かに俺みたいに理由もなく王族を相手取って平気な対応をする学生がいたら俺だってビビる。

「長生きするには鈍感である方がいいこともありますが、あなたの場合はいささか考えものですねぇ」

今はオッキデンスへの留学までのほとんどの時間をベルトランド兄様の研究室でお世話になっている俺のために、ミューラー先生が週に一度つきっきりで剣術の基礎を教えてくれる時間のため、友人であるアルトゥールやシローはいない。

留学まで期間もそんなにないため実戦形式メインでの授業だが、ミューラー先生と打ち合う前に軽く剣を振って動きを確認しつつ話を続ける。

「それにしても、留学でオスト帝国を選択しなくてよかったですね」

どういう意味かと首を傾げる俺に、ミューラー先生は俺の素振りのフォームを矯正しつつ言葉を続けた。

「今のあなたの剣の実力では強い魔物の跋扈《ばっこ》する東に行っても無駄足だったでしょうし、ヴィルヘルム殿下と交流を持てたのであればそれこそあなたが西を希望した理由である人脈作りの目的はすでに達成されたと言えるでしょう」

「あっはは……、無駄足っていっそ清々《すがすが》しいほどはっきり言ってくれますね」

「言ったでしょう。あなたは体格に恵まれているわけでもなく才能が突出しているわけでもないと」

ミューラー先生の丁寧なくせに歯に衣《きぬ》着せぬ物言いにうぐっと思わず喉《のど》が詰まる。

「それで、ウルリカ様とアメット様についてでしたね」

フォームの確認を終えた後、ミューラー先生が会話を続けながら木刀で軽く俺に打ち込んでくるので慌ててその攻撃を受け止めた。才能がないと言ったくせに俺にマルチタスクを課さないでほしい……っ！

「おふたりはシュワルツチャイルド公爵家のご子息とご息女です。ウルリカ様が姉君、アメット様が弟君で、シュワルツチャイルド家にはもう一人お兄様がいらっしゃいますので、おふたりはヴィルヘルム殿下の側近として仕えていらっしゃいます」

「ちょっ、それッ！　落ち着いて真面目《まじめ》に聞きたい話なんですけどッ!?」

「このくらい、私の生徒なら打ち合いをしながらでも会話できてもらわねば困りますね」

　徐々に速く、そして重くなる剣戟《けんげき》をいなしていくうちにどんどん息が上がっていく。剣術の基礎力を底上げするための授業なので付与魔法や身体強化の行使も禁止されており、ありのままの自分の力で戦わねばならないからミューラー先生の攻撃を受けるだけで精いっぱいだ。

「年の割には基礎はしっかりしていますが、それでもあのシーシキンやナキリに並ぶには足りません。今は付与魔法という真新しい戦法を編み出したことで並んでいるように見えます。でも、そのうち周りがあなたの付与魔法を使ったやり方に慣れればすぐに人並みになりますよ」

「そんっ、な、こと！　俺が一番、理解してますよッ！」

　なんとか反撃しようと力を込めてミューラー先生の剣を払ってその胴に打ち込むものの、そう簡単に一本取らせてくれるわけもなく。逆に大きく隙を作ってしまった俺の横っ腹にミューラー先生の鋭い一撃が決まり、息が詰まって咳《せ》き込んだ。そのまま体力的に限界が近かったこともあり、乱れた息を整えるためにその場に座り込む。

「あなたの剣術はなんというか、攻撃に向いてませんね。学園に入るまでの間どのような方に習ったかはわかりませんが、冒険者や軍人に教えるというよりは応援が来るまで持ちこたえるための護身剣術といったところですね」

「あー、なるほど。元々剣術を習い始めた目的は護身なので。俺の師匠も多分そのつもりで稽古つけてくれてましたし」

「攻撃を受ける型の中でもいなし続けることに特化しているため攻撃に転じにくく、攻撃の型も相手をけん制する動きばかりですね。すでに癖もついていますから今からスタイルを変えるのは時間がかかりすぎるかもしれませんね」

さて、どうしたものかとミューラー先生が顎に手を当てて思案しはじめるのを横目にそのままストレッチをして体をほぐす。

「防御の型を極めて持久戦に持ち込むのは無理そうですか？」

「あなたはまだ成長期ですから一概には言えませんが……。あなた、体力も人並みでしょう？」

「俺ってばいいとこなしでは？」

自覚していたとはいえ才能がなくて嫌になるね。

なお難しそうな顔をするミューラー先生。俺が剣士としてやっていきたいと言ったから、才能がないと言いつつもこうやって一緒に考えてくれることに俺は感謝しかない。

キュリロス師匠と並ぶ俺のもう一人の恩師である。

「俺なら他の魔導士がいなくても自分で付与魔法を使えますし、自分の強化と敵の弱体化をうまく利用すればどうでしょう。俺が敵を倒すと言うより、敵の注意を引いて仲間に倒してもらうことを前提とした戦法とかでも駄目ですか？」

「それならできないこともないと思いますが、その付与魔法の開発具合はどうなんですか？」

「魔法完成まで数か月かかるそうなので、しばらくは魔力量で精霊に命令する成金魔法で頑張りますよ……」

「なりきんまほう……。まぁ……、私は魔法はからっきしなので、そこはベルトランド教授にお任せしますが。目途がついているのなら次回からはもっと防御の型を中心に、攻撃を受けるのではなく受け流す方向で鍛えましょう」

だいぶ先ほどの打ち合いでの疲労も取れてきたので再び立ち上がり、地面に落ちた剣を拾い上げる。

ミューラー先生はそんな俺を見て薄く笑って剣を構えた。

「さて、今度は防御だけに集中しなさい。手加減しませんよ」

「上等ッ！」


学園に入学してまだ半年。それでも自分の進みたい道を自分の足でこれからも歩いていくための道筋が見えてきた。

アルトゥールとシローからは仲間との戦い方を、ミューラー先生からはこれから剣士として生き残るための道を、オリバーからは魔法の基礎と構築方法を、ベルトランド兄様からはライモンドじゃなくてライとしての貴族とのパイプを。

（次は、西の国でヴォリアさんの知り合いの職人と会って技術方面での人脈作り、頑張ろう）

この世界にはまだまだ俺の知らないことややってみたいことに溢《あふ》れている。俺が死ぬまでにどこまでやれるのか。それを考えるだけで勝手に口角が上がってしまう。

「……ずいぶん余裕そうですねぇ。では、今後体力づくりのために留学に行って帰ってくるまでの間、毎日体力の限界まで走るのを課題にしましょうか」

「た、体力の限界まで、って？」

「もちろん、吐いてその場から動けなくなる程度まで」

ミューラー先生の柔和な笑みが、今日ばかりは悪魔の微笑みに見えてくる。サァッと血の気を引かせた俺を見て、先生はより一層笑みを深めた。

「大丈夫。最低限寮に帰るだけの気力は残しておきます」

「じ、地獄では……ッ!?」

残すのは体力ではなく気力であるところもミソである、なんてふざける余裕もない。

(これは、留学に行く前に本当に死ぬかもしれん)

思わず固まってしまった俺の手の中から弾《はじ》かれた剣が空《くう》を飛ぶのを見ながら俺は自身の死期を悟った。

◆◆◆◆◆

時が過ぎるのは早いもので、オリバーと付与魔法の研究開発を始めて早三か月弱。いよいよ留学出発を目前に控え、ようやく俺の使っていた付与魔法が魔力量にものを言わせる成金魔法からきちんとした詠唱魔法へと進化させることに成功した。

「はぁーッ!?　なんって久しぶりに出てきたと思ったらこのクソ眼鏡《めがね》もいやがんだよ！」

「はっ！　そんなの僕がライと一緒に完成させた魔法のお披露目だからに決まってるだろ？」

「元はと言やぁウチで使ってた魔法だろうが！」

「もー、アル！　ライから仲良うせなあかんて言われたやろ！」

やはりきちんとした魔法に昇華できたのならば、以前のものと比べるためにもこの二人が一緒の方がいいだろうとアルトゥールとシローに協力をお願いしたのだが、アルトゥールの相変わらずの輩《やから》っぷりに思わず笑ってしまいそうだ。

「おいコラ、協力できない魚は帰ってもらってもいいんだぞー？」

「ハッ！　せっかくテメェが留学に行く前にまたやり合えるんだから帰るわけねぇだろ、バーカ」

「え、何？　ツンデレなの？　切れデレなの？　誰得だよ」

「あ？　なに言ってんだ？」

もはやアルトゥールのヤンキー節は形骸化してしまったようだ。

最初の頃の棘《とげ》はいったい何だったのやら。最近のアルトゥールとの会話は口が悪いだけで普通に仲良しの会話みたいになってしまった。その事実に近所の猫ちゃぁんが懐いてくれたような嬉しさと一抹の寂しさを感じながらアルトゥールからの質問はスルーした。

女の子のツンデレはウェルカムだけど、男のツンデレはノーセンキューである。

「ほんで、何から試すん？」

「んー、とりあえずいつも通りシロー対俺&アルトゥールでやりたいんだよね。結局、付与魔法として呪文は確立させたんだけど、それがきちんと作用するか、効果に差はないか、魔力の減りはどんなものかを知りたいからね」

訓練場の使用許可をくれたミューラー先生と、今まで魔力量でぶん殴って使っていたとはいえ新魔法の初実戦使用の監督としてベルトランド先生が、戦闘の邪魔にならない端の方で何か話している。

そろそろ始めたいのでそちらに視線を送れば、さすがはAランク冒険者。すぐに視線に気づいたミューラー先生がこちらを向き、遅れてそれに気づいたベルトランド兄様もこちらを向いた。

「それじゃ僕も端にいるね」

「ん。外から見て気づいたことあったらよろしく」

非戦闘員であるオリバーが小走りで先生と兄様のところに向かったのを確認してからアルトゥールと共にシローから距離を空ける。

「んで？　戦場の指揮者サマの腕は落ちてねぇな？」

「ハッ！　誰に向かって言ってんの」

俺の隣に立つアルトゥールと軽口を叩きつつ、離れた場所で向かい合ったシローと視線を交差させる。入学してから留学が決まるまでの数か月。毎日のようにこうやって向かい合って、仲間になって、戦ってきた。久しぶりの感覚に胸が震える。

視線の端、コートの外でミューラー先生の上げた手を捉えつつ、目線はしっかりシローに合わせて試合開始のコールを待つ。

「始めッ！」

「〈ラピドゥス〉」

手始めに、アルトゥールに速度アップの魔法をかける。

ギュンッと一気に加速したアルトゥールが一瞬驚いたような表情を浮かべた後、それを好戦的な笑みへと変えた。

「オラオラオラァッ!!　遅っせーじゃねぇか！　シロォッ!!」

ギィンッ！　と鈍く鋭い音が鳴り、シローとアルトゥールの剣が交わり弾いて音を出す。

以前の魔力量で精霊を従わせる成金魔法と比べるとその効果は見た感じ一・五倍ほどといったところか。感覚を研ぎ澄ませて戦っている剣士にとってその差は歴然。かけられたアルトゥールはもちろん、相手のシローも思ったよりも早く剣が交わったことで少しばかり体勢を崩した。

その隙に自分の剣に指を這《は》わせて属性を付与。

「〈ダルーヴェント〉」

これは以前オリバーからもらった、オリバーが自分で考えて作った正真正銘オリバーの付与魔法。武器に風魔法を付与するものだ。

風魔法を刃の周りに纏《まと》わせることで空気抵抗を減らして振り抜きを速くさせる効果の他、一度しか使えないがちょっと面白いことができるのだけれど、それはまた後で。

せっかくアルトゥールが突っ込んだのに、俺が付与する能力如何《いかん》によって戦況が大きく左右されることをよく知っているシローは、アルトゥールの脇を抜けて俺の方へと向かってきた。

「そりゃ狙うんは指揮官よ」

シローの攻撃は大剣使いということもあり大振りではあるがその分威力が高い。シローの後ろからアルトゥールが追いかけているのは見えているので一発いなせば、アルトゥールも追いつき再びアルトゥールに付与魔法をかけることができるはずだ。

「ライ、お覚悟ッ！」

「ミューラー先生の地獄のしごきに堪えた俺を舐《な》めんじゃねぇよ!!」

週に一度とはいえ、ミューラー先生には時間いっぱい、それこそ死にそうになりながらありとあらゆる攻撃を受け流す方法を叩きこまれた。俺の目指す戦闘スタイルをミューラー先生と話して決めたあの日から、本当にぼろ雑巾になるくらいまで剣戟を叩きこまれてるんだよッ！

倒れれば襟《えり》を掴《つか》まれ立たされて、膝《ひざ》を折れば脇に手を入れ引き起こされて、もう無理だ休ませてくれと懇願すれば顔面すれすれに木刀を突きつけられた。ここでシローの攻撃を受けられなかったとなれば、あの地獄のしごきが悪化するに違いないッ!!

上段から大きく振り下ろされるシローの大剣を受けるために剣を頭の上で横に構える。

受けるんじゃなくて、受け流す。ただそれだけに意識を集中させる。

シローの振り下ろした剣が俺の構える剣に触れる瞬間、体捌《たいさば》きのみで自身の体を半歩横にずらす。

シローの剣が俺の体の側面を通るように、俺の持つ剣を斜めに傾けて剣の流れる道を作ってやる。

刃に纏った風属性の魔法も手伝い、シローの剣が勢いを一切殺されずにズドンッ！　と地面に沈んだその瞬間。俺は驚き目を見開くシローの脇を飛び込み前転の要領ですり抜けて、すぐそこまで迫っていたアルトゥールに向かって呪文を唱えた。

「〈ウィスーフォルテ〉」

筋力強化の魔法を受けたアルトゥールはそのままの勢いでシローに向かって切り込むも、元々筋力で言うならシローに軍配が上がるため、通常なら付与魔法ありのシローと五分五分といったところ。詠唱魔法に昇華した呪文を唱えたことで魔法の効果が上がっているとはいえ、それでもアルトゥールが少し有利になった程度。シローに打ち勝つのはまだ厳しい。

しかし俺に対しての大振り攻撃を直前にいなされて失敗したために体勢が悪く、シローはアルトゥールの攻撃を押し返しあぐねている様子。

ここで俺も近づき一発！　何てしようものならそれこそ飛んで火にいる夏の虫。多少無理やりでもシローに切り捨てられて終わってしまう。そこで役に立つのが。

「シロー！　アルトゥール！　これっ、がッ！　魔法剣術だッ!!」

武器に属性付与をした場合の面白い効果。再びそこに魔力を流すと纏った属性魔法は実体を持ち、剣を振り抜くタイミングで魔力を流すのを止めることで剣に纏わりついていた属性魔法が剥《は》がれて振り抜いた先へと飛んでいく。

剣先からエアカッターを飛ばすような感じ。今回はただの摸擬《もぎ》戦だしそこまで力を込めなかったけど、急に離れた位置にいた俺からの攻撃になんとか対処しようと思考を取られたシローにできた隙をアルトゥールが逃がすはずもなく。

「俺様のッ！　勝ちだッ!!」

「いや、俺たちの勝ち、な？」

　勝手に人の功績をなかったことにしないでもらいたい。

「えっげつないわぁ。いや、元からライに魔法使われたら勝つん辛《つら》くなんのに、今回の詠唱魔法？魔法剣術？　あんなん初見で対応できひんて。今までの付与魔法の効果も上がっとったし、今のボクやと勝てへんわぁ……」

　勝負がつくと、シローは悔しそうに、でも楽しんでいることを隠し切れない表情でやってられんわ、と文句を言う。

「ちょっと前まではこれが普通やったのに、久しぶりにやるとやっぱし反応遅れてまうし。今回の試合中間合い見誤るわ、ライの細腕に攻撃いなされるわでボクいいとこなしやんか」

「確かに、今まで魔法はともかく無難でクソつまんねぇ剣術で戦ってたくせに。シローの攻撃受けた時の動きは認めてやらなくもねぇ」

「なんでお前はどこまでも上から目線なんだよ」

「差しでやったら俺様の方がテメェより強ぇから」

「カーッ！　何も言えねぇッ!!」

　どうせ天才に凡才である俺の苦労と努力はわからねぇよ！

　すでに付与魔法有りの戦闘に慣れたアルトゥールと今一対一で勝負しても絶対負ける。

入学してすぐの決闘で俺が勝てたのは剣術に魔法を持ち込むという新手法を用いたこととアルトゥールの油断があったからだからね。

アルトゥールに勝てないことなんてわかってはいるけど、やっぱりアルトゥールに上から目線で言われると腹立つので思いっきりつま先を踏みつけてやる。

打てば響くとはこのことか、すぐさま踏み返してきたアルトゥールと足踏み勝負をしていたところに試合を見ていたオリバーが近づいてきた。

ベルトランド兄様は何か用事でもあるのか懐中時計で時間を確認してから二言三言ミューラー先生と言葉を交わし、訓練場を後にした。思えば俺が剣を振るっているところを見たことあるのってキュリロス師匠くらいだったから、兄弟の中だと今回のベルトランド兄様が初なのでは？


「ライ、付与魔法を使ってみた感想、どうだった？」

「ん、好い感じだよ、オリバー」

アルトゥールとの足踏み合戦は放っておくと収拾が付かなくなるので、オリバーと会話しながらシローの腕を引っ張って俺とアルトゥールの間に引き込んだ。アルトゥールもシローのことは自分よりも強ぇ奴認定しているので絡むことはないし、三人でいる時で落ち着いて話がしたい時はこの並びが定位置だ。

ふざけ合いの時はアルトゥールと並ぶことが多いけど、話したいことがある時はこうでもしないと話ができない。

「効果は成金魔法時と比べて約一・五倍、使用魔力は体感三分の一ってところかな」

「必要魔力量はだいぶ減ったみたいだね。魔力の少ない騎士科の人でも使えそう？」

「あー、魔力量の平均ってどのくらいなんだろ」

「獣人族なんかだと種族的に魔力量は少ないけど、人族は千差万別だからね。そういえば、ライの総魔力量ってどのくらい？」

　オリバーの問いになんと答えたものかと頭を悩ませる。

　魔力量は基本的に親から遺伝するのだが、貴族や王族皇族は有事の際に国を守る責務があるため魔力量の多い者が多い。で、貴族は国は変われど貴族同士で結婚することがほとんどなので必然的に魔力量の多い子供が多い。

　俺は平民のふりしてるけどまごうことなきチェントロ王家とオスト皇族の血を引いているものだから、もちろん魔力量は平均より多い。

「………たぶん多い方かなぁ。よく知らないけど」

　万が一の身バレ防止のためにも曖昧《あいまい》に答えるしかないのである。

　まぁミューラー先生や騎士科の剣士はそもそも人の魔力量に興味ないのかふぅんで済ませるし、オリバーもまぁライは元々騎士科だからね、と深く追及しないでくれた。

　その後試合形式にはせずに、シローとアルトゥールに付与魔法をかけた時とかけなかった時の能力値の差を計測させてもらい、何か付与されてから気になる点、能力が上がりすぎて逆に戦い辛くなった点はないかを聞いてはみたものの、そもそもの身体能力の高い二人はすぐに順応してしまい、むしろアルトゥールはもっと向上させても問題ないと言ってのけた。

試しに俺にかけてもらった時は、自分の速さについていかずまともに打ち合うことすらできなかったんだけど。

ミューラー先生も問題なく動けていたことからこれが才能のある者とない者との差かと思うとなんだか少し切なくなった。

「オリバー・ウッド。この付与魔法を使える魔導士は現在何人いますか？」

「え？　あ、えっと。そもそも付与魔法は今年の初めにライが提唱して僕がそのアイデアを引き継いで研究を始めたばかりなので、論文として出るのは数年後、それを実践可能レベルで使える魔導士が出てくるのはさらにその後になりますね」

「ふむ。効果は私のクラスの実戦を見る限り絶大なんですけどねぇ。まぁ新戦術となるとそう簡単にはいきませんか」

意外と付与魔法に対するミューラー先生の評価が高いことに驚いていると、それに気づいたミューラー先生は「ただし」、と言葉を続ける。

「あくまで基礎を固めた後の二年の後期から三年にかけてのクラスで取り扱う方がいいと私は思いますが」

「……もしかして、俺が授業で使うのダメでした？」

「いえ。現状あなたしか使わないので生徒たちが色々な条件下で剣を振るえることを思えば、あなた一人が私のクラスで使う分には問題ありませんよ」

ミューラー先生のその言葉にホッとする。さすがに恩師だと思ってる人に迷惑ですと言われると応えるからなぁ。

とはいえ、これで留学までに学園でできることは終わった。あとは、西の国までの楽しい楽しい旅を終えると、俺の留学生活が始まるというものだ。

◆◆◆◆◆

いざ出発が目前に迫ったある日。俺はオッキデンスの学園から派遣されたオッキデンスの学園までの旅中や、現地に着いてからのサポートなど諸々を担当してくれる騎士科の担当教師との顔合わせをすることになった。

「おーう！　坊主が騎士科なのに東じゃなくってウチに来たいってぇいう奇特な生徒かい！」

俺の担任であるミューラー先生に連れられて顔合わせのための会議室に入った途端、大柄な男がひどく嬉しそうに笑いながら俺とミューラー先生の方へと近づいてきた。

「セフェリノ・サンチェス、教師であるあなたがきちんと挨拶《あいさつ》ができてなくてどうするんです」

「おお！　クロヴィス！　おめぇさんが推薦した生徒ならさぞかし強ぇんだろう？　なんでまたウチなんかに送ってくるんだ？　おめぇの古巣の帝国軍にでも連れてった方がよっぽど坊主のためになる

だろうに」

「セフェリノ、話を聞きなさい」

「んでもまぁ、ウチとしちゃぁ助かるけどよ！　今季は特に東の皇太子殿下も来るってぇんでウチはちょっとピリピリしてんだ」

「……セフェリノ」

　がはがはと笑いながら、ミューラー先生の言葉をすべてスルーして勝手に会話を進めていくセフェリノさんに、俺はどうすればいいのかわからずミューラー先生を仰ぎ見る。

　しかし、ミューラー先生は珍しく眉間《みけん》に皺《しわ》を寄せてこめかみを手で押さえていた。なるほど、この人はいつもこんな感じなんだろうな。

「いい加減にしなさい、セフェリノ。留学するのは私ではなくライ・オルトネクです。会話しろとは言いませんが、自己紹介ぐらいなさい」

「いや、会話しろって言ってくださいよ」

　と、思わず突っ込んでしまったが、ミューラー先生は深いため息をつきつつ、できたらしていると非常に深刻そうな顔で言った。

「んで、どうしても馬車じゃなくて機械で走るんだって聞かなくてよぉ！　勝手に隣の爺《じい》さん家《ち》の炉を使ってマシンを作って三軒先の納屋に突っ込んだんだ！」

　気づけばセフェリノさんの話はいつの間にか彼のご近所さんの失敗談に及んでいた。このままだとらちが明かないのでセフェリノさんの視界に入るように一歩前に歩み出て、できるだけ大きな声ではっきり喋《しゃべ》る。

「あの！　今度お世話になりますライ・オルトネクです！」

「ん？　おお！　俺ぁオッキデンス学園、騎士科学生サポート課のセフェリノってぇんだ！」

大きな声を発して初めて俺を認識したようで、セフェリノさんの優しげな榛《はしばみ》色の瞳と目が合った。深い森のような深緑の髪は短く切りそろえられておりさっぱりとした印象を受けるものの、優に百九十センチはあろうかという身長と、それに見合うだけのむっちりとした筋肉を持つ彼は、ぱっと見苔《こけ》むした巨岩が動いているように見えてしまう。

その体躯《たいく》に見合う野太い声は大地に響くように大きく深い。その迫力に負けないように、こちらもさらに大きな声で挨拶をする。

「よろしくお願いします！」

「おお！　威勢のいい坊主だなぁ！　んで？　クロヴィス、なんだってこんな坊主がウチに来るんだ？」

「ですから、それを説明しようとしてたんですが？」

表情はいつもと変わらないが、いつもよりも数段低い声で脅すように唸《うな》るミューラー先生の肩を遠慮なしにバンバンと叩くセフェリノさん。

「まぁ、こまけぇことはいいから座れ座れ！　おめぇは硬くてかなわん！」

「…………はぁぁぁぁ」

特大ため息をつくミューラー先生に促され、セフェリノさんと机をはさんで向かい合って座る。

「んで？　ウチは東と違って畑と機械いじりの国だからよぅ。そりゃぁ森ん中に分け入ればウルフ系の上位種のフェンリルもいるかもしれねぇけどよ。そうじゃなきゃぁ野菜を食いにくるボアやらベアーやらのいわゆる害獣退治か、ゴミ捨て場の屑鉄《くずてつ》やら岩石なんかにひっつくゴレムくれぇしかいねぇぞ？」

セフェリノさんが座っている椅子は普通の会議椅子のはずなのに、巨躯のせいでやたらと小さく見えてしまう。まるで自分がホビットにでもなった気分だ。

「まず、あなたはこの子の目的を勘違いしています」

「ぁあ？　勘違いぃ？」

「そも、この子に剣の才能はありません」

「ちょ、ミューラー先生ッ!?」

もはや慣れたこととはいえ、唐突に留学先の教師への連絡事項に俺の才能のなさをぶっこんできたミューラー先生に思わず声を上げてしまった。

「んんっ？　そう、なるってぇと、この坊主はウチの農家希望か？」

「違いますけどっ!?」

「いやいや、坊主。ウチの農家は春の繁殖期の後の害獣被害がひどくてよぉ！　戦闘できることが必須なんだわ！　だから農家になった後でもちゃぁんと剣の訓練は受けれるぞ！」

「いや、農家になりたいわけじゃないんですって！」

「一から十までこの俺が教えてやるからよぉ！　安心しとけって！」

「ほ、ほんとに会話が通じないッ！」

縋《すが》るようにミューラー先生を見ると、諦めなさいと言わんばかりの表情だった。だから言ったでしょう？　って顔してる！

「剣の才能はない代わりに面白い発想をします」

「あぁ？　……その面白れぇ発想とやらで農業を？」

「農業から離れなさい。その面白い発想も、農業工業ともに実際に目にしないと思いつかないものでしょう。それにこの子が実際何かしたいと思った時に、それを実現するための人手もいる。この子が騎士科にいるのは今一番やりたいことが騎士科でできるからであって、他に興味のあるものができたら科の垣根を越えて何度もトライするブロッカーボアみたいな子なんです」

「はっはぁ……！　ブロッカーボアたぁ、おめぇも苦労してんだなぁ」

「え、ブロッカーボアってなんですか」

　俺の人となりを説明するのに急に出てきたおそらく魔獣の名前。しかも、それを聞いた瞬間急にセフェリノさんまでしみじみとミューラー先生を労《いた》わっていて、そんなものに例えられた張本人としては聞かざるを得ない。いや、ブロッカーボアってなんぞ？

「ブロッカーボアは……、オッキデンスに行けばわかりますよ」

「あぁ。ウチに来れば一発でわかるなぁ」

　意味的には猪突猛進とか、そういう類のものだと思うんだけど、なんせ平民のふりしてるけど王宮生まれの王宮育ちだから魔獣とか魔物はいまいちぴんと来ないんだよね。

いくら聞いても行けばわかる、見ればわかるとしか言われず、俺の質問は流された。

その後、たびたび勝手に一人で話を脱線させるセフェリノさんにお構いなく、俺が魔導士科と合同で面白い戦術を編み出してるとか、西の国の商売に興味があるとか、剣はどういう方向性で鍛えて最終的にどうなりたいかなどの展望など、ミューラー先生はとにかく俺に関する様々なことをセフェリノさんに伝えていた。

「はっはぁ。なんともまぁ、騎士科には珍しい坊主だなぁ」

「えぇ、まぁ。見ている分には面白いのですが、私の目の届かないところに行って何をしでかすのかだけが心配です」

冤罪《えんざい》である。オレ、メイワク、カケテナイ……、と言い切れないのが恐ろしい。

混合魔法の研究はベルトランド兄様が率先して研究してくれ、付与魔法開発はオリバーに主になってもらって開発し、ジュリアの店は最終的にジュゼッペオーナーにぶん投げた。

あれ、俺色々首ツッコんではいるものの、その時々で都合のいいひと見つけて押し付けているだけでは？

認めてしまうと自分がすごくかっこ悪いような気がするので考えないようにしよう……。

それはさておき、セフェリノさん曰《いわ》く、今回のオッキデンスまでの旅程はオストの皇太子殿下がいらっしゃるのでオッキデンス学園の騎士科と魔導士科のサポート課から一人ずつ。

それとは別に、オッキデンス学園から依頼された貴族位を持つ魔導士も一人旅の供としてチェントロに来ているらしい。

今度オッキデンスに向かう際は、その三人プラス俺と従兄殿、従兄殿の側付き二人。従兄殿と貴族位を持つ魔導士、アメットさんとウルリカさんの四人は一つの馬車に。荷運び兼それ以外の乗る幌馬《ほろば》車《しゃ》が一つという計二台での移動となるだろう。

従兄殿もその側付きたちも貴族なので、どれだけ荷物が多いかはわからないけど、ある程度狭いのは覚悟した方がいいかもしれない。

あと、俺ってば今まで王宮の高級馬車で街の石畳の上しか走ったことがないから酔い止めだけがちょっと心配。

そうしてミューラー先生からセフェリノさんへと情報の引継ぎが終わり、ミューラー先生から改めて行ってらっしゃいと多くを学んできなさいという言葉を聞くと、いよいよ生まれてこの方出たことのないチェントロ王国を離れるのかと実感がわき、言葉に言い表せない寂しさが心に募った。

◆◆◆◆◆

西の国に一年間留学に行くとはいえ、その留学が終わればまたチェントロの学園都市に戻ってくる。

通常なら学生寮の部屋を一年間そのままにしておくことなどできないのだが、そこは申し訳ないが王族としての権力を使わせてもらった。

西の国から帰ってきてから再び学生寮の空きを探してもいいのだが、そうするとどうしても警備の問題が出てくるのだ。現在俺が住んでいる学生寮はセキュリティがしっかりしていることはもちろん、居住者も金銭的にも恵まれている学生のみで構成されており、実家に反社会的団体と関与している生徒もいない。

一年間部屋を放置する都合上どうしても定期的な空気の入れ替えや掃除などが必要になるので、その辺りはホフレに頼んでおいた。キュリロス師匠は冒険者として有名だし、マリアは三人の子供を持つ母親だ。そうでなくともマリアは平民としての生活などしたことがない貴族令嬢だし、その上俺を育てた侍女であるということはチェントロ国内の貴族は皆知るところにある。下手にマリアの出入りがあると知られてしまえば、俺だけではなくこの学生寮に住む他の学生たちにも害が及びかねない。

だったら大人しく邸宅に住めと言われればぐうの音もでないんだけどね。

その点ホフレならば俺を絶対に裏切らない熱狂的な信者であること。俺が半年学園に通っていた間に影の護衛を付けてくれていたという実績。どれをとっても信用できる部下である。

……部下？　部下、でいいのか？　俺の脳内ホフレに聞いてみたらとってもいい笑顔で『部下などとんでもない。忠実な犬です』と答えた。実際そう言いそうなところがホフレの恐ろしくも信用できる点である。そういえばこの半年、何通か手紙のやり取りをした程度しかかまってやれてないなぁ。オッキデンスから帰ってきたら一度ちゃんと会ってやろう。

そんなことを考えながら掃除をしていればあっという間に終わってしまう。

留学することが決まってから少しずつ片付けていた部屋の中はどこか物悲しく、ここに初めて引っ越してきた時からずっと照明にしていたランプ代わりの竜玉《りゅうぎょく》に、俺は軽く触れた。

越してきてまだ半年しか経《た》っていないのに、すっかり俺の中では『ライ』が帰るべき場所として認識してしまっていたようだ。

◆◆◆◆◆

まだ朝市も開いていないような早朝。西の国へ向けて出立するために部屋を出る。

しばらく使うことのない部屋の鍵《かぎ》を閉め、間違っても失《な》くさないようにカバンの奥底に仕舞っていると、隣のオリバーの部屋からバタバタと何やら慌てて動く音がする。普段あまり大きな音をたてたりしないので何事かと思っていると、バンッ！　と少し勢い強く隣のオリバーの部屋のドアが開いた。

もちろん扉を開けたのはオリバーで、まだ寝間着に寝癖がついている状態のまま俺の前までやって来た。

「え、オリバーどうしたの？」

何かを言おうとしては口ごもり。それから、オリバーは少し気恥ずかしげに口を開いた。

「……その、入学初日の朝、君に言えなかったことを、言おうと思って」

「は？」

何のことかわからずにポカンとする俺に、オリバーは照れ臭そうな笑みを浮かべる。

「……行ってらっしゃい」

王宮を出たばかりで一人で暮らすことに慣れておらず、入学初日の朝に思わず俺の口から出た言葉。

「…………行ってきます」

第十話

『魔物との初戦闘ってこんなもの？』

I was born as
the seventh prince,
what should I do?

「おっ！　坊主、さすが早いな！」

「おはようございます、セフェリノさん。今日からよろしくお願いしますね」

「それだけ早く起きて動けるんなら、ウチに来てからすぅぐに農家としてやってけるぞ！」

「いや、だから農家にはなりませんって」

オリバーに見送られてやってきた学園都市の大門前に着くと、ちょうどセフェリノさんもやってきたばかりのようだった。

軽く会話を交わしつつ、お世話になる御者さんに挨拶《あいさつ》をしてから荷物を幌馬車《ほろばしゃ》に積み込んでいく。

平民扱いでの留学とは言え俺《おれ》の本来の身分は王族なので、オッキデンスにはチェントロの学園都市同様俺が利用できる邸宅が準備されている。なので、今回俺が持っていくのは最低限の荷物だけ。何か不足があればオッキデンスで随時購入すればいいしね。

セフェリノさんもあちらに自宅があるため比較的軽装だ。平民は、というより冒険者は身軽さが重要なので、冒険者希望ということになっている俺が軽装でも特に不自然ではないだろう。逆にあれもこれもと持っていっている方が不自然だ。

セフェリノ節のせいで不安に感じていた俺のサポート担当の彼との関係だが、あの後何度か学園内でセフェリノさんとも交流を続けた結果、彼との会話のコツもつかめたため不便もない。まぁ、ことあるごとに農家を勧めてくることに変わりはないのだが。

「あら、騎士の方たちは随分早いのね」

「おお！　ティナ！　おめぇも早いな！　さすが三十年間トウモロコシを育てているだけのことはある！」

「セフェリノ？　年がバレるようなこと言うんじゃないよッ！」

俺たちの次に来たのは、従兄《いとこ》殿の担当である魔導士科学生サポート課のヴァレンティナさんだった。

彼女は父親がチェントロ王国の出身だったそうで、オッキデンス出身にしては珍しく燃えるような鮮やかな赤い髪に深いボルドー色の目を持つ妖艶《ようえん》な女性である。

唇にも赤いリップを乗せ、さらに少し紫がかったワインレッドのローブを纏《まと》う彼女はこの道三十年のトウモロコシ農家も兼業しているらしい。

ミス・スカーレットのトウモロコシと言えば地元じゃ知らない人がいないほど有名で、日々トウモロコシの質を高めるために使える魔法はないかを研究しているらしい。

セフェリノさんとの会話からわかるように、彼女に年齢の話はご法度《はっと》である。ちなみに、ミスという敬称についてもだ。

「まぁ、お貴族様より後に来ましたってわけにはいかないじゃない？」

「イバニエス卿も皇太子殿下も人の好い方だってぇ話だけどよぅ、さすがになぁ……」

正直、そんな話を聞いてセフェリノさんにもそういう感覚あったんだ、と思わないでもない。

ミューラー先生は貴族ではないものの、冒険者になる前は帝国軍では屈指の実力者で権力者と言っても過言ではなかったらしいし。そんなミューラー先生にセフェリノ節を発揮していた彼はあまりそういう方面に明るくないのかと思っていた。

まぁ、普通に考えてＡランクの冒険者ともなれば貴族と関わることも少なくないだろうし、ミューラー先生への態度は彼なりに考えてあの態度だったのだろう。ミューラー先生も特に気にした様子はなかったし。

「おはようございます、ヴァレンティナさん。よければ荷物の積み込みを手伝いましょうか？」

「ボウヤおはよう。でも、そんなに気を遣わなくていいのよ？」

「俺がやりたいんです」

紳士教育を受けている身として女性を手伝わないなんてできるはずもない。そう言って声をかければ、ヴァレンティナさんは少し気恥ずかしそうに俺に荷物を預けてくれた。

それを幌馬車に積み込んでいると、まだまだ人気《ひとけ》のない大通りの向こうからオスト皇族の紋の入った馬車が二台近づいてくる。

「おぉ、お貴族様ってぇのは移動に馬車を使うのがよっぽど好きみてぇだな」

「まぁ、貴族がその辺普通に歩いてたら護衛が大変っていうのもありますしね」

特に、従兄殿のような皇位継承権第一位の皇太子様が俺のように市井《しせい》に紛れて暮らすことなんてできないだろうよ。

そんな話をしていると、二台目の馬車の御者台からアメットさんが降りてきた。

「すまない。荷物を幌馬車に移し替えるのを手伝ってもらえるか」

「アメット様。もちろんです」

すぐさま返事をしてから馬車の中を確認する。

「道中で使う荷物はどちらでしょうか」

「黒いリボンの巻いてあるものだ」

二台目の馬車は人を乗せる目的ではなく荷物を運ぶことを前提としたもので、座席がなくすべて荷物で埋まっていた。その中から黒いリボンのついているものとそうでないものとをより分けながら幌馬車に積み込むのはなかなかに面倒くさい。

物を浮かせる魔法は風魔法の応用で、下から風で押し上げて持ち上げるというものだ。単純に荷物を浮かせるだけならそれで十分なのだが、今回のように特定の荷物が上にくるように積み替えるのにはあまり向いてない。

「あぁ？　なんだってこんなに荷物が必要になんだぁ？」

俺の後ろから馬車の中を覗《のぞ》き込んだセフェリノさんが訝《いぶか》しげにそう言った。

「あのねぇ、アンタやアタシみたいな冒険者と皇太子様みたいなお貴族様とを一緒に考えるんじゃないよ」

「ってぇもよ、イバニェス卿は普段こんな持ってこねえだろうよぅ」

「そりゃイバニェス様は伯爵とはいえあの人も冒険者。オスト帝国の皇太子様とじゃ出先の国でやることも関わる人も違って当たり前でしょ？」

「ほぉーん。貴族ってぇのは大変なんだなぁ」

ヴァレンティナさんの言葉にひとり納得したように頷《うなず》くセフェリノさんだが、俺はその言葉にひやりと背筋が寒くなった。

聞きようによっては皇太子殿下の荷物の多さを咎《とが》めるような物言いを、よりにもよってその皇太子殿下の従者、それも自身も高位貴族であるアメットさんの前でするとか、二人とも正気か？

恐る恐る側にいるアメットさんの方へ顔を向けると、アメットさんはこてりと小首を傾《かし》げて見せた。

怒っているようではないのでほっと息をつこうとした時、小首を傾げたことによってアメットさんの肩越しに見えたもう一台の馬車の窓が目に入る。

「ヒエッ」

「どうかしたか？」

「い、いえ。何も……」

「左様で」

穏やかに笑うアメットさんに何とか返事をしつつ、俺は意識を半ば無理やり馬車の中の荷物に集中させた。

（めちゃくちゃ楽しそうに笑ってこっち見てたんだが？　何あれ、こわ……）

窓越しに合った視線。俺がそちらを見ることを予想していたように軽く手まで振られた。カフェテリアでテキパキ動いていたアメットさんのことを思えば、皇太子殿下への不敬ともとれる発言に対しておちゃめに小首を傾げるような性格にも思えない。となれば、従兄殿がそこにいるのをわかっていて俺がそちらを認識できるように小首を傾げたってことでしょ。は？　こっわ……。

俺、現段階だと従兄殿のことちょっと苦手なんだよな。今まで俺の周りにはいなかったタイプ。

立場として一番近いのはフェデリコ兄様だけど、フェデリコ兄様は弟気質で何かと世話を焼きたくなる、力を貸したくなる君主。一方で、ここ数回の従兄殿との交流で彼に感じたのは圧倒的カリスマ力、っていうのか。為政者の鑑《かがみ》って感じで、彼自身の人となりが見えてこないんだよなぁ。

（もしかして俺、目つけられてる？）

警戒対象としてではなく、ヘッドハンティング的な意味で。

嫌われるよりはいいんだろうけど、俺に興味が向いているということは俺が平民のライではなく第七王子のライモンドであるとバレるリスクが高まるということ。下手《へた》にバレてしまえば従兄殿の俺への好感度は間違いなく一気にマイナスをぶっちぎる。

もはや従兄殿の興味を俺から逸《そ》らせることはできないだろう。なんせ元帝国軍のミューラー先生とベルトランド兄様の教え子だ。従兄殿が囲い込もうとするだけの理由がある。

こうなったら、できるだけ平民のライの状態で好感度を上げて、機を見てこちらから打ち明けるしかない。

「……えーっと。ひとまず、これ全部浮かせてしまいますね」

従兄殿のことは後で考えるとして、とりあえずこの荷物を移動させてしまわなければならない。

五大国の一つ、オストの皇太子ともなると、留学とはいえ自国に来てくれているうちに繋《つな》がりを持ちたい貴族たちからパーティーやお茶会の招待状がひっきりなしに届く。下位貴族のお誘いは手紙でお断りすればいいが、王家に連なる公爵家などのお誘いとなればそうもいかない。仮に貴族からのお誘いを一括してお断りしたとしても、滞在中オッキデンス王家が他国の皇族をおもてなししないはずもなく。どちらにせよ何かしらの社交の場に従兄殿は参加せざるを得ない。

各国の交流が盛んなこの世界の特に大きな学園を持つ五大国には、他《ほか》の大国の王族が滞在できるタウンハウスが設けられている。もちろん従兄殿もオッキデンスにタウンハウスを持っているためこの程度、馬車一つ分の荷物で済んでいると言える。

「旅程にイバニェス伯爵がいらっしゃる割には荷物少ないんですね」

「んあ？　どういうことだ？」

思わずつぶやいた俺の言葉に側にいたセフェリノさんが反応する。

「イバニェス伯爵がいらっしゃらなかったら、ヴィルヘルム様はこれも学生ならではの学びだと、野宿や野営、キャンプ料理でこと済ませられるんでしょうけど、他国の貴族の目がある以上道中でも皇太子然とした対応が求められますからね」

それは従兄殿だけに言えることではなく、イバニェス伯爵もまた他国の皇太子に相応《ふさわ》しい対応をせねばならず、荷物はおふたりの間で倍々に増えていく。しかも、従兄殿は相手の伯爵よりも立場が上であることを示さなければならず、イバニェス伯爵はあまりに貧相な準備では皇太子への侮辱にあたりかねないので豪華にせねばならない。

それを思うと、本来なら馬車一つ分で荷物が収まるわけはないのだ。

「貴族ってぇのは面倒なんだなぁ……」

「アタシ農家でよかったわぁ」

まぁ、農家を兼業しているとはいえこの世界で一番自由な職業である冒険者になっている二人からすれば、窮屈に思うのも仕方がない。

「ヴィルヘルム様が今はいち学生であるため過度なもてなしや気遣いは不要だという考えだからだ」

「貴族としては珍しい。百聞は一見に如かずってやつですね」

さて、荷物をちゃちゃっと移動させてしまおうか。

重力魔法はこの世界にはまだ発明されていない。なぜならこの世界にニュートンはおらず、万有引力の発見がなかったから。リンゴが木から落ちる様を見て、それを自然の摂理だと受け入れる者はいても、それをなぜかと考える者がいなかった。どれだけ不自然でも自然現象は精霊の働きによるもので、そこに理由を求める者などいなかった。

そもそも重力の概念がなければ無重力を思いつくはずもない。飛ぶためには鳥のように羽ばたくか、一部の魔物のように風魔法を駆使するしかない。

せっかくオリバーから魔法構築学を学んだのだから、ぱぱっと新しい魔法を発明できたらかっこいいのだけれど、魔法構築学はトライ＆エラーが物を言う学問だ。学問の入り口に立っただけの俺がすぐに新しい魔法を作れるはずもない。

（対象の起点を荷物一つ一つに設定して、その周りを無重力に）

地球では起こりえない状況も、魔力を餌に微精霊たちに頼めば実現する。

俺の魔力の発動と共に荷物がふわりと動き出す。

きちんと魔法がかかったことを確認してから荷物の一つに手を伸ばせば、軽い力でそのままふよふよと動いてくれる。

「え、え？　ちょっと！　ボウヤ!?　アナタ何の魔法使ったの!?」

さすが魔導士科に所属しているだけのことはあって、ヴァレンティナさんが通常の風魔法では再現できない現象に声を上げた。

「んー。説明するのはちょっと難しいんですけど。簡単に言うと荷物を風魔法以外の魔法で浮かせました。風魔法で支えているわけじゃないんで、難しい魔力操作なしでそのまま空中を移動させることができます」

「すっごい便利！」

「魔力量任せの魔法なんで、たぶん原理きちんと知らないと魔力不足で倒れると思うんで、試さないでくださいね」

「わかってるわよ！」

キャーキャー言いながら、馬車の中から引っ張り出したふよふよ浮く荷物をあちらこちらに移動させて遊ぶヴァレンティナさん。セフェリノさんはあまり魔法に詳しくないのか、何がすごいのかわかっていない様子でせっせと荷物を幌馬車へと移動させてくれている。

「……ベルトランド様が気にかけていたから魔法にも明るいのだとわかっていたつもりだったが、これは想像以上だな」

思わずといった様子で、素直に感嘆するアメットさんに笑みを向ける。

「ベルトランド先生やミューラー先生には発想が面白《おもしろ》いといつも言われるんです。でも既存の魔法は魔導士科で必修に指定されている基礎分野の二学年の範囲までしかわからないんですけどね」

「いや、騎士の身でそこまで理解できているなら十分だろう。それに、こういった新たな魔法を思いつく発想力は何物にも勝る」

「ありがとうございます」

従兄殿と一緒にいた時はほとんど喋《しゃべ》らなかったが、こうして話してみると平民の俺にも丁寧に接してくれるいい人だ。

はしゃぐヴァレンティナさんから荷物を奪い返して、すべて幌馬車に積み込んでから魔法を解く。荷物を移動させ終わると、アメットさんが従兄殿の乗る馬車の戸をノックしてから扉を開けた。

「手伝い感謝するよ、ライ」

「いえ、皇太子殿下のお役に立てて光栄です」

馬車を降りた従兄殿が早速俺に感謝の言葉を述べるので、それに笑顔で応《こた》える。さすがに平民の俺とそれ以上の交流をはかるようなことはせず、従兄殿はそのままイバニェス伯爵と共にオッキデンスまでの旅のために用意された馬車へと乗り換えた。

ウルリカさんも同様に馬車に乗り込んだので、俺はセフェリノさんとヴァレンティナさんと共に荷物で狭くなった幌馬車へと乗り込むことにした。


チェントロからオッキデンスまでは馬車でおよそひと月。

馬車の移動速度はおよそ時速五キロなので、一日に進める距離はせいぜい五十キロほど。車や電車、飛行機といった交通手段を知る身からすると、ひどくゆっくりとしたもどかしい旅路に思えるが、この世界の環境を思えば現状最適な交通手段であることがわかる。

そも、この世界の機械技術はそこまで進んでいないというわけでもない。ただ、生活に魔法が根付いており、冒険者という職業が正式に認められるほどに街の外に危険な魔物がはびこっているため、地球とはまったく違う発展を見せているのである。

地球では前時代的な乗り物である馬車だが、魔物がはびこる野を駆けるには最適なのだ。

魔法や武道を学園などできちんと学んだ上で複数人で対処しなければ危険な魔物は、鉄などの一般的な金属板であれば容易に破損させることができる。その上魔法を駆使して野を駆る魔物から速さで逃げ切ることも難しく、たとえ距離をとれたとしても相手も遠距離から魔法で攻撃してくるため、街と街の間を移動するには魔物との戦闘を避けて通れないのだ。

魔物との戦闘が発生した際、車は操り手がいなければ逃げることもできないが、馬車なら手綱を切ってやれば勝手に逃げてくれる。きちんと訓練さえしていれば戦闘後指笛などで馬を呼び寄せて再び旅を続けることもできるだろうが、車はエンジンをつぶされてしまえばその場で修理することも難しい。

　結局、流行《はや》らないのは流行らないなりの、廃れないのは廃れないなりの理由があるというわけだ。

　移動手段としてもう一つ挙げられるのは魔方陣による空間転移だが、今のところ短距離はともかく長距離の移動は成功していない。せいぜい数十メートル先に飛ぶのが限度である。とうてい街から街への移動に使える代物ではない。

「ボウヤ、何か面白いものでも見えるのかしら？」

　がたがたと揺れる幌馬車からぼんやりと周りの景色を眺めていると、ヴァレンティナさんがおかしそうにクスクスと笑いながら俺にそう聞いてきた。

「いえ、あまりこうやって外に出ることがなかったので」

「あん？　坊主の故郷はオストの方だろ？　中央に来る時はどうしたんだぁ？」

「学園都市までは兄が付き添ってくれて、ずっと話をしていたので……。あまり周りを見てなかったんですよ」

「ほぉん。魔物に襲われなかったのか？」

「護衛の方がいらっしゃったので」

　もちろんこの話は嘘《うそ》だ。実際には王宮から学園都市までの間、舗装された道を馬車で一日ベルトランド兄様と移動しただけである。魔物の出没する地域に出るのも、長距離移動するのも初めてだ。

「あんなすごい魔法使えるくせに、そわそわしちゃってかっわいーい！」

ヴァレンティナさんがからかうように俺のほっぺをつんつんと突《つつ》いてくるのをやんわり手で制してから、再び外の景色に目を向けた。

俺の世界は広いようでずっと狭い。

生まれてから学園に来るまで王宮から出ることすらほとんどなかった。学園でも、結局魔法の研究や新しい戦法を試すのが楽しくて、他の学生のように外で魔物と戦おうと考えたことすらなかった。

だからか、心臓のあたりがずっとそわそわとして落ち着かない。妙にふわふわとして地に足がついていない感じがする。

「坊主」

「ん、なんですか？　セフェリノさん」

俺が浮かれていることを感じてか、セフェリノさんが真面目《まじめ》な声色で話しかけてきた。

「これからウチの国に行くまでの道中にゃぁ必ず魔物が出てくるはずだ。んで、俺とティナが魔物を相手取るわけだけどよぉ。皇太子殿下にゃイバニェス卿がいらっしゃる。でも、お前にゃ側で守ってくれる奴《やつ》はいねぇ」

何と言えばいいのか、と言葉を探す様子のセフェリノさん。しばらく言葉を探したが見つからず、それをごまかすように俺の頭を雑に撫《な》でた。

「うわっ」

「クロヴィスからよぉ、冒険者としてやっていきたがってるたぁ聞いたが、無茶だけはすんじゃねぇぞ」

「ちょっ、くび、痛いですッ！」

「ブロッカーボアみてぇに後先考えず突っ込んでくのは若《わけ》ぇやつの特権だけどよぉ、命あっての物種だからなぁ」

「わかっ、わかりましたから！　首が痛いッ！」

「わっはっはっは！　そうかそうか！」

「いいからっ！　手をッ、どけてくださいッ!!」

「あっはっはっはっはっはっは!!」

◆◆◆◆◆

馬車での旅は思ったよりも快適だった。馬車文化が長く続いている分サスペンションが優れているのか、心配していたような乗り物酔いも特になかった。

魔物に出くわすこともなく数時間馬車に揺られた後、街道沿いにある広場に止めて休息と昼食をとることになった。

ありがたいことに、従兄殿の指示でウルリカさんが教師陣だけでなく俺の昼食の用意もまとめて請け負ってくれたので、馬車の周りを散策しながら馬車移動で凝り固まった筋肉をほぐす。

「おぅい、坊主！　旅の間動かねぇと体が鈍《なま》るだろぉ！　ちっと手合わせでもするかぁ！」

「セフェリノさん！　お願いします！」

セフェリノさんの得物《えもの》は剣ではなく斧《おの》で、常に腰に大きさの微妙に違う二本の斧を差している。農夫として働く傍ら冒険者をしているセフェリノさんらしい選択だ。

「手合わせをするなら私も見学して構わないかな？」

「おぉ？　皇太子殿下に見せるほどでもねぇけど、それでも良けりゃぁ見てってくだせぇ！」

その言葉に、アメットさんがすぐさま椅子《いす》とテーブルを準備してウルリカさんが紅茶を淹《い》れる。即席観戦席の完成だ。

従兄殿と共に席に着いたイバニエス伯爵。その後ろに控えるアメットさんとヴァレンティナさん。

ウルリカさんが再び昼食の準備のために側を離れたとはいえ、四人に見守られながら剣を振るのはちょっと緊張する。

「戦斧《せんぷ》持ちを相手にしたことないんで、見てても面白くないと思いますよ？」

「気にしなくともいい。私はクロヴィスが面白いと言った君の剣術が見てみたいんだ」

「俺も気になっててよぉ！　坊主は魔法も使うし、戦い方の発想が面白いんだろお？　俺もよぉ、坊主の戦い方を知らなきゃぁサポートするにもできねぇしよぉ」

セフェリノさんが両手に斧を構えて軽く振れば、ブンッと重い音がする。

「好きにかかってきなぁ。相手してやるからよぅ」

「……では、お言葉に甘えて」

まずは身体強化の魔法をかけるために体中に魔力を巡らせる。

斧を相手取るのは初めてだ。キュリロス師匠には剣の基本的な振り方を、ミューラー先生には相手の攻撃を受け流す方法を教えてもらった。どちらも剣術の基礎であり、どちらもこちらから攻撃することは想定されていない守りの型ばかり。

俺にアドバンテージがあるとすれば、今まで誰《だれ》も使ったことのない付与魔法を使えることだ。だから、それをうまく使わなきゃならない。

自分の体内に魔力を巡らせる身体強化と違い外側から魔力でコーティングする付与魔法の筋力強化や俊足の魔法は纏わせた魔力が霧散するまでの時間制限がある。常時使えるわけじゃないし、一度わかってしまえばセフェリノさんならすぐに対応してしまう。

ならば、すぐに対応できない効果を持つ魔法を使うしかない。

一度呼吸を落ち着けて、剣を構える。

「…………いきます」

グッと地面を踏みしめて、一気にセフェリノさんの懐に潜り込む。もちろんすぐに対応されてセフェリノさんは俺の剣を片方の斧で受け止めた。

そのままもう一方の斧を振りかぶるので、すぐさま後ろに飛びのいて距離を取るも、今度はセフェリノさんが踏み込んでくる。

「はっはぁ！　クロヴィスの認めた剣がその程度かぁッ!?」

「うっるさいッ！　そもそも俺は一対一は苦手なんだよッ！」

ミューラー先生に散々言われた通り、俺に剣の才能はない。

ただでさえ重い斧による攻撃。それも二本。慣れない武器相手に普通のロングソードしか使わない俺には荷が重い。対してセフェリノさんはありふれたロングソードを相手取ることには慣れているだろうし。

「なんだぁッ⁉　もう負けた時の言い訳かぁッ⁉」

「事実ですッ！」

「ほぉか！　でもなぁ、ここにゃぁ俺とおめぇの二人だけだぞぉ」

一度打ち込んでくるのをやめたセフェリノさんが重心を低く低く落としていく。

「ほんっと……、才能に恵まれてる人って嫌だなぁ……」

剣術の才能があるわけでもなく、体格に恵まれているわけでもない。よくある小説の主人公みたいに『俺つぇぇ』ができるチートが欲しいとまでは言わないけれど、それを羨《うらや》む気持ちはある。人間だもの。

優れた反射神経と身体能力を持ったアルトゥール。恵まれた体格とそれに伴う筋力の持ち主であるセフェリノさん。そして、今はあまり目立っていないけど、将来キュリロス師匠にも届きそうな才能と能力を持つシロー。

そんな人たちに劣っていることなんて百も承知だ。侮《あなど》るならば侮ればいい。

「俺の剣は守りの剣なんです。今度はどうぞセフェリノさんから打ち込んできてください」

俺はそんな才能のある人たちと渡り合っていくためならどう思われても構わない。

「ほんじゃぁ、遠慮なくいくとするかぁ。耐えろよぉ……ッ！」

明らかに俺の実力に合わせて落とされたスピード。

「……〈ラピドゥス〉、〈ウィス-フォルテ〉」

タイミングを逃すわけにはいかない。せっかくセフェリノさんが俺を侮ってくれたんだ。この一瞬で必ずセフェリノさんに魔法を当てなければ。

振るわれた戦斧は自身に筋力強化の魔法を付与したため、重いはずの斬撃は俺でも受け止められた。

まさか俺が受け止めるとは思っていなかったのか、一瞬驚いた表情をしたセフェリノさんが続けざまにもう一方の斧を打ち込んでくる。だが、ミューラー先生との地獄の訓練で鍛えられた反射神経と俊足の魔法で素早く動く体があれば避けることは難しくない。

手を抜いていたとはいえ、確実に俺を沈めるつもりで放った攻撃を受けられ避けられ、動揺したセフェリノさんに大きく隙《すき》が生じる。

そんなセフェリノさんの前に手を構え、呪文《じゅもん》を唱える。

「〈キタ-ル-ルクス〉」

「うおっ⁉　なんだ、これッ⁉」

これが自分の考えた魔法じゃないことがとても悔しいが、それでもオリバーに託された魔法がAランク冒険者にも効くことがわかって友として鼻が高い。

「前が、見えねぇぞッ⁉」

人間の五感による知覚のうち、視覚の占める割合は八割以上。それが唐突に奪われたのなら？　普通に動くことすら難しい。それが五感をフルに使わなければならない戦闘となればなおさらだ。

さすがにそんな状態のセフェリノさんに切りつけることはできないので、背後から膝裏を蹴り飛ばして地面に転がす。なんとか咄嗟《とっさ》に受け身は取ったようだが、そこから体勢を立て直すのは難しいだろう。剣の切っ先をセフェリノさんの眼前に突きつけた。

「チェックメイト、なんてね」

◆◆◆◆◆

「イバニエス伯爵。私はあまり冒険者界隈《かいわい》に明るくないのだが、セフェリノとライの手合わせをどう見る？」

「はっ。セフェリノは我が領地の冒険者としては間違いなく上位に入ります。このヴァレンティナもそうですが、農家を辞めて冒険者としてのみ活動することをギルドに打診されるほどですので。ライ君のことを私はよく知りませんが、竜騎士クロヴィス・ミューラー卿の教え子とはいえ順当にいけばセフェリノが勝つでしょうな」

「そうか」

ウルリカの淹れた紅茶で喉を潤しながら、相対するライとセフェリノを見やる。

正直、今回の留学に期待などなかった。長らくオッキデンス王国の正統な後継者であるフランキスカ様とチェントロ王国の第四王子のオルランド様が婚約を結んでいたが、フランキスカ様の王位継承の前に正式な婚姻が近々結ばれる。その前に同じ五大国の次期皇帝として交流を図るために父上が決めた留学だ。

　チェントロ王国の第七王子、叔母上の息子である従弟《いとこ》のライモンドが同じ年頃だから交流を持てとチェントロの学園に入学したのと同じような理由だ。もっとも、当の本人である従弟のライモンドは学園に入学はしたようだがどこにも見当たらなかったが。

（その分、あいつの婚約者であるレアンドラ嬢と交流を持てたものの。貴族の社交も放り出して何をやっているんだ）

　皇太子として、人々の上に立つ者として、個人的な感情を表に出すつもりはさらさらないが、それでも自分の意見を言ってもいいのなら、私は従弟のライモンドが気に食わない。

　私よりも二つ年下とはいえ私と同じ五大国の王の血を継ぎ、民の血税で生き、日々の生活を支えられている私たち王皇族は、同時に民により良い生活を保障する公僕でなければならない。力を持つがゆえ、忘れてはならない王皇族としての責務だと教えられてきた。

　だから私自身公人として常に民に恥じぬ皇太子としての振る舞いを心掛けている。

　北のスィエーヴィルは知識を、南のノトスは魔法を、西のオッキデンスは農工業を、東のオストは武力をもって大陸の発展に尽力している。それらのまとめ役、調整役として大陸中央部にチェントロが君臨する。五大国の持つ権力は平等でなければならない。その天秤《てんびん》がひとたび傾けばその余波は大陸全土に及ぶことになる。

　その中でも、調整者として君臨するチェントロは、国家としてはある意味五大国の中でも特殊だ。優れた特定の分野を持たないチェントロは、仲介者としてその公平さで世界の調和をもって平和を維持するのだ。

五大国の血を混ぜる場合、必ずチェントロ王家を介するのもそのためだ。

チェントロ以外の四大国に属する貴族は自国の貴族、もしくはチェントロの貴族としか婚姻を認められない。チェントロは最低でも二代チェントロの血が混ざった者しか他国に嫁がせたり婿入りさせることはない。

逆に四大国は当時の王族に近しい血族を必ずチェントロの王家、もしくはそれに類する上位貴族に嫁がせる。

そうすることにより四大国は他の四大国による謀略を受けづらく、誰も調整者たるチェントロに手を出そうとはしない。チェントロも各国に自身に連なる子供たちがいるからどこかを不当に扱うこともない。そうやってこの世界は長きにわたり平和と繁栄を続けてきた。

五大国の王皇族の血を引く者として、ライモンドも調整者たるべきなのだ。

だというのに、あの従弟は碌《ろく》に社交をするでもなく、チェントロの王太子になるだのならないだのと、国内に不和を招いてチェントロ王家に迷惑をかけることしかしていない。

それならいっそずっと王宮内にこもって、自身の名が忘れ去られるまで大人《おとな》しくしていればいいものを、亜人と人の間に生まれた子供の不調に関する考察と研究などというレポートにベルトランド様と共に名を並べて学会で発表したり。時が経《た》ってなお有名な伝説のSランク冒険者キュリロス・ニアルコスを側仕えにしたり。たびたび貴族社会を無為に波立たせるなど、同じオストの気高き武人の血を引く者として許しがたい。

（……いや、これはただの言い訳だな）

齢《よわい》一桁の従弟が当時どこまで考えて動いていたのか知らないが、表には一切顔を出さないくせにライモンドの価値が高すぎたのだ。

チェントロの公爵家のひとつグリマルディを後ろ盾に持ち、カッシネッリ公爵家当主のホフレを従え、バルツァー公爵家のレアンドラ嬢と婚約を結んでいる。

叔母上譲りのオストの黒髪とアブラーモ様譲りのチェントロの緑眼。その上、今まで誰も有用な策を出せなかった亜人と人の間に生まれた子供の健康改善案まで。

そのくせ、第七王子と身分は王族の中でもさほど高くない。

永きにわたって保たれていた天秤を傾けるには十分だ。

（父上が牽制《けんせい》しているものの、ライモンドをオストに取り込もうとする貴族は少なくない）

もちろんオストの直系皇族である叔母上の子供なのだから、ライモンドはチェントロ国内の貴族としか結婚できない決まりだが、欲深い人間が例外を作らないとも限らない。

例えば、私が死ねば私に弟や妹がいない以上次期皇帝はより血の近い者から選ばれる。他国に嫁に出た叔母上の血筋から選ばれることは普通ありえない、が……。

（皇族である以上、公平でなければならない、が）

私にも父にも、我が祖国オストだけでなくこの世界に不和をもたらしかねない。せめて貴族社会の社交の場に出てくれれば牽制も監視もできるというのに、婚約者のレアンドラ嬢にも悟らせずにどこかで好き勝手自由にやっていると思うと……。

（…………むかつく）


おっと。ここにイバニェス伯爵しかいないからといって眉間《みけん》に皺《しわ》を寄せるところだった。

意識を再び武器を構えて向かい合うライとセフェリノの方へと向ける。

「だが、イバニェス伯爵。ライはあのクロヴィスが私に直接引き合わせた人物だぞ」

「だとしても彼はまだ十三歳の子供でしょう。経験が違います」

確かに、長年冒険者としても農家としても魔物をその身ひとつで相手取ってきたセフェリノにライがそうやすやすと勝てるわけもない、が。

「彼はベルトランド様が世話をする魔導士でもあるらしい。そこはどう見る？　ヴァレンティナ」

「そうですね、確かにボウヤの使う魔法は面白かったですわ。今までアタシたち魔導士が使ってきた魔法とは違う独自の魔法を使います。それも、よく知識のない子供がやるような魔力まかせの魔法じゃなくて、どこにどう魔力を作用させるのかを理解した独自魔法です。まだ魔方陣や呪文にできていないだけで、精霊に出す指示を頭の中できちんと理解しています。もっとも、セフェリノとの戦いの中でそこまで冷静に考えて精霊に指示を出せるかまではわかりませんけど」

「なるほど」

今回の留学に期待などなかった。だが、彼の実力によっては、大きな拾いものになるかもしれないな。

「始まるぞ」

ライとセフェリノの戦いはやはりセフェリノ優勢で始まった。学園入学の年齢としては最低ラインである十三歳での入学。体もまだ出来上がっていない経験も浅い子供と大人の手合わせなのだ。当たり前だ。

セフェリノもオッキデンスの学園に所属しているサポート教師としてライの実力に合わせて武器を振るっている。

「やはり、この勝負セフェリノの勝ちでしょうな」

「あら、でもイバニェス伯爵。あのボウヤ、まだ魔法は身体強化くらいしか使ってないわよ？」

「だが見ろ、ヴァレンティナ。あの子、セフェリノの手加減した攻撃をいなすので精一杯じゃないか」

イバニェス伯爵とヴァレンティナとの会話に耳を傾けながら、アメットに声をかける。

「お前はこの勝負どう見る、アメット」

「あの少年、まだ手を隠し持っているようですので、なんとも」

「ほぉ……」

意外だな。従軍経験のあるアメットがあの少年を存外高く評価している。

「カフェテリアの時や、荷物を移し変えた時もそうですが、彼は自分の能力や思考を隠すことの必要性と有用性を知っているようでした」

「なるほどな」

確かに、ベルトランド様といた際に彼と少し言葉を交わしたが、私の言葉の裏を読むことに長《た》けていると感じた。それは同時に彼自身も言葉の裏に真実を隠すことができるということ。そして、それは真意を隠すことに有用性を感じていなければしないことだ。

また、馬車で私の荷物を魔法で動かす彼を窓越しに見ていたが、彼と目があった時彼はその視線の交わりが意図的に作られたものであることに気がつき表情をこわばらせていた。

まぁ、クロヴィスの教え子ならば当然か。シュワルツチャイルド公爵家はオスト皇族に仕える黒い盾。竜に追随する鷲《わし》と狼《おおかみ》。我が帝国軍を辞したとはいえ、あのクロヴィスが教え子が我がオスト帝国に礼を失するような教育をするわけがない。

「おや、セフェリノがそろそろ終《しま》いにするようですよ」

イバニエス伯爵の言葉の通り、息を荒くして剣先も下がったライにセフェリノは決定打を与えるようだ。ここで倒れるのか、否か。

「今、ボウヤが何か魔法を使ったみたいだわ」

私にはわからなかったが、魔導士として活躍するヴァレンティナは魔力の揺らぎを感じ取ったのかそうつぶやいた。

やはり、ライは何か仕掛けるつもりなのか。

まだまだ未熟なライに合わせて手加減したとはいえ、確実に彼を沈めるつもりでセフェリノが放った一撃をライは難なく受け止めて、さらに先ほどまでは避けることができずに受け止めざるを得なかったスピードの攻撃を軽々と避けて見せた。

思いがけない彼の対応に私だけでなく他の三人も息をのむ。一度攻撃をいなせたからといって、もはやライも体力の限界。ここからどうやって反撃をするのか。

「一体彼は何をしたんだ！」

イバニエス伯爵がそう叫ぶのも無理はない。セフェリノの眼前にライが手をかざした途端、セフェリノの動きがおかしくなった。ライに追撃を加えることもできず、彼の攻撃を避けることもできず、背後から膝裏を蹴られただけであっけなく地面に転がった。


「チェックメイト」


イバニエス伯爵とヴァレンティナはもちろん、私やアメットだって本当にライが勝つだなんて思っていなかった。できてもセフェリノに一撃浴びせるくらいだろうと。

だというのに彼はAランク冒険者にこの上ない敗北を突きつけたのだ。自身の腕と能力だけで勝ち得るAランクという称号がどれだけの意味を持つのか知らないわけでもあるまいに。そんな彼から勝利の二文字をもぎ取った。

「アメット」

「はい、ヴィルヘルム様」

生まれて十五年、常に私の側にいるアメットが心得たと返事をする。

今回の留学に期待などなかった。それなのに。

（従弟によく似た名前の学生か。オスト帝国民の血を引いているようだし将来私の下についてくれれば、従弟を中心に広がる波紋を止める手立てになるやもしれん）

我が祖国のため。この大陸のため。

（いや、詭弁《きべん》に過ぎないな）

久しぶりに胸が高鳴る。

かつて、まだクロヴィスが帝国軍にいたころ。スタンピードを起こした魔物から帝都を守るために立ち向かった誇り高き竜騎士団を見た時のような。英雄の誕生に立ち会えたような、そんな感覚。

皇族としてじゃない。国のために生きる公僕としてじゃない。ただの十五歳の子供に過ぎないヴィルヘルムとして。

「久しぶりに欲しいものができた」

私はあの少年が欲しい。

「彼のことを調べろ」

◆◆◆◆◆

「はーい、じゃあ魔法解きますねー」

「ボウヤ！　ボウヤったら！　さっきの魔法はなぁに⁉　チェントロでは剣術に魔法を取り入れるのが最近の主流なの⁉　それに、セフェリノの斧をよける前にも何か使ってたわよね⁉　ねぇったら！　教えて頂戴よ‼」

「なんでぇ、坊主！　えらく謙虚にしやがるからよぅ！　クロヴィスの野郎が勝手に言ってるだけかと思えばよぅ！　攻撃は苦手たぁ聞いてたが防御の腕はなかなかじゃねぇか！　それに魔法を使うのを嫌がる剣士が多いってぇのに、それを反撃の要に使う豪胆さも気に入った！　もう一勝負するかぁ？　うん？」

「少年、少年！　セフェリノ相手によくやった！　ヴァレンティナとセフェリノと私は子供時代からの幼《おさな》馴《な》染《じみ》というやつでね！　魔導士も剣士も共に歩む道はないのかと頭を悩ませていたというのに、少年というやつは！　面白い！　気に入った！　ぜひ、オッキデンスでは私の邸宅に遊びに来たまえ！」

「ライ、まさかAランク冒険者のセフェリノ相手に勝ってしまうとは思ってもみなかった。いや、クロヴィスとベルトランド様から目をかけられていることを思えば、これもまた必然だったのかな？　同じ学園から同じ国に留学する学友じゃないか。どうだろう、旅の途中ぜひ話を聞かせてはくれないか？」

う、うるせ～～～～ッ!!

セフェリノさんとの勝負が終わった途端、当事者のセフェリノさんはもちろん魔導士のヴァレンティナさん、ここまで特に交流のなかったイバニェス伯爵、皇太子としてちゃんと一線を引いて対応していた従兄殿。その全員に囲まれて一斉に話しかけられた。

もう一度言おう。うるせぇッ!!

「セフェリノさんは魔法解かなきゃ効果が切れるまで見えないままになりますよ」

「見えない？　今セフェリノは見えてないの？　人体の機能を一時的に奪っているの？　だとしたらどうやってそれを戻すというの？　いえ、人体の機能を奪っているなら一定時間で効果が消えるのはおかしいわよね。原理は？　魔法は？　詠唱魔法？　魔方陣？」

「それよりよぉ！　最後の俺の攻撃を受けたり避けたりできたのはいったいどういう理由なんだぁ!?　俺だってこれでもＡランク冒険者だってぇのに、坊主の実力を図り間違えるなんてぇことするわけがねぇ！　そんじゃぁ、なんか魔法使ったんだろぅ？　どういう原理でぇ！」

「ライ、ライ。それは私も気になるところだ。皇太子だの平民だのと細かいことは置いといて、ひとまず話を聞かせてくれないか？　さぁ、あっちでウルリカが食事を準備してくれている。アメット、椅子とテーブルの準備を」

「はい、ヴィルヘルム様」

「ちょっと待っていただけますかな、ヴィルヘルム殿下。その席にぜひ私も同席させていただきたい。

セフェリノとヴァレンティナもいれば談議に花も咲きましょうぞ。ささ、少年。こっちで話を聞かせてくれるかな？」

四方八方から浴びせかけられる言葉の数々に集中力を削《そ》がれていく。さっさとオリバーの考えた盲目の魔法の反対呪文も試したいのに、これじゃ試せやしない。

あまりのうるささにぶちっと頭の中で理性の糸の切れる音がする。

「うっるせぇんですよッ‼　食事中でも道中でも、話くらいいくらでもして差し上げますから！　どうぞ一瞬でいいんでお黙りあそばせてくださいッ！」

やっと静かになったので、またうるさくならないうちにセフェリノさんの顔の前に手を掲げて呪文を唱える。

「〈レウェルティ〉」

「お？　おぉ⁉　見える、見えるぞぉ！」

「だから、見えるようにするって言ったじゃないですか」

途端はしゃぎだすセフェリノさんに半ば呆《あき》れながら言葉を返して、はたと気づく。

俺、セフェリノさんとヴァレンティナさん以外に従兄殿に対しても黙れって言ってしまったのでは⁇

その事実に気づいてぶわっと背中から冷や汗が噴きだした。いや、イバニェス伯爵相手なら最悪こちらの身分を明かせば問題ないかもしれないけれど、従兄殿相手だとそうもいかない。

だって相手は推定ライモンドを嫌っている従兄殿だ。これのせいでまた関係悪化するとか普通に考えて嫌すぎる。

　ぎこちなく従兄殿のいる方へと視線を向ければ、俺が危惧していたようなことはなく。なんなら少し離れたところでイバニェス伯爵と共に昼食が準備されたテーブルについている。

「あー、皇太子殿下？」

「ライ。先ほども言ったが、今は私もいち学生だ。不敬などと気にせず席につくといい。食事にしよう」

　アメットさんとウルリカさんもいつ移動したのか、すでに給仕として振る舞っていた。

「あー、じゃあ。オジャマシマス」

　否と言えるわけもなく。いまだはしゃぐセフェリノさんと、魔法のことを聞きたそうにしているヴァレンティナさんと共に、従兄殿とイバニェス伯爵と同じ席についた。


　昼食中の話のテーマは俺がセフェリノさんとの戦闘中に使った魔法の内容だ。

「じゃあ、その付与魔法はボウヤが作って使い始めたばっかりの新しい魔法なのね！」

「はい。研究の半分以上はベルトランド先生の助手のオリバーという友人が担ってくれているので、俺がやっていることと言えばアイデアを出すぐらいですが」

「謙遜しなくてもいいのよ。そのアイデアを出すことが一番難しくて一番大切なことなんだから」

　ヴァレンティナさんはさすが魔導士科のサポート教員と言ったところか、魔法の話をしていても理解が早い。

「ライ、その魔法をアメットに教えることは可能か？　できれば帝国軍に入隊してもらいたいが、まだ学園に入学したばかりの君を引き抜くことはできない。君に目をかけているクロヴィスとベルトランド様にも顔が立たない。だが、その魔法があれば今まで苦戦していた魔物との戦いも楽になる」

　従兄殿も貴族コースとはいえ魔法を学ぶ魔導士科の生徒として、また将来一国を率いる皇太子として俺の想像以上に熱心に話を聞いてくる。

「そう、ですね。将来帝国に属するかどうかはともかく、オッキデンスまでの旅の間にアメットさんに教えるくらいなら喜んで引き受けますよ」

　それにしても。

「……旅の途中とは思えないほどご飯がおいしい」

「光栄です」

　思わずつぶやいた俺の独《ひと》り言《ごと》を拾ったウルリカさんが頭を下げる。

「一か月も馬車旅だっていうから正直干し肉とパンの生活が続くものだとばかり……」

「ヴィルヘルム様にそのようなお食事を提供するわけにはいきませんので」

「ヴィルヘルム様が自分だけそのような食事を食べるわけにはいかないとおっしゃってもいけませんから」

「息ぴったりですね」

「「双子ですので」」

「お、おう………」

　本当に息ぴったりだ。

「それにしても、クロヴィスとベルトランド様が気にかけているだけのことはある」

「ヴィルヘルム殿下。どうでしょう、以前うかがっていた魔法を試用する際にこの少年にも協力を頼むというのは」

「魔法の試用というと、カフェテリアで伺ったあの件ですか？」

　魔法スクロール。そのプロトタイプの試用実験。以前ベルトランド兄様と一緒に話を聞いた時は、俺は気にせず自分の身だけを守れと言われたが。

「そうだ。君さえよければスクロール実験の際に協力を頼もうか」

「もちろんです」

　むしろ願ったりかなったりだ。

「アメット」

「はい。現在プロトタイプとして試験利用にまでこぎつけたスクロール魔法は、属性の付与された障壁魔法の魔方陣です」

　障壁魔法。読んで字のごとく、魔力によって壁を作る魔法だ。通常は魔方陣を描いた範囲に無属性の魔力による障壁が展開され、結界のようにバリアが張られるものだが。

「属性付与、ということは籠城するための結界というよりも隔離するための障壁といった意味合いが強いのでしょうか」

「その通りだ。既存の魔法障壁はスタンピード発生時や、魔物からの襲撃が起こり得る場所で安全地帯を確保するためのものだろう。だが、スクロールはそもそもスタンピードの際に魔物の討伐率を上げるためのもの。市民の安全を守るためというよりも、戦闘中に魔物を障壁内に閉じ込め、あわよくばダメージを与え、帝国軍が態勢を立て直すためのものだ」

「今回使用する付与魔法の種類は？」

「地水火風の四元素」

「頭上への障壁展開は？」

「今回のスクロールは壁を作るだけのものと思ってくれ」

「範囲は？」

「スクロールを中心とした十メートル四方だ」

十メートル四方の属性の壁。確かに魔物を隔離して態勢を立て直すためにはいいかもしれないが、果たして実戦でどこまで役に立つだろうか。

頭の中でゲームのように魔物との戦闘をシミュレートしながら考える。いや、そもそもこの世界の魔物がどう動くか俺は実際見たことがないんだから、どれだけ考えても無駄か。

考えていても仕方がない。ともかくやってみてトライ＆エラーを繰り返すしかないか。

「…………何か案でも思いついたかい？」

「え？」

「ずっと何か考えていたようだったが」

セフェリノさんとの手合わせを見て、従兄殿は俺を随分買ってくれているようだ。

「いえ、そもそも俺は魔物と戦った経験もないので。実際に対敵してみないことにはなんとも」

「それは残念だ」

本当に残念に思っているのか。

従兄殿は、あまり自分を見せない人なのだろう。こうやって面と向かって話をしても、従兄殿が何を考えているのかあまり伝わってこない。

「そう言えば、オッキデンスに入るまでの間に他の小国を経由しますよね？　今回経由するのはどういう国なんですか？」

「チェントロの学園都市から一週間ほどで鏡の湖サルムルトの国境に着く。そこからさらに十日ほど移動して瀑布《ばくふ》の谷カタラータの国境だ。カタラータを五日進めばようやくオッキデンスの国境といったところかな」

イバニエス伯爵の言葉にざっと距離を計算する。馬車の時速がだいたい五キロ。一日の移動距離を五十～六十キロメートルとすると、千二百キロメートル前後といったところだろうか。

（この惑星、地球よりもずっと小さいんだな）

たしか東京大阪間がだいたい四百キロメートルだったはず。日本列島の端から端までの距離をおよそ二千五百キロメートルくらいと想定すると、この世界の中心であるチェントロから西のオッキデンスまでの距離は日本列島の半分程度しかないことになる。

世界中統一言語なのは地球よりもずっと狭い世界だからかもしれないな。

世界を股にかける冒険者がいることもそれが理由の一つかもしれない。

「少年はサルムルトやカタラータを訪れるのは初めてかな？」

「はい。この年になるまであまり外に行く機会もなかったものですから」

「そうか、サルムルトは特に栄えている国ではないが、とても美しくそして過酷なことで有名なのだ。滅多に風は吹かないし雨も降らない。植物は育たず、そのため動物も少ない。観光によって成り立っているような国だが、その分景色は美しい」

「あぁ、私も話には聞いたことがある。水鏡に空が映り、まるで天空にいるようだと」

「その通りです、ヴィルヘルム殿下。白い湖底にうっすらと張った水。波のない水面がまるで鏡のように空を地面に映す。魔魚も生きられないような死の湖なので湖中に入ることはできませんが、もしその中心に立つことができたのならどれほど幻想的か」

サルムルトという国についてあまり知らないが、今の説明からひとつ思い浮かぶとしたら。

「なるほど、いわゆる塩湖ってやつかなぁ」

湖底が白いのは塩の結晶だから。植物が育たないのは高濃度の塩水による塩害で、魔魚すら生息できないのも塩分濃度が高いから。地球でも有名な絶景地として有名なウユニ塩湖があったが、その湖《こ》畔《はん》では塩害のためかサボテンみたいな強い植物しか生えていなかった気がするし、魔魚すら生息できないのも死海と同じ理屈だろう。

一人納得して頷いていると、視線が自分に集まっていることに気がついた。

「あの？　何ですか？」

「少年、えんことはなんだろうか」

「は？」

　イバニエス伯爵の言葉に思わず素で返してしまった。

「浅学で恥ずかしいんだが、えんことというものに聞き覚えがなくてね。先ほど見せてくれた魔法もそうだが、少年の発想はなかなかに面白い。何か気づいたことがあるなら聞かせてはくれないか」

「えっと、塩湖っていうのは塩が含まれた水でできた湖のことです」

「サルムルトのそれが塩水でできたただの湖だと？」

「いえ、俺も実際に目にしたわけではないのではっきりそうだとは言えませんが、可能性はあるかなぁ、と」

「だが、ライ。ただの塩水ならば魚や魔魚でも生きていけるはずだ。ただの魚が死んでしまうのはしょうがないが、生命力が桁違いに強い魔魚ですら死ぬ死の湖だと聞く。同じ塩水でできている海では魚も魔魚も生きていけるのだから、サルムルトの死の湖には毒が含まれているのではないのか？」

「あー、えっと。なんて説明すればいいのかな……」

『俺』は理系というよりどちらかと言えば文系の人間だったから、なんて説明したらいいのか必死に頭の中で言葉を探す。たしか、と前世で聞きかじった死海の情報を整理しながら言葉にしていく。

「そのサルムルトにある湖が本当に塩湖なら、海水よりもずっと塩分濃度が高いはずなんですよ」

　水が流れ出ていく川がなく、比較的高温で乾燥した内陸の湖。どういう理由で塩分がその場所に濃縮されることになったのかまでは知らないが、流れ込むばかりで流れ出ることはなく、蒸発によって塩は残って水分だけ蒸発していったとしたら。湖底が白いらしいので、すでにその塩湖は飽和状態にあるとみてもいい。

死海の塩分濃度は海水の約十倍とかだったはず。

「で、塩っていうか、液体の性質なんですけど、濃度の低い方から高い方に流れていって均一にしようとするんです。人も魚も体液には塩分が含まれてるんですけど、その体内の塩分濃度と塩湖中の塩分濃度の差が激しすぎて、それを均一にしようとする液体の性質のせいで体内から水分が奪われるから脱水症状を起こして死んでしまう、だったかな？」

正直うまく説明できた気がしないが、これ以上かみ砕いた説明ができない。『俺』の知識の限界だ。

「……少年の説明がもし本当なのだとしたら、サルムルトに住む国民にとってはこの上ない情報だろうな」

「そうだな。何しろ塩を作れる国は大陸広しと言えどそう多くない」

魔物によって人々の活動できる区域が限られているように、海もまた人間が活動できる場所は限られている。

大陸の東側は切り立った崖が多く、海に下りること自体が困難だ。北の海には海竜の巣があり、海竜に追われた力の強い魔物が海岸近くまでやってくる。

オッキデンスの南西側の海には、高温の巨体を持つ伝説の海竜レヴィアタンがいるとされており、温暖で豊かな海域だが、同時にそれを食い物にする魔物も多い。南東は怪物クラーケンの縄張りで、水中を得意とする有鱗族《ゆうりんぞく》の亜人も近づかない。

そういった危険な地域を除けばオッキデンスの北西にある島との間の内海か、もしくはクラーケンとレヴィアタンの縄張りの間にある海岸くらいしか人の活動できる海はないそうだ。

　そんな世界だから塩を作ることによって得られる利益は大きく、海に面した国々は危険な海域であっても塩作りに力を注ぐ。そんな各国の努力によってこの世界の塩の供給は保たれているのだ。

「だが、確認しようにもどう確認する。死の湖が塩湖とやらならばいいが、もし本当に毒を含んだ水だった場合迂闊《うかつ》に試すこともできまい」

「湖水に真水を加えて海水で生きる魚でも入れてみますか？」

「オッキデンスまでの距離を考えると、それが一番いいか」

　そう言って従兄殿とイバニェス伯爵が真面目な話をしだしてしまった。

　やっべぇ、これでサルムルトの死の湖とやらが塩湖じゃなかったらどうしよう。

　というか。

「俺は難しいこと考えずに普通に観光がしたいのに……」

　思いがけず従兄殿とイバニェス伯爵の公務になりそうな予感にそうつぶやくと、ぽんっと両肩を叩《たた》かれた。俺の左右を見てみれば、話の途中から専門外の方向に会話が進んで置いてけぼりをくらっていたセフェリノさんとヴァレンティナさんがグッと親指を立てていた。

「俺に難しい話はわかんねぇよぅ」

「アタシも、トウモロコシと魔法以外はさっぱりよ！」

「ど、同志～ッ！」

『俺』の時の知識があるからと言って、俺は別に頭良くないんだって！

◆◆◆◆◆

内陸に行けば行くほど人の生活区域が広がる分、強い魔物は出てこない。そのため、件《くだん》のサルムルト国内に入るまでの間に何度か魔物と戦う場面はあったものの、ウーズと呼ばれるスライムや一角うさぎのような弱い魔物がほとんどだった。

もっと街道を逸れて山や森の中に行けばオークなどの中級の魔物もいるそうだが、彼らとて理由もなしに生息地を離れて街道付近まで姿を現すことはない。

ここまでの道中、イバニェス伯爵と従兄殿はどうやってサルムルトの死の湖が塩湖かどうかを確認するかや、もし本当に塩湖だった場合の利権問題や流通問題をずっと馬車の中で話していた。

ウルリカさんは変わらず従兄殿と同じ馬車に乗っていたが、アメットさんは俺やセフェリノさん、ヴァレンティナさんと共に幌馬車に乗ることになったのだ。

アメットさんは従軍経験者で今回の道中で行うスクロールについても従兄殿について研究所を訪れたこともあったので、車中の会話のほとんどがいかにして魔導士と騎士が協力して魔物を倒すかだった。

「そういえば、サルムルトにはどんな魔物がいるんですか?」

サルムルトの国境を目前に、ふと気になってそう聞けば、ヴァレンティナさんが露骨に嫌そうな顔をした。

「……水蟲《みずむし》よ」

「は？　みずむし？」

それだけ聞けば、菌によって引き起こされるあの感染症がもっとも初めに思い浮かぶが、あれは皮膚病であって魔物じゃない。どれだけ厄介だろうと魔物じゃない。

「そう、水蟲。アタシ、あれだけは嫌なのよ……。固い甲羅のせいで攻撃は通らないし、何本も生えた足は気持ち悪いし、泡を吹く口なんてもぉ最悪……ッ」

思い出したのか身震いしながらぎゅっと自分自身を抱きしめるヴァレンティナさん。いまいちどんな魔物かわからずセフェリノさんに視線を向けると、彼も得意ではないのか眉間に皺を寄せる。

「別にティナみてぇに見た目でどうのこうのは言わねぇけどよぉ。なんせ戦いにくい相手だよなぁ。足の関節狙おうにも硬《かて》ぇハサミをぶん回されたら近づけねぇし。ハサミも甲羅も硬すぎて俺の斧でも割れねぇし……」

ハサミ……、甲羅？

いや、でもあれは別に昆虫の仲間ではないし。

「従軍時はオスト近郊の魔物しか見たことはないが、水蟲といえばクラーキー種なら見たことがある」

「ほぉん。クラーキー種はハサミだけじゃなくて尾びれも邪魔なんだよなぁ。でもサルムルトにいんのはポートゥニ種の方だよぅ」

「ポートゥニ種……、クラーキー種……」

だめだ。魔物の名前を聞いてもいまいちぴんとこない。有名どころのドラゴン、ゴブリン、オーク、コボルトとかその辺の名前は聞いたらイメージが浮かぶのに。

「えっと、どうやって戦うんでしょう」

「んんー、比較的やわらけぇ腹から攻撃ぶちこめりゃぁそれが一番なんだけどよぅ。ひっくり返すのは難しいから、ハサミに気をつけて足を一本ずつ切り落としていくしかねぇなぁ。本当は魔法がありゃ魔法でやっちまうんが一番手っ取り早いんだけどよぅ」

「アタシは絶対近づかないから」

「ティナがこれだからなぁ」

断固拒否の姿勢を見せるヴァレンティナさん。水蟲というからには昆虫型の魔物なんだろう。まぁ、俺だってゴキブリの魔物がいたら絶対戦いたくないし気持ちはわかる。

「お、国境を越えるぞ」

セフェリノさんの言葉に幌馬車の外に視線を向ける。

国境線は微精霊の密集地なのか、シャボン玉のように光を受けてわずかに煌《きら》めき揺れる幕のようなものが視認できる。あの幕を越えるとチェントロではなくサルムルト国内だ。

「抜けるぞぅ」

幌馬車が微精霊の幕を抜けた途端、空気は一気に乾燥し暑くなる。そして、先ほどまでいたチェントロ国内の温暖でのどかな平原が幕に遮られぼんやりとしか見えなくなった。

「………空だ」

イバニェス伯爵に聞いていた通り、サルムルト国内はまるで天国のような景色が広がっていた。

雪原かと見まがうほど真っ白な大地。丘状になった地形の斜面には棚田のようにいくつも池が見て取れる。そのすべてが水鏡のように空を映す。

抜けるような青い空に白い雲。上も下もすべて空。飛行機から見下ろした景色とはまったく違う。本当に、空の中にいるような感覚。

その空の隙間にぽつりぽつりと花が咲いている。

「セフェリノさん、あの花は何ですか？」

「おん？　あー、あれだ。なんだっけなぁ」

「キヌアよ。サルムルトじゃ小麦の代わりにあれを食べるのよ。死の湖のせいで他の植物は育たないけど、あれだけは不思議と育つのよ。見た目は家畜の飼料みたいだけど、それでも他の植物の育たないここじゃ大切な主食なの。死の祝福とか精霊の涙なんて風に呼ぶ人もいるそうよ」

一面青と白しかない世界にキヌアの鮮やかな色が映える。

「……マリアにも、見せてあげたいな」

世界で初めて俺の味方になってくれた大切な人。俺がこの世界を冒険したいと初めて思ったのはマリアが幼い俺にいろいろ聞かせてくれたからだ。マリアがいなければ、今俺はここに来ていなかっただろう。

「綺麗《きれい》だ……」

いつか、いつか俺が本当の意味で自由になったら、真っ先にマリアをここに連れてこよう。フェデリコ兄様が王位を継いで、俺を担ぎ上げる人がいなくなって、そしたらキュリロス師匠と一緒にマリアをここに連れてこよう。

「あら、ボウヤったら泣いてるの？」

「え……？」

ヴァレンティナさんの言葉に手を頬《ほお》にあてると、確かに俺は泣いていた。

「……きっと、ここの景色が綺麗すぎたんです」

俺にとって初めてのチェントロ以外の景色がここまで綺麗だなんて思ってなかったから。生まれてすぐ、マリアの話を聞いてオストの峰々に思いを馳《は》せたあの時から、ずっと夢だった外の世界があまりにも綺麗だったから。

「だから、涙が出たんだと思います」

それ以上言葉が出なくて、俺はしばらくの間ずっと幌馬車の外に見える空を眺め続けた。

◆◆◆◆◆

サルムルトに入ってすぐは、あまりの絶景に景色を眺めていた俺だったが、そのまましばらく走ると噂《うわさ》に聞いていた魔物の水蟲、ポートゥニと対敵した。

横に長い黄褐色の甲羅に黒くて丸い目が二つ。周囲には短い棘《とげ》のような触手のようなものと毛がびっしりと生えている。

顔の前面を守るように生えた青みがかったハサミはごつごつしており、その後ろに並ぶ四対《つい》八本の脚の先は鋭い爪のようになっている。

「いや、これカニでは⁇」

「イヤァァァーッ‼　気持ち悪い‼　ちょっと、セフェリノ！　早く何とかして頂戴！」

「つってもよぅ！　俺じゃ近づくのがやっとだってぇ！」

「ライ君！　ボウヤ！　男なら何とかして頂戴！」

「え、えぇぇ。いや、やりますけど。え、これ……カニでは？」

全然虫じゃない。昆虫じゃない。いや、虫に見えないこともないんだろうけど、カニじゃん。甲殻類じゃん。でっかいけどさ。

甲羅の部分がワンボックスカーほどの大きさがある巨大なカニを目の前に一人困惑する俺をよそに、セフェリノさんが斧を構えて前に出た。

「えーと、ヴァレンティナさん。俺とセフェリノさんであのカニの動き止めるんで、最後とどめだけお願いしてもいいですか？」

「…………こっちに近づけたらいくらボウヤといえど殴るからね」

「はぁい」

俺としてはドキドキわくわくの魔物との初戦闘がただの巨大ガニであることが本当に解《げ》せない気持ちでいっぱいだ。

重い足取りでセフェリノさんの側に行く。

「セフェリノさん。とりあえず筋力強化と俊足の付与魔法かけるんで、あのカニの注意を引いてもらっていいですか？　その隙に俺が後ろから回り込むんで」

「おぉ！　そのくらい朝飯前よぅ！」

「俺はヘイト管理って呼んでるんですけど、基本的に防御と回避優先で、俺とかヴァレンティナさんの方にカニの注意が向きそうになったら攻撃入れて注意引き付けてください」

「ふぅん？　よくわかんねぇなぁ。ま、水蟲相手にちっとでも楽できるんならそれでいいけど、よぅッ！」

ダッと走り出したセフェリノさんにカニの注意が向いたのを確認してからアメットさんの方を向く。

「アメット様。スクロール魔法の土壁って、空中に展開した後って下に落ちますか？　それとも空中に浮いたままですか？」

「……空中浮遊や状態固定の魔法式は組み込んでないから落ちるだろうな」

「じゃあ、それあのカニの甲羅の上に展開させていいですか？」

「は？」

甲羅の幅が約五メートルの巨大ガニ。だったら十メートル四方の土壁の中に十分納まりきる大きさだ。

たとえ発動位置がずれたとしても、そこまで移動が速くないあのカニが土壁の有効範囲外に出ることはないだろうし、甲羅や足の上に土壁が乗っかってくれるんだったら動きの阻害もできるしね。

属性付与の障壁を謳《うた》っているなら半端な攻撃じゃ壊れないだろうから、捕らえた後はゆっくり倒していけばいい。

「……ヴィルヘルム様に使用許可をいただいてこよう」

「はぁい」

そう言ってアメットさんは従兄殿の乗る馬車に近づき窓をノックする。わずかに開いた窓越しに数言交わした後、馬車の扉が開いて従兄殿が降りてきた。

「ライ。ポートゥニ討伐にスクロールを使いたいんだって？」

「はい。見たところ動きも鈍いですし、セフェリノさん曰く厄介なのは甲羅の硬さとハサミだけらしいですし。移動は横移動が基本、ハサミの可動域的に見ても背後から近づけば比較的安全にスクロールを発動させられます。発動さえしてしまえば、後は魔法で足を切り落とすでも地面から槍を生成するでもやりたい放題ですし」

「使いようによっては魔物の足止めのみじゃなく討伐の補助道具としても使えるのか……」

話を聞く限り、元々従兄殿やスクロール研究の研究者たちが想定していた属性障壁の使い道は攻撃のためではなく守りのためだった。でも、この属性障壁って使い方次第では十分攻撃に使えるよねって思ってたんだよね。

「土魔法のスクロールは汎用性高いと思いますよ。囲いじゃなくて一直線の壁にすればスタンピード時の防御柵にもなるし、戦闘以外だと河川が氾濫《はんらん》した時の防波堤にも使えますし」

他にもいろんなシチュエーションで使えそうだよね。

「……なるほど。軍事利用を前提に考えていたが、そうか……。民のためにも使えるな」

そう言ったっきり一人で考え込み始めてしまった従兄殿。

考え込むのは構わないが、今セフェリノさん一人にあのカニの相手を任せているから早く使っていいのかどうかだけでも返事が欲しい。無理なら無理で別の策考えなきゃいけないし。

数十秒ほど固まっていた従兄殿だが、戦況が気になってそわそわしている俺に気づいて申し訳なさそうな苦笑いを浮かべた。

「あぁ、すまない。スクロールの使用だったね。水蟲はオストにも別種がいる。今回の戦闘で土の障壁スクロールがうまく作用すれば帝国軍にとっても大きな利益となる。やってみるといい」

「ありがとうございます！」


そういえば、サルムルトのポートゥニ種がワタリガニならオストのクラーキー種ってなんだろう。そっちもカニなんだろうか。いや、でも尾びれがどうのって言ってたし。甲殻類繋がりでエビか??

なんて、余計なことを考えつつ巨大ガニの背後に回る。セフェリノさんが注意を引き付けてくれているおかげで簡単に背後を取れた。やっぱり、一人で戦うよりも仲間と協力した方が圧倒的に楽だな。

「セフェリノさーん！　魔法発動させるんで、ちょっと距離保ってくださいね！」

「おーう！」

土壁の中にカニと一緒に閉じ込められたら死にかねないのできちんとセフェリノさんに声をかけておく。セフェリノさんが距離を取ったことを確認してからスクロールに魔力を流してカニの背中に飛び乗った。

「うおっ！」

さすがに動くカニの背中、それも濡《ぬ》れた甲羅の上では碌に動くこともできない。魔力が通って活性状態になった魔方陣が淡く光を放つスクロールを甲羅の中央に貼り付けたらすぐさまその上から飛びのく。

貼り付け方はいたってシンプル。スクロール紙の裏面を軽く湿らせ、濡れたカニの甲羅の上に置くだけだ。

決定打を与えずに挑発するだけにとどめていたセフェリノさんに対し勝てると踏んだのか、距離を取ったセフェリノさんに向かっていこうとするカニ。その甲羅の上でスクロール紙に刻まれた魔方陣の光が徐々に強くなっていき、一際強く光った次の瞬間。


ズドォンッ！


重く鈍い音と共に地面が揺れる。思わずその場に手をついてカニのいた方に目をやると、分厚い土の壁が出現していた。

「は、はは……。すっご……」

分厚さはわからないが、高さ五メートルほどの土の壁。それもコンクリートのようにガチガチに固められた立派な壁だ。

壁の中から逃げ出そうとしているのか土壁を殴る音がする。

「おぉ……。俺ぁ魔法なんて詳しくないけどよぅ、あの厄介な水蟲をこうも簡単に捕らえられるたぁ驚きだな」

「このカニが群れないタイプでよかったです。さすがに群れられると一人でターゲットとるのもスクロール発動させるのも大変ですしね」

姿が見えないと忌避感もましなのか、ヴァレンティナさんもいつもの調子で土壁の中に魔法を発動させてとどめを刺した。

地面から突き上げるように風の槍《やり》を発生させる上級魔法。即死できなかったのか、壁の中から最後のあがきのようにドンッドンッ！　と暴れる音が響いたものの、すぐにその音もやむ。

ちゃんと死んでいるのか壁の中を確認するために、ヴァレンティナさんに土魔法で階段を作ってもらって土壁の上に登って壁の中を見下ろした。

風の槍は関節や甲羅の境目といったカニの弱い部分を容赦なくえぐり取ったらしい。四肢がバラバラになったカニの分厚く硬い甲羅は一見無傷に見えるが、その腹の下から流れ出た体液がカニの死を告げている。ひっくり返せば腹側はさぞ無惨な姿になっていることだろう。

セフェリノさん曰く、ポートゥニの硬い甲羅や鋭い爪は武器や防具にもなるらしいのでありがたく採取させてもらおうと壁の中、カニの隣に降り立った。

あ、そういえば。

「これ、俺の初戦闘だ」

幼い頃から夢にまで見た魔物との初戦闘がこれとはいかに。

マリアやキュリロス師匠から寝物語の代わりに聞いた冒険譚《たん》に出てくる話とは違い、やけにあっさり終わってしまった魔物との戦闘に、俺はなんとなく切ない気持ちになって肩を落とす。

手に汗握るギリギリの戦い、とまではいかずとも、せめて剣を抜いて魔物と戦ってみたかった。理想と現実はこうも違うものなのか。

「世の中ままならねぇ……」

そんな俺のつぶやきは誰に拾われることなく空気の中に溶けていった。

第十一話

『従兄とどうやって仲良くなるの？』

I was born as
the seventh prince,
what should I do?

「……あのポートゥニ種をここまで簡単に倒せるとは」

ライが魔物との戦闘にスクロールを使いたいと言うから側《そば》でそれを観戦していたが、彼が動き始めてすぐに決着はついた。姿こそ確認はできないが、ヴァレンティナの放った魔法は確実にあの魔物の息の根を止めただろう。

「アメット、軍でも流用できそうか？」

「クラーキー種とポートゥニ種とでは動き方が違うので一概には言えませんが、試す価値はあるかと」

非常に強固な甲羅を持つ水蟲《みずむし》たち。海岸部にいると聞くハサミのないマクーラ種とは違い、オストに生息するクラーキー種はポートゥニ種と同じように強力なハサミを持つ。

体はポートゥニ種よりも小さいとはいえそれでも人の身丈ほどの大きさがあり、左右にしか動けないポートゥニ種とは違いクラーキー種は前後にも動く。

河川や湖沼に多く生息し、毎年水汲《みずく》みにでかけた住民がクラーキー種に襲われるなどの被害が出ており、繁殖力も強いためオストでは繁殖期である春から夏にかけて毎年軍が討伐に出ている。

足場の悪い所で戦わねばならず、倒したところで得られるのは甲羅や爪ばかり。それが武器や防具に使えればまだいいが、討伐せねばならない数が多すぎて素材ばかりが供給過多で利益につながらない。

そんなハイリスクローリターンな水蟲討伐を好んでこなす冒険者がいるはずもなく。

「後ほど父上、いや。皇帝陛下に手紙を書こう」

もしクラーキー種も先ほどと同じように土壁のスクロールを使って楽に倒すことができたなら、毎年の軍の被害を小さくできるかもしれない。


「……ところで、ライは土壁の中で何をしているんだ？」

「確認してまいりましょうか？」

ポートゥニ種を斃《たお》してしばらく経《た》つが、死骸の確認のために土壁の中に降りて行ったライが一向に出てこない。土壁の外にいるセフェリノと何か話してはいるようだが、少し離れたここでは会話の内容までは聞き取れない。

アメットが確認に動こうとしたその時、土壁の一部がぼろりと崩れ落ちて中からライがポートゥニ種のハサミを抱えて出てきた。

こちらに気づいたライが興奮した様子で嬉《うれ》しそうに腕を振ってくるので、礼儀正しい彼にしては珍しいことだと思いつつ軽く手を振り返す。

「ヴィルヘルム殿下ッ！　これっ！　見てくださいッ！」

「うん。ずいぶん立派なハサミだね」

「はいっ！　めちゃくちゃ美味《おい》しそうですよねッ⁉」

「うん……？」

　今彼は美味しいと言ったか？　これを？　この魔物を⁇

「足の方軽く水で洗って食べてみたんですけど、やっぱり塩湖産だからですかね？　ほのかな塩味がカニの身の甘みを引き立てていて美味しかったんですよ！　サシミも好きなんですけど、やっぱりサシミにはショウユがないといまいち物足りなくて。それにキセイチュウも怖いなぁって思って。じゃあ、やっぱカニと言えば茹《ゆ》でだから今から茹でて食べようかと！」

「たべ、食べるのか……⁇」

「はい！」

「そ、そうか……」

「セフェリノさん！　鍋！　鍋貸してください！」

　よっぽど嬉しいのか、ハサミを抱えたままさっさと駆けて行ってしまった彼の背中を見送りながら、私は思わずつぶやいた。

「……さすがは英雄になり得る人物、と言えばいいと思うか？」

「……私には理解しかねますので、なんとも」

軍では状況によっては虫や野草、斃した魔物を食べねばならないこともあるとは聞くが。

(少なくとも私は蟲を食べたことはない、が……)

◆◆◆◆◆

「……坊主、本当に食うのかよぅ」

鍋に空気中の水を集めて満たし、火にかけてカニの足の調理を始めた俺《おれ》を見てセフェリノさんがおっかなびっくり聞いてくる。

「食べますよー」

ぐつぐつと茹だる湯の中に、取れたての大きなカニのハサミをぶち込む。暗褐色のハサミが湯の中を踊りながら徐々に赤く変わっていく。

旅中の食事を担当してくれるウルリカさんやカニ、いや、水蟲か。水蟲が苦手なヴァレンティナさんも顔を顰《しか》めつつも気にはなるのか遠目にこちらを窺《うかが》っている。

茹でているカニの殻が綺麗《きれい》な赤に染まり、カニのいい香りが漂ってくる。

寄生虫などが怖いのでしっかり火を通してから慎重に鍋からハサミを取り出した。火傷《やけど》に気をつけながら殻を剥《む》くと、中からぷりっぷりの身があらわれた。

「お、おおぅ……。確かに、匂いはうまそうだけどよぅ……」

「……い、いただきます」

全員に見守られつつ恐る恐る口に含むと、途端に広がるカニのうまみ。

なんという味の濃さ！　甲殻類特有の甘みを味わいつつ、鼻に抜ける潮の香りを楽しむ。これだけ大きなカニの、さらによく動かすハサミの部分だからか、歯を押し返すほどの弾力がある。とはいえ、筋張っていたり硬すぎたりするわけでもない。

夢中になってカニを食べていると、いつの間にか馬車を出てきていたイバニェス伯爵と共に従兄《いとこ》殿が側に近づいてきていた。

「あー……、ライ？　それは美味しいのかい？」

「最高にうまい……ッ」

この世界に転生して早十数年。

危険な魔物に海を支配されているため海産物が貴重なこの世界において、俺にとって人生初の海産物がめっちゃうまい。

いや、塩湖産だから海産物と言っていいのかは微妙なところだけど。

川や湖で魚は獲れるものの、輸送手段が発達しているわけではないので地産地消でほとんど市場に出回らない。だから王宮にいた時も肉料理が多かった。

それでも世界の流通の中心地となるチェントロ王国は他《ほか》の国よりも魚介類を食べられる機会は多い。

実際、王宮でも肉料理よりも頻度は低いとはいえ食事のテーブルに並ぶことはあったし、その恩恵を受けて学園の食堂でもたまに魚介類がメニューに並ぶ。

とはいえ前世は海に囲まれた島国出身の『俺』の感覚からすると物足りなく。特にずっと甲殻類の味に飢えていたこともあり、茹でていた分はすぐにぺろりと食べてしまった。

だがしかし、幸運なことにあの大きなカニの身はまだまだ残っている。さすがにあの甲羅を剥《は》いでカニ味噌《みそ》を食べるのは大変なので今回は見逃すが、足だけでもまだまだ量がある。

早速土壁の中に小走りで向かい、足をもいで鍋に入れやすいように関節の部分で切ったものを数本持ってきて鍋にぶち込んだ。

「…………なぁ、坊主。それほんとにうめぇのか？」

食べたことはなくともカニの出汁《だし》の匂いに食欲をそそられたのか、セフェリノさんがごくりと唾を飲み込みつつそう聞いてきた。

だから自信を持って答えよう。

「とてもうまいです」

「……そんなにかぁ」

追加で茹でた分の殻が赤く染まり、出汁の香りも強くなる。視線が鍋にくぎ付けだ。

「……食べてみますか？」

「…………おぅ」

小さく返事をしたセフェリノさんに茹でたてのカニの足を差し出すと、素手でパキョリと殻を割ってカニの身を露《あら》わにさせる。ふわりと良い匂いが湯気と共に立ち上り、セフェリノさんがごくりと喉《のど》を鳴らした。

震える手でゆっくりカニを口に運ぶセフェリノさんを、従兄殿やイバニェス伯爵たちもどこか緊張した様子で見守っていた。

　ぱくりとセフェリノさんがカニの身を口に含んだ瞬間、目を見開いてぱっと顔を輝かせた。

「うめぇ……ッ」

　呆然《ぼうぜん》と、まるで信じられないと言わんばかりの表情で白く輝くカニの身を見つめるセフェリノさん。

　それからまた一口、二口と口にする。食べ進めれば進めるほどに、先ほどまでの慎重さはなんだったのかと言いたくなるほど夢中でカニの身を貪り食い始めた。

　俺もそれを横目に鍋からカニを取り出して再び食べ始めた。

　それをじっと見ていた従兄殿が、縋《すが》るようにキラキラと目を輝かせてアメットさんの方を見る。

「……アメット」

「いや、しかし」

「アメット……っ」

　魔物、それも人によっては生理的嫌悪を催す水蟲。いや、カニの身だ。

　アメットさん的には食べてほしくないのだろうが、従兄殿至上主義的な側面が散見されるアメットさんに従兄殿の要求を却下できるわけもなく。

「…………まずは、私が毒見をいたします」

　長い熟考の末絞り出されたその言葉に従兄殿の顔が心底嬉しそうにぱぁっと明るくなるものの、一方毒見を申し出たアメットさんの表情は固い。

　とりあえず話に決着はついたようなので何も言わずに剥いたカニの身をアメットさんに差し出すと、

まるで自決用の短刀を受け取るような物々しい空気を醸し出しながら受け取り、そのまま不本意ですと言わんばかりの表情でゆっくり口に含んだ。

「…………」

「アメット」

「ど、どうですか？」

しばらく指先程度のかけらをもごもごと口を動かし食べていたアメットさんが眉間《みけん》にぎゅっと皺《しわ》を寄せた表情のままごくりとカニの身を飲み込んだ。

今この場にいる男性陣全員が固唾《かたず》をのんでそれを見守る。

「……美味しい、です」

毒もありません。と続けたアメットさんに従兄殿の表情が再びパッと輝いた。

俺はこれをカニだと思って食べているから別段忌避感もないが、水蟲として認識している彼らにとってこれは紛れもないゲテモノ食である。俺はアメットさんの忠誠心に拍手を送りたい。

「では、私ももらっても構わないか？」

「ぜひ私も食べてみたいものです」

だというのに、従兄殿とイバニェス伯爵はむしろ興味津々《きょうみしんしん》といった様子だ。

好奇心の塊か？

「まだまだありますし、どうぞ」

だがしかし、俺としてはカニ好きが増えてカニの流通が始まった方が嬉しいので嬉々《きき》として茹で上がっているカニの足を食べやすいように殻を剥いてから二人に差し出した。

「体質的に合わないこともあるかもしれないので最初は少しからどうぞ」

俺の周りでは聞いたことないけど、アレルギーとかあったら怖いしね。

でも、仮に発作が起きたとしても、医療魔法の中にはそういう症状を抑える魔法もあるらしいし、アメットさんがいるかぎり大丈夫だろう。

俺の言葉に従兄殿もイバニェス伯爵も神妙な顔で頷《うなず》いてから、白と赤のコントラストの美しいカニの身をしばらくじっと見つめてから迷うことなくカニの身を口に運んだ。

「！　こ、これは」

「……これが水辺の厄介者の味とは思えませんな」

一口目を飲み込むと下品に見えないように、しかし夢中になって二口三口と口に運ぶ。

「クラーキー種もこのような味なのだろうか……」

「ふむ……。ゲテモノと言えばゲテモノですが、これほど美味であれば何もない地域の新たな特産品にもなり得ますね」

「冒険者もそれを理由に狩ってくれる人が増えるかもしれない」

セフェリノさんが二本目のカニ足に手を伸ばしたのを見て、俺は追加でカニの足を取りに行く。

それを再び鍋に投入すると、遠くからこちらを窺っていたウルリカさんが近づいてきた。

「私もご相伴《しょうばん》に与《あずか》ってもよろしいでしょうか」

「え、ウルリカ様も召し上がるんですか」

「ヴィルヘルム様があれほど美味しそうにお召し上がりになられておりますので。従者として主《あるじ》の好みの味は把握しておきたいのです」

「あー、なるほど？　えっと、では。はい。どうぞ」

努めて無表情を装っているが、彼女の顔には明らかに嫌悪が浮かんでいる。

本当に、ほんっとうにいやいやといった様子でウルリカさんはカニの身をほんの少し齧《かじ》った。

「………味は、まぁ」

「ははっ……」

「食材としてなら、まぁ……。私は遠慮したいですが……、ヴィルヘルム様が召し上がりたいのであれば……」

この世界で食べ馴染《なじ》みのない、むしろゲテモノ扱いのカニ、いや、水蟲を食べるのだからウルリカさんの反応はもっともだ。

俺だって、ハチノコやイナゴ、セミを急に食べろと言われたらそれが美味しいかどうかはさておき躊躇《ちゅうちょ》するもの。

セミとかエビみたいな味がして美味しいらしいけど、セミをエビの代替品として食べようとは思えない。

でも、どうだろう。魔物が跋扈《ばっこ》しているせいで開拓はおろか開墾すらされていない土地も多いから、都心部から離れると昆虫食文化もありそうなものだけど。

この世界ではどうなのだろうかと首をひねりながらみんなの顔を見回す。

美味しそうにむしゃむしゃと食べているのはセフェリノさんとイバニエス伯爵と従兄殿。ヴァレンティナさん、ウルリカさん、アメットさんは人が食べているところを見るのも嫌なのか目を逸《そ》らしている。

まぁ、言ってもここにいるのは裕福な上流階級出身の人が多いからなぁ。

爵位を持っているイバニエス伯爵、アメットさん、ウルリカさん。一国の皇太子である従兄殿。セフェリノさんやヴァレンティナさんも大きな農地を持つ大地主だから、冒険者一本で食ってる一般人よりもよっぽど裕福と言えるだろう。

とっちらかり始めた思考を一度頭を振ってリセットし、どことなく楽しそうにカニの身を食《は》む従兄殿に視線を向ける。

それにしても、従兄殿は俺が思っていたよりもずいぶん好奇心旺盛で肝の据わった愉快な人なんだな。

彼の最初の印象はなかなかに薄い。

なにせ、生まれてから王宮内が落ち着かなかったからチェントロの外に出ることはおろか、王宮からもほとんど出たことがなかった俺にとって世界はとても狭いものだった。

そんな中で俺の周りにいてくれたのは、誰《だれ》も彼も俺に友好的な者が多かった。

王宮内を歩いていて不意に囁《ささや》かれる陰口を耳にすることはあっても、それをわざと俺の前で見せるような家臣や使用人はいない。

本当に幼い頃《ころ》、俺の周りにジョン兄様すらいなかった頃。ジャン兄様とキュリロス師匠とマリアしかいなかった時。囁かれる俺や母上への悪評に悩んだこともある。

　そのうちジョン兄様が俺のことをジャン兄様と同じ兄弟だと認めて愛してくれて、他の兄様たちや妃様たちも俺のことを大切にしてくれていると気づいて実感し始めてからは、俺に向けられる悪感情にはあえて鈍感であろうとした。

　俺を利用しようと近づいてくる人たちには敏感であったけど。俺のことを何も知らない有象無象《うぞうむぞう》が遠くで囁き合っているのは気にしないようになっていった。

　そんな折、パーティー会場で俺に向けられたあの赤い瞳《ひとみ》は、きっと従兄殿が黒髪でなければ記憶にも残らなかっただろう。

　そのくらい興味がなかったから、従兄殿の印象はあの黒髪の間から覗《のぞ》く赤い瞳くらいしかなかった。

　だから従兄殿の印象は、俺の留学が決まってから接してきた彼の要素の方が強い。

　平民の俺に対してもきちんと対応してくれる皇族らしい懐が広く、同時に貴族らしい怖さを持つ人。

　そして、人を、国を、率いるのに相応《ふさわ》しい不遜さと寛容さを持つ人だった。

　だが、畏敬の念を抱かざるを得ない近寄りがたい彼の印象もこの数分で一気に親しみやすさも感じるようになった。

「願わくば、これがこの国の名物になってくれればいいものだが」

「そうですね。我が国でも周辺小国への援助を行ってはいますが、自立できるのであればそちらの方が互いのためになりましょう」

　カニの身を食べながら再びイバニェス伯爵と話しだした従兄殿のことを見る。

この世界は不自然な自然の国境によって五つの大国と九十九の小国でできている。

朝の来ない夜の国、マグマの噴き出る炎の国、常に雨が吹きすさぶ国、洞窟の中に住まざるを得ない岩窟の国。

ここ水鏡の国もそうだが、すべての小国が畜産や農耕に向いているわけではない。

魔石を持っている強い魔物の生息する国であれば、それを目当てに冒険者や人が集まり需要が生まれ国として経済を回して存続することができる。

しかし、すべての小国がそうではない。むしろ周囲からの支援を必要とする国の方が多い。


ここ鏡の湖サルムルトには死の湖がある。

美しい反面穀物は育たず、畜産を育てられる平地も少ない。

魔物は冒険者には人気のないカニ、いや、水蟲がメインで金にならない。

チェントロとオッキデンスはこの国に街道を敷き、その管理を任せる代わりにサルムルトへ食料などの支援を送っている。

それが駄目だとは言わない。事実、この世界は五大国を中心とした協力体制を築きあげ、何百年もの間今日まで世界大戦を引き起こすことなく平和を保ってきたのだから。

だが、自国存続の命綱を他国に握られている状況は国として決していい状態とは言えないのも事実で。

できればキヌア以外にこの国の人たちが自分たちで育て得ることのできる糧があればと思う。

『俺』からすれば、このカニに似たポートゥニという水蟲はその糧に十分なりうる代物だと思っている。

「道中の村か街に持っていくためにあと何匹か狩りましょうか？」

手っ取り早く、これが食べられるもので、さらには美味しいのだとサルムルトの人たちが知ればいいのではないかと思いそう声をかければ、従兄殿とイバニェス伯爵は顔を見合わせて難しい顔をする。

「私はオストとオッキデンスの国交の一環として留学に赴く身だ。その道中とはいえ、私が動けばオストによるテコ入れかとチェントロとオッキデンス王家はいい顔をしないだろう」

「サルムルトへの支援はオッキデンス国の政策の一つですからね。いち伯爵である私が動いては王家の顔を潰すことになりかねません」

と、いうことはカニ、もとい水蟲が食べられるってイバニェス伯爵がオルランド兄様かフランキスカ義姉様《ねえさま》に上奏して、それを会議で討論して、さらにそれをサルムルトの政府に提案する必要がある、と。

しかもそれをサルムルトの貴族たちが了承するかもわからない。

カニの身に毒はないし美味しいけど、長年死の湖と信じていた塩湖産の魔物。

食に困る平民はそれが食べられるとわかれば手を出すかもしれないが、小国とはいえ特権階級の貴族たちはわざわざそんなゲテモノを食べなくても食に困ることはないだろう。

それゆえに水蟲を食用とするのに抵抗感が拭えない可能性が高い。

だから、サルムルトの貴族たちがカニ食を認めるのには話題と流行が必要になってくる。

小国の貴族たちは大国の貴族、特に王族や皇族に憧《あこが》れを持つものだ。五大国で流行《はや》ったものは流通の過程で途中途中の小国でも流行り、それが波紋状に世界に広がっていく。

五大国の一つ、オスト帝国の皇太子である従兄殿が進んでカニを食べれば元が水蟲であることも相まって相当話題になるだろう。

そうすれば従兄殿に倣《なら》ってサルムルトの貴族たちや、それ以外の甲殻類の魔物の生息する小国の貴族たちも水蟲を食べようとし始めるだろうが、それをオスト帝国の貴族たちが認めるとは思わない。

自由にさせてもらえている七番目の王子である俺とは違い、従兄殿は次期皇帝となる皇太子だ。

フェデリコ兄様がそうであるように、若い貴族子息たちが仕え支えたいと思えるような人物でなければならない。

高潔さか傲慢さかカリスマ性か頭の良さか、求めるものや求められるものは国と時代によって変わりはすれど、少なくとも今のオスト帝国に必要なのは水蟲と呼ぶゲテモノを喰《く》らうことではないのは確かだろう。

俺になる前の『俺』は特権階級じゃなかった。と、思う。

すでに『俺』の記憶は俺の脳内からぽろぽろと零《こぼ》れ落ち、思い出そうとしなければ思い出すことも少なくなってきた。

それでも、幼少期にこの世界の文化や価値観に触れる前に脳に刻み込まれた記憶に付随する価値観や視点というものは失われることはない。

だからこそ、たまに俺の身分が負うべき責任や義務を窮屈に感じてしまう。

俺がまっさらな状態で生まれていればこのように重荷に感じることはなかっただろう。感じたとしても、もっとましなものだったかもしれない。もしくは、王族に生まれたのだからともっと責任と義務を求められるような、皆に認められるような。それこそ王太子になりたいと望んだかもしれないな。

なんて、考えてもどうしようもないか。

少なくとも、今の『俺』の記憶を持って生まれた俺からすると、母上の発言のせいで子供の頃からマリアとキュリロス師匠に押し付けられる形で貴族社会から半隔離を受けられて幸運だったかもしれない。

そうじゃなきゃ、王族としてもっとお茶会だのパーティーだのと他の貴族と交流を重ねなければならなかった。

そうすれば、今以上に窮屈さと肩にのしかかる重荷を重圧に感じてつぶれてしまっていたかも。

でも幸い俺は、自分の身を守るためにも王宮に不和を広げないためにも最低限の社交だけで許されていた。

外出などは他の兄弟と比べて制限されていたが、周りにマリアとキュリロス師匠しかいなかったから自分自身の行動に関してはかなり自由にできた。

学園も貴族コースではなく平民コースにして正解だったなと思うくらいには今の生活が楽しいし。

そうじゃなきゃ、アルトゥールのようにまっすぐ俺にぶつかってくる友人も、シローのように俺を他の子と同じようにしかる友人も、オリバーのように二人で寝不足になるくらい魔法について語り合える友人にも出会えなかった。

そこまで考えて、不意に俺と目の前の従兄殿の王侯貴族としての差をまざまざと見せつけられたような気がした。

フェデリコ兄様が王太子として実績を積み俺を持ち上げる者がいなくなるまでか、俺自身が臣籍降下するまで目立ってはいけない。

いや、俺としては学園でも自由にできるから全然かまわないどころか都合がいいのだけれど。

実際平民に扮《ふん》して学園に通う俺とは違い、従兄殿には行動一つに責任が伴い自分の与える影響を考えなければならない。

この色ゆえに目立たず生きなければならなかった俺とは違い、その色ゆえに国を、世界を率いるために模範的でいなければならない従兄。

（羨《うらや》ましいわけじゃない。けど、なんとなく、もやもやする）

まあ、今更従兄殿のように品行方正、模範たれと言われても困るけど。

いまだカニの身を食べながら、どうにかこの水辺の厄介者を食糧難の小国で流通させられないかと話し合う従兄殿とイバニェス伯爵に声をかける。

「伯爵と皇太子殿下ができないのであれば、俺が動きましょうか？」

そう声をかけると、二人ともちらりと俺に視線を向ける。

ピリッと殺気に似た鋭さを含む視線がウルリカさんとアメットさんからも向けられる。

「我々にできないことがお前にはできると？」

先ほどまで楽しそうにカニの身を食んでいたとは思えないほど冷徹な目をした従兄殿に問われた。

イバニエス伯爵も冷静な目で俺が何を言うのかと言葉を待っている。

ただ、俺と同じ平民であるセフェリノさんとヴァレンティナさんだけがわずかに顔を青ざめさせて俺を心配するように視線をうろうろと泳がせている。

「これがうまいとわかれば飢えている平民ほど気にせず食べますよ」

「それで？　私とイバニエス伯の名を使わずにどうやって食べさせると？」

「食うに困らない貴族の言葉よりも、実際に食うに困ってなんとか食い物を探した平民の言葉の方が刺さるとは思いませんか」

「そうですね。セフェリノさんとヴァレンティナさんに協力していただければ助かります」

「お？　俺かぁ!?」

実際には、俺も食うに困ったことのない王族なのだが。言う必要もない。

まさか自分の名前があげられると思っていなかったセフェリノさんが大きな声をあげ、ヴァレンティナさんも青い顔を白くさせた。

「少年、続けて」

イバニエス伯爵に促されて一つ頷く。

「サルムルトの村に着いたら、カニ、……水蟲の足を抱えて俺とセフェリノさんが幌馬車を降ります。

それだけで注意は引くでしょうけど、そこで俺がセフェリノさんにカニの美味しさをヒートアップした様子を装って大声でプレゼンします。半信半疑のセフェリノさんと、断固拒否のヴァレンティナさん。なら実際に食べてみてくださいって引かない俺。手当たり次第住民に声をかけて調理場を探します」

「アタシぜぇったい、食べないわよ!?」

　まさかそのまま食べさせられるのかとヴァレンティナさんが声を荒らげて拒否するので苦笑いを浮かべる。

「いえ、むしろヴァレンティナさんには食べていただかない方がいいんです。俺とセフェリノさんがヴァレンティナさんに勧めるけど断固食べないって反応をしてもらって、じゃあ別の誰か食べてみないかってサルムルトの住民に呼びかけます。そしたらヴァレンティナさんのように嫌がる人はいるでしょうけど、セフェリノさんのように興味本位で食べる人もいると思いますよ。よしんば誰も食べなくても、あれが食えるものだとサルムルトの人たちに見せつけることはできますから」

　じっと黙って俺の話を聞いていた従兄殿が表情を緩めることもなく口を開く。

「それで？　私とイバニェス伯はそれを支持でもすればいいのか？」

「まさか。黙認していただくだけで結構ですよ。自分の知らない文化に触れることも留学も目的の一つですので。ヴィルヘルム殿下は俺のことをなかなか面白い文化圏から来た平民だなと否定せずにいて下さればいいんです」

　実際これが一番角が立たないだろう。

騒ぐのも、動くのも、食べるのも平民ばかり。イバニェス伯も従兄殿もそれが違法でないなら止める義務もない。留学へ赴く道中であれば、同行者の見慣れぬ食文化も交流の一つと放置していてもおかしくない。

無表情で怜悧《れいり》な視線を俺に向けていた従兄殿が不意にふっとふき出した。

「確かに。相手が平民だからと見慣れぬ文化を否定することは私にもイバニェス伯にもできない。なにせ、私はいずれオストの竜騎士団を率いる皇太子だ」

魔物によるスタンピード、大量発生が起きた時、オストの竜騎士は世界の秩序を守るためにドラゴンにまたがって被災地に赴き救援に当たる。

そのため、オスト帝国軍人は世界全土に派遣されうるし、任務が長期にわたればその国の文化の中で生きる必要がある。

オストの皇帝はその帝国軍のトップに君臨する象徴だ。皇太子である従兄殿が他国の文化を知るための交流を咎《とが》めることは従兄殿が帝国軍のトップ、すなわち皇帝になることを否定しているととられかねない。

それを理解できないやつは貴族にむいていないので無視するに限るというわけだ。

「別に悪いことをするわけじゃないし、建前さえ整えておけば問題はないでしょう？　公的な場ならまだしも、今の俺たちは皇太子殿下含めて一生徒なわけですので」

「私の留学をサポートする立場にあるイバニェス伯も、私が新たな文化に触れる機会を阻止する権利はないからな」

「そうですね。生徒の自主性に任せて交流させていたら平民の少年がカニを食べ始めただけですから」

「平民のライが調理の関係で村の調理場を借りはしても、私とイバニェス伯にそれをサルムルトの民へ広める意図はないからな」

「そうそう。たとえそこで塩湖の話をしたとしても、俺が勝手に自分の故郷で得た知識を話しているだけですし？」

「それを聞いた民がどう行動したとしてもそこにオストとオッキデンスの貴族による介入はなかったと言い張れる。なぜなら私とイバニェス伯爵は君たちの行動を馬車の中から見ていただけだからな」

「結果カニ食が広まってもそれは俺の話を盗み聞いたこの地の方たちの涙ぐましい努力の結果ということで」

二人で交互にそんな子供だましの言い訳を言っていくうちになんだかおかしくなってどちらからともなくふふっと笑みを零す。

「事実はどうであれ、建前としては上出来だな」

「いやいや、事実として俺たちはカニ食を広めるつもりはないですよ」

「あとは、イバニェス伯爵の協力次第というわけか」

オストの皇太子にチェントロの平民。そこにオッキデンスの貴族の証言が加われば、どれだけ怪しくともそれが事実になる。

俺と従兄殿に見つめられたイバニェス伯爵はやれやれといった様子で首を振り、ひとつコクリと頷いた。

「殿下も少年も我が国に留学に来る一生徒。生徒同士の交流を止める権利は私にはありませんよ」

その言葉を聞いて二人して顔をパッと明るくさせた。

◆◆◆◆◆

たくらみとも言えないようなたくらみを企てた後、すぐにでも村に立ち寄りたかったが今日は残念ながら次の村へはたどり着かないので予定していた野営地まで馬車を進めてそこで夜を明かすことになった。

夕食はいつものごとくウルリカさんが作ってくれたのだが、さすがに水蟲を茹でた鍋をそのまま使いたくなかったのかヴァレンティナさんと一緒になって魔法で入念に洗っていた。

いや、申し訳ない。今度は別の鍋を使うか、別の方法で調理しよう。

特筆すべきこともなく終わった夕食の後、くちくなった腹を撫《な》でながら一人塩湖に足を踏み入れる。

国境のベールを越えた瞬間一面に広がった空色の塩湖も美しかったが、今己の目の前にある景色も筆舌に尽くしがたい美しさだ。

凪《な》いだままの塩湖に星空が映りこみ、上も下も星が瞬く。それが見渡す限り視界の果てまで続いており、まるで自分が宇宙を歩いているかのような錯覚に陥る。

セフェリノさんの大きな笑い声が遠くの方にかすかに聞こえるくらいの距離まで離れるとそれ以外は何も聞こえなくなった。

ここに来るまでの旅程で野営は何度かしたが、チェントロ国内にいた時は草葉に潜む虫の声や夜行性の鳥たちが羽ばたく音。こちらを窺う動物の呼気。何もない草原であろうと何かしらの生き物の気配がしていたのに、サルムルトの夜は痛いくらい静かだった。

死の湖の名の通り、この塩湖には水蟲以外何もいない。

視線を空ではなく足元に落とし、水鏡に映る星々を眺める。

最初は俺の足に当たって波打っていた水面が徐々に落ち着いていき、そのうち自分自身もこの湖の一部になったかのように波紋が立たなくなった。

空に皓々《こうこう》と輝く月に照らされて、遠くの方に休んでいるのか山のような水蟲が微動だにせずじっとしているのが見えた。

こうしていると自分もこの寂しくも美しい自然の一部になったかのようだ。

しばらく空と湖に輝く星空をぼーっと眺めていると、自分以外のものが発する波紋に水面は揺れて星の輪郭が滲《にじ》んだ。

ふと振り向くと、そこにいたのはいつもの皇太子然とした笑みを浮かべる従兄殿だった。

「君と二人で話がしたいと思ってね」

隣いいかい？　なんて。断らせる気はさらさらないくせに。平民の俺が否と言えるはずもなく、もちろんですと笑顔を浮かべる。

実際従兄殿と話すのを断る理由もないしね。

アメットさんくらいは一緒にいるかと思ったのだが、ちらりと彼の後方に目を向けるとはるか向こう。馬車や焚火《たきび》の側にその影が見えた。


「私は、おそらく君が思っている以上に君のことを買っている」

人一人分空けて俺の横に並んで立った従兄殿が静かにそう切り出した。

「Aランク冒険者に空を見せることができる人間がこの世にどれだけいると思う」

「はい……？」

「もはや伝説となった英雄を除き、Sランクは冒険者のとれる称号の最高峰。世界全体で見ても片手の指で足りる程度しかいない」

知ってる。だから冒険者を辞めたキュリロス師匠は五大国の一つであるチェントロで爵位を賜り俺や兄様たちの剣術指南や警護に当たれたし、チェントロ五公爵の一つであるグリマルディ家のマリアと結婚できたのだ。

様々な亜人種によって構成されているノトス連合王国。対外的には魔法に長《た》けており、周辺環境に左右されにくい長命種であるエルフが貴族、王族として名乗ってはいるものの、それ以外の種族は狩猟民族としての側面が大きい。

里や一族を治める族長や里長《さとおさ》と名乗っており彼らは世界的に見ると準貴族程度の扱いになっている。

獣人族灰猫《はいねこ》の里《さと》の出身であるキュリロス師匠は灰猫の里の里長の家系ではなく、ただの里民。つまりは平民で、本来ならマリアと結婚できる地位にはない。それこそ、Sランクでなかったなら。

つまり、Sランクの冒険者とはある意味他の冒険者とは一線を画した存在なのだ。

現に、冒険者を退いたキュリロス師匠以外に今もなお生存を確認できているSランク相当の傑物は二人。

故郷のノトスを離れ北の雪山に住まうエルフの魔法使いと、東の火山地帯でドラゴンを斃したと言われているドワーフだ。

だから、Aランク冒険者というのは実質的に一般的な冒険者の到達し得る最高位と言えるだろう。

「俺がセフェリノさんに勝てたのは彼が俺を侮《あなど》ってくれたことと、今までにない魔法を使ったからであって、その油断と新魔法がなければ確実に俺が負けてましたよ」

事実として、俺は特別剣術に秀でているわけでも魔法に秀でているわけでもない。

剣ならシローとアルトゥールが、魔法ならオリバーの方が俺よりもよっぽど優れている。

これが物語の中の話なら他を圧倒する魔力や身体能力といったチートでも授けてもらえたんだろうが、残念ながら現実だ。

俺は俺が天才じゃないことを知っている。強《し》いて言うなら前世の記憶があるがゆえの発想くらいじゃないだろうか。

実際、人とエルフの間に生まれたジャン兄様の虚弱体質に関して遺伝に言及したのは俺だが、実際にその因果関係を研究して世に知らしめたのはベルトランド兄様だ。

付与魔法を魔力頼みの力技から詠唱魔法に発展させたのはオリバーだ。

付与魔法と剣術のコンビネーションはシローやアルトゥールがいなければ俺一人じゃどうにもならなかった。

謙遜でも何でもなく、学園に入ってから常々感じていることだ。

俺は特別優れているわけじゃない。たまたま俺のとる行動をとった人間が過去にいなかっただけで、五年後十年後知識が広まれば俺はその他大勢に埋没する程度の実力しかない。たとえ鍛錬をかかさなかったとしてもだ。

「君が君自身の価値を一番わかっていないみたいだな」

従兄殿はそんな俺の言葉に、まるでしょうがないと言わんばかりの苦笑いを浮かべた。

「世界最高峰のＳランクは血濡《ちぬ》れの剣帝キュリロス・ニアルコスが冒険者を辞した後、活動の確認が取れているのは眠らずの護り手バシレオスくらいだ。神殺しのトゥバルトはＳランク冒険者の地位を返上していないとはいえ、ここ数年冒険者として活動した形跡がない。バシレオスも自分の住む領域の露払いはしているみたいだが、災害級のクエストでなければ表に出てこない。Ａランク冒険者は実質的な冒険者の最高ランクといっても過言じゃないんだよ。いまだこの大陸には未開の地が多く、魔獣被害も多い。それを最前線で食い止め人里を守る冒険者の最高位としての矜持《きょうじ》がＡランクにはある。ただ人では油断を誘ったところでそんなＡランク冒険者に膝《ひざ》をつかせることができるはずもない。それは彼らにも実力と経験に裏付けられた自信とプライドがあるからだ。君はそんなセフェリノの膝どころか背中に土を付けたんだ。それがどれだけすごいことか、君自身が認めてやらねばセフェリノも一層悔しいことだろう」

やけに真剣な表情の従兄殿になんと言葉を返せばいいのかわからなくなる。

「セフェリノはあの敗北をまぐれなどとは思わない。それなのに、セフェリノを負かした君自身があの勝利をまぐれと呼ぶのはいっそセフェリノに失礼だ」

まるで子供に言い聞かせるみたいに穏やかな声で従兄殿はそう言い切った。

「君がすべきは他者と比べて自分を過小評価することじゃない。事実を事実として受け止めて、Ａランク冒険者であるセフェリノを下したあの勝利を誇り、負けたセフェリノの誇りのためにも慢心せずに一層鍛錬に励むことだ」

その言葉に俺は何も言葉を返せなかった。

「周りがいくら認めていようと、他でもない当事者である君自身が認めてやらねば君もセフェリノも互いに報われない」

「……すみません」

その言葉に目からうろこが落ちたようだった。

そして途端にばつが悪くなり、もごもごと口の中でつぶやくような不明瞭な謝罪の言葉を口にした。

「いや、その事実に気づいてくれただけで私が話した甲斐《かい》があった」

俺は自分の周りにいる人たちと自分を比べて自分を優れた人物ではないと思うあまり、逆に傲慢になっていたのかもしれない。

生まれてから俺の側にいたのは、剣術では世界最強の元Ｓランクのキュリロス師匠や魔法の分野では常に最先端を行くベルトランド兄様。それにバルツァー将軍を始めとした王宮の騎士たちだって王族と国を守るのだから強くて当たり前だった。

さらに学園に入学してからの教師は元竜騎士でAランク冒険者のミューラー先生と、まだ若いとはいえ天才鬼才のアルトゥールとシロー。それに秀才と言うべきか、ベルトランド兄様についていけるだけの頭脳を持つオリバー。

そんな人たちに一朝一夕で追いつけるなんてさらさら思ってもいないし、どうしても才能が物を言う分野でもあるから自分自身を天才だなんて思えなかった。

それでも、キュリロス師匠に剣を習い始めてからずっと、ベルトランド兄様に魔法を教えてもらってからずっと、俺だって努力を重ねてきた。

少しでも俺の憧れる人たちに追いつきたくて。並び立てなくても、その背中に置いていかれないように、ずっとみんなに助けてもらいながら頑張ってきた。

キュリロス師匠からミューラー先生にバトンは繋《つな》がれ、二人とも俺に合った剣術を伸ばそうと指導をしてくれた。シローとアルトゥールは、剣術だけなら劣る俺を認めて一緒になって魔法と剣を使った戦闘方法を試してくれた。魔法の基礎知識はベルトランド兄様に教わって、オリバーは一緒に新しい魔法を考えてくれた。

その積み重ねがセフェリノさんとの勝利に繋がっているのだから、俺がそれを認めなければ俺だけじゃなく、俺と一緒に今まで研鑽《けんさん》を積んできた他のみんなのことも否定することになる。

そしてそれは俺の対戦相手になってくれたセフェリノさんにも言えることで。

「………そっか、俺も強くなってるんだ」

「今更か……」

いきなり湧いてきた、自分が成長しているという実感に気持ちがふわふわしながら呆然とそう言葉を漏らすと、従兄殿が呆《あき》れたような顔で少し笑った。

「君は自分のことを随分過小評価しているようだが、私は君もまた天才と呼ばれるに値すると思っているよ」

「ん、んー……？　それは、どうなんでしょう。魔法も剣も、俺一人で成し遂げられたことってないですし。口だけのような気がします」

「付与魔法だったか。あれも君の発案だろう？」

「発案だけは、そうですけど。実際に魔法に昇華させたのは俺の友人のひとりです」

そう。あれはオリバーがいなかったら実現しなかった魔法だ。

口先だけの俺とは違い、きちんと形にして発展させたオリバーこそが天才なのだと力強くそう答えると、従兄殿はまた言い聞かせるように穏やかに話す。

「そう。実際に発展させたのは君の友人でも、その最初の一歩を踏み出して道を作ったのはライ、君自身だ。有史以来誰も試みてこなかった分野の一歩を踏み出した。それはまごうことなき君自身の功績だと私は思うよ」

従兄殿の言葉を聞いていると、不思議と自分が素晴らしいものに思えてくるから敵《かな》わない。

でも実際には俺の功績と言うよりは『俺』の記憶のおかげという感覚が強く、素直に誇れない。

「でも、それは、俺の功績と言えないというか……。俺と同じものを持っている人がいたら、俺じゃなくとも思いついたというか……。それも、俺がすごく努力して得たってわけじゃないから、天才って言われるとなんか違うって、思うんです」

『俺』だって別に特別頭がよかったわけじゃない。

記憶の中にある知識だって、そのほとんどはさっと表面を撫でた程度の浅いものばかり。

特筆すべきこともないような『俺』が普通に暮らして。大学を出て、仕事をして、その傍らでちょっと読んだ本やテレビを見てれば身に入るような知識ばかりだ。

その記憶がたまたまリセットされずに俺に引き継がれただけだから。

馬鹿《ばか》正直にそんなこと言えるはずもなく。曖昧《あいまい》な言葉でなんと従兄殿に伝えたものかと考え込むうちに手を握り込んでしまい、つけていた革のグローブがギチッと悲鳴を上げる。

慌てて拳を開くと、この約半年程度でついた無数の傷が目に入る。

入学の時に新調したはずのそれには、剣を握り込むのに力の入りやすいところは大小さまざまな傷が随分ついてしまっている。

「……たぶん、君が何を背負っているのかを知らない限り、どんな言葉も君の心を撫でるだけでしみ込むことはないんだろうね」

その言葉にふと視線を従兄殿の方へと向けると、伏し目がちな彼の瞳が俺の傷だらけの革グローブを映している。

おもむろに従兄殿が手を伸ばし、その傷に触れた。

「君は、その君の持つ何かをとても特別視している。それが特別なだけで、君自身は特別ではない。そう思っている。だから、その特別な何かではなく君自身を評価してほしくて、見てほしくて、こんなに傷だらけになるまで努力を続ける」

傷一つない従兄殿の指先が俺のグローブの傷をなぞるたびに、ぞわりと背中が粟立《あわだ》つ。それと同時にじくじくと心の奥が鈍く疼《うず》き、不快になる。

「君が頑《かたく》なに自分の才能を認めないのは、認めてしまうとその特別が自分のすべてになるからかな。その特別で判断されたくないのなら、その特別から得られるものすべて利用しなければいいのに。それでもその特別から得られるものを利用してしまうのは、周りに自分を見てほしくてたまらないから」

知ったような口ぶりで。まるでそれが俺のすべてのように断定して語る口調に全身の毛が逆立つような心地がする。

「君は君以外にはなれやしないのに」

「やめろッ！」

従兄殿の言葉がなめくじのようにじくじくと俺の心の弱いところを蝕《むしば》みながら入り込んできて、たまらず大声をあげて彼の手を弾《はじ》いた。

心臓がバクバクと早鐘を打ち、ジワリと冷や汗をかく。先ほどまで従兄殿の声しか耳に届いていなかったがハッハッと犬のように浅い呼吸音が聞こえ、しばらくしてようやくそれが自分のものだと自覚する。

じっと俺の顔を確認していた従兄殿が手を上げて軽く振るとすっと空気が軽くなり、そこでようやくアメットさんから殺気に似た威圧を飛ばされていたのだと気がついた。

眼鏡《めがね》も髪の毛も気にせずに、ぐしゃりとそれらごと手で顔を覆い隠す。

あぁ、こんな気持ち、気がつきたくなかった。

俺はどうしようもなく目の前の従兄殿に嫉妬《しっと》していた。

俺と同じ黒を持つのに堂々とできる立場の彼にどうしようもなく嫉妬している。

万が一王太子の立場になんてなったら重荷だから、そうならないように目立たず貴族の目から隠れて生きるのも自由でいいと思っていたのに。

それはまごうことなき本心だ。フェデリコ兄様を押しのけて王太子なんかになりたくない。俺が表舞台に立って目立つことでいつまでも王宮がギスギスするくらいなら俺は目立ちたくなんてない。

重荷を背負いたくない。自由でいたい。縛られたくない。その気持ちに嘘《うそ》はない。

「君は、どうしようもなく、他者に君自身の存在を認めてほしいと思っている」

心の奥底で幼い俺が泣いている。

ジャン兄様を助けるために南の庭園で水蒸気爆発を起こした頃から、チェントロの緑を、家族と同

じ目の色を隠した頃から。ずっと。

気づかないふりをして傷ついた心に蓋をしてきたせいで膿《う》んだそこからどろりと幼い嫉妬が零れ落ちる。

「おれ、は……っ。おれをみて、ほしかっただけなのに……っ」

幼い俺が、あの時俺の母親役を担っていたマリアにしか叫べなかった気持ちを叫ぶ。黒髪なんて欲しくなかった。緑の瞳なんて厄介なだけだ。〝特別〟はいつだって俺から何もかもを奪っていった。そのくせ『特別』がないときっと俺は寂しさに押しつぶされていた。でも本当は、この世界での〝特別〟も、前の記憶を持つがゆえの『特別』も、そんなの欲しくなかった。

「でも、その特別が君のその言葉を奪った。だから、君は他の誰が認めてもその特別を受け入れられない。だって、そのせいで君はずっと苦しんでいる」

そうだ。だって、俺は『俺』には記憶がある。『俺』は子供じゃないんだから。

なんどもそうやって言葉を飲み込んだんだ。

いつのまにかあふれた涙が足元に落ち、新たな波紋を呼んでいる。ぐちゃぐちゃな俺の心を表すようにいくつもの波紋が水鏡を滲ませあの綺麗な星々を隠してしまう。

「ライ。私は他の誰でもない君が欲しい」

どれほど時間が経っただろうか。ぐちゃぐちゃだった俺の心が落ち着く頃を見計らって、いつの間にか俺と向き合っていた従兄殿がそっと俺の肩に手を置いた。

顔を上げると慈愛の笑みを浮かべた彼が、まっすぐ俺の緑の目を見つめる。

「私は君の持つ特別が何かは知らない。でも、特別なものを持っているのに、その特別に頼らず努力を重ねられるところは間違いなく称賛されるべき君自身の才能だ。その上思慮深く、頭の回転が速い。少々理屈っぽいところはあるが、ユーモアを忘れず、行動に移すだけの度胸もある。私は、そんな君のような者にこそ私の背中を預けたい」

黒いまつ毛で縁取られた赤い瞳に俺が映る。

あぁ、ひどい口説き文句があったものだ。

「……とんだ、人誑《ひとたら》しだな」

無遠慮に心の中をぐちゃぐちゃに踏み荒らされたというのに、彼の言葉がすごく魅力的に聞こえてしまうから笑えない。

さすがは皇太子様とでも言うべきか。いや、これは従兄殿の生まれ持った性質も関係しているな。

元々観察力があり、相手が何を欲しているのかを察する力に長けている。だから甘言がうまく、カリスマ性も相まって人を惹《ひ》きつける。

そして、皇太子ゆえにそれを利用することを厭《いと》わない傲慢。

甘いだけでは信用できず、非道なだけでは信頼できない。

正直、為政者としてならフェデリコ兄様よりも従兄殿の方が好みだ。

人の心をぐちゃぐちゃにしてきたその舌の根も乾かぬうちに、そんな俺に背中を預けたいだなんて言う。

傲慢で、自信家で、甘くて、非道。そのくせ品行方正でストイック。

「俺がもう少し責任や義務を気にしない性質だったならあんたについていきたいって思うくらいには誑しだな。しかも自分で人の自覚してないトラウマえぐって救いの手を差し出すなんて、ひどいマッチポンプを見た……」

俺が頷くと思っていたのか、おや？　と目を瞬かせた従兄殿は俺が身じろぐとすっと俺の肩から手をどけた。

魔法で色を変えたグレーヘアーで瞳が隠れるように俯《うつむ》いてから色付きグラスのはまった眼鏡をはずして涙で濡れた目元を擦《こす》る。

従兄殿の目には、灰色の髪と黄色い瞳を持つ男が映っていた。

俺が黒髪と緑の瞳を持っていたと知っていたら、たぶん従兄殿は俺のことを勧誘なんてしなかった。

だって現状俺はチェントロにとってもオストにとってもいつ爆発するかわからない爆弾のようなものだから、皇太子である従兄殿は国のためにもそんな判断は下さない。

眼鏡をかけなおしてから顔を上げ、再びサルムルトの星空に目を向ける。

虫の声すら聞こえない静寂は自分の気持ちを整理するのにぴったりで、サルムルトの幻想的な星屑《ほしくず》の海の景色は心を落ち着かせるのに最適だ。

「ちなみに、参考までに聞きたいのだが、私のどのあたりが駄目だったのかな？」

人の心を踏み荒らしたくせに一切悪びれもしない従兄殿はどこまでいっても人の上に立つ為政者らしい。下手《へた》に善人ぶられるよりもよっぽど好感が持てる。

「あんたに駄目なとこはなかったよ。危うく誑し込まれるところだった」

一度涙を流してしまえば不思議と精神は落ち着くものだ。

まぁ、元々涙の役割が副交感神経がどうたらこうたら。つまりはそういう理由で流れるのだからさもありなん。

先ほどまでの取り乱しっぷりはどこへやら。むしろ清々《すがすが》しそうな表情を浮かべる俺に従兄殿はつまらなさそうな顔をする。

「そのまま誑し込まれてくれればよかったのに」

「ははっ！　それも楽しそうだけど、悪いけど俺が仕える人はもう決めてるんだ」

「……一足遅かったか」

「俺が仕えるのは一人だけど、俺の心に寄り添ってくれた人があんたの前に少なくとも八人はいる」

「だいぶ後《おく》れをとってしまっていたのだな」

精神的に疲れていることもあり、今更取り繕う気になれずに素で話すと、従兄殿もそれを咎めることなく気負わず軽い調子で会話が続く。

「だが、そうか……。君にそこまで想われている未来の主が羨ましいな。私の背中を信じて任せられる部下として君が欲しいと言った私の言葉に嘘はないからね」

その言葉に従兄殿の方へ顔を向けると、一見いつもと変わらない表情をしているように見えるがなんとなく面白くなさそうな表情をしているように見えてしまう。

それが拗《す》ねた時のエルと重なりふき出しそうになって慌てて顔を背けたが、逆に不自然な動きをしてしまい従兄殿にバレた。

じとりとした視線を向けられて慌てて取り繕う。

「愚痴があるなら聞こうか？　俺も半ば無理やりとはいえずっと心の中でくすぶってた話を聞いてもらってすっきりしたし。たとえオスト国内のことを聞いたところでそれをどうこうする理由もないしね」

従兄殿は俺のためにやったわけじゃないし、むしろ自分の手駒にするために人の心を無理やり暴いたとはいえ。それでも従兄殿の言動は俺が昔の心の傷と向き合うきっかけになった。

それにはむしろ感謝している。

だから、わざわざよそ者の俺に『背中を預けたい』だなんて。誘い文句にしては随分すぎる言葉を使ったことが気になった。

別段人の機微を読むのに長けているわけでもない俺が表情を取り繕うのがうまい従兄殿から彼と同じ方法で言葉を引き出すことなんてできない。

でも話してくれるなら、それを知らないふりして聞くことくらいはできるから。

「独《ひと》り言《ごと》くらいの気軽さでどうぞ？」

あまりにも雑な俺の言葉に従兄殿の顔がふにゃりと歪《ゆが》む。なんとも情けない、それでいて自然なその表情を俺は見なかったことにして視線を地平線の果てまで続く星空へと向けた。

「では、君の心に無遠慮に踏み入ってしまった詫《わ》びに私の話をしようか」

隣で彼も俺から視線を外して同じように遠くを見つめて語り出した。

「…………民草の生活に影響が出ているわけではないのだが、今オスト国内はいささか不安定でな」

サルムルトの凪いだ塩湖と同じように落ち着き払った声が紡《つむ》ぐ。

「五大国は対等でなければならない。五大国の均衡が崩れれば、たちまち大陸は戦火に巻かれて魔物への対応が立ち行かなくなり人は滅びる。人同士が争わぬようにと神が精霊のベールによって国境を定めてくださったというのに、己の欲のために勢力を拡大し肥沃な大地を持つ他国を手中に収めるべきだと主張する阿呆《あほう》がいる」

「あー……、どこにでもやっぱり湧くものなんですね、そういうの。チェントロでも七番目のオウジサマが生まれてから鬱陶《うっとう》しいのがいっぱい湧いてますし」

「やはり君はチェントロの、それも中央に近い生まれなのだな。チェントロとオストの間にある小国の田舎《いなか》町出身だと聞いていたが、それにしては不自然すぎる」

「俺のこと調べたんですか？」

「これでもオスト唯一の正統な後継者だからな。だが、本来なら最低限危険でないことを確認する程度だが、君について深く探ったのは私の部下に欲しかったからだ。まぁ、これればかりはめぐりあわせが悪かった」

その言葉にまぁ、そりゃそうかと納得する。

と同時に、それではなぜ俺を自身の腹心の部下にするような誘いをしてきたのか疑問に思う。

オスト現皇帝の妹である母上がオストの黒とチェントロの緑を継ぐ俺をチェントロの王太子にすると言ったあの発言は、十数年経つ今なお波紋を起こし続けている。

俺はいわばその波紋の中心だ。生家であるチェントロ王家から、それもオスト皇家に引き抜くメリットがない。そんなことをすれば、また別の波紋を呼ぶだけだ。

「……じゃあ、俺の本当の出自はご存じで？」

「君の主人は随分あの七番目にご執心のようだな……？」

七番目、というのは第七王子、つまり俺のことだろう。

主人、ということは、現在高位貴族本家の当主が俺の主人だと思っているのか？　だけど、高位貴族で俺に執心しているのなんているか？

マリア繋がりでグリマルディ？　でも、あそこの当主はチェントロ王家に忠誠を誓ってこそいるが、俺と直接関係があるのはマリアくらいだ。

バルツァー将軍のところはレアンドラ嬢と婚約したとはいえ、別に俺に執心しているかというとそんなことはない。

しばらく数人の高位貴族を思い浮かべてみたものの、まったく心当たりがない。

どこだ？　俺の偽の経歴の本来の出身になっている家名は。

しまったな。従兄殿とこんな話をするなら留学に来る前にホフレに聞いておけばよか、……。

アッ！　ホフレか!!

そういえば、ホフレもチェントロ五公爵の一つ、カッシネッリの当主だったな。

なるほど？　ということはライはカッシネッリの分家出身という設定に？

……ホフレの願望を感じるなぁ。まぁ、ホフレならむしろ嬉々として偽とはいえ俺の血縁者になりたがるか。

ホフレなら分家筋の男児全員に俺の名前を付けそうまである。

というか、ホフレは母上のファンでもあるから、カッシネッリの分家にはマヤとエルフリーデに似た名前の女児がわんさかいそうだ。

狂気を感じるので確認したくない。

ぶるりと背筋に悪寒が走り、思わず腕を抱くと、従兄殿がちらりと視線を寄こした。

「いや、あの人の七番目の彼に対する執着を思い出して、ちょっと……」

「ああ。あの家の分家筋は彼が当主になって以降子供の名前が顕著だからな……」

ひぇ、やっぱり。

いや、俺に忠実で非常に気の利く部下であることには違いないんだよ。

「君がなぜ平民に扮しているのかは聞かない方がいいかい？」

「あー、そうしてもらえるとありがたいかな。なんせ七番目関連なんで」

本人なんで、間違いではない。

「そうか……。やはり、七番目の波紋は大きいな」

ひどく深刻そうな声色だ。

ホフレからの手紙で、俺が碌に表にも出ず、さらには王宮から離れたというのにいまだ俺を王太子にしようとする者がいると聞いてはいるが、それでも一時期よりもよほど落ち着いていると思っていたんだけど。

少し軽率なところがある母上も、態度が軟化したことにより正妃カリーナ様や他の側妃様に本当の意味で後宮に迎え入れられたことによって守られ、派閥の旗頭になることはもはやない。

俺もジャン兄様やジョン兄様が王宮から逃げ出すまでは餌でいるつもりだったが、兄様たちも母親である側妃ソフィア様の伝手《つて》を頼って王宮から出た今、レアンドラ嬢と婚約してカリーナ派であるバルツァー将軍の後ろ盾を得た。

母上が碌な後ろ盾もないのに俺を王太子にと推していた頃から比べたら、俺を持ち上げたい連中も動きようがないはずだが。

「チェントロ国王のアブラーモ様がフェデリコ様以外を王太子に指名するとも思えないけど。いくら高位貴族がはやし立てたところでこれまで表舞台に立ってこなかったライモンド様に平民貴族ともに納得させるだけの功績と人気があるとも思えないし」

俺を持ち上げたい連中が強硬手段に出られないように俺は最低限の公務しかしていないし、学園では貴族クラスではなく平民のクラスに入ったのだ。

貴族クラスに入ったとして、俺と友人関係になった貴族たちが勝手に俺の派閥を名乗って王宮を乱さないとも限らないしね。

まぁ、それでも学園を卒業して成人と認められたら俺も王族としての責務を果たすために表舞台に立たなきゃならない。

俺がどれだけ自分のやりたいことを主張したところで、俺がチェントロ王家とオスト皇室の血を引いているのは覆しようのない事実なわけで。その血にはそれなりの義務が付随する。

ならば、俺が自由にできるのはせいぜい学園を卒業するまでくらいだろう。

そして、今自由を許されているのは俺が学園卒業後にはきちんと王家の人間として責務を果たすと父に示しているからだ。

父上は俺が自由でいることによって生まれる弊害と国家の利益を天秤《てんびん》にかけて、たぶん学園を卒業してすぐにレアンドラ嬢と俺の結婚を進める。結婚式の準備期間を設けても卒業後数年の猶予はあるかもしれないが。

それでも十年以内に俺はバルツァー公爵家に婿入りし、次期公爵として将来はバルツァー将軍の後を継いで国防の要《かなめ》である軍を率いることが決まっている。

レアンドラ嬢のことは恋愛的な意味で好きとは言えないけれど、可愛《かわい》いし素敵な女性だから人としては好ましい。彼女と共に支え合ってフェデリコ兄様や国のために尽くすことだって苦じゃない。

赤子の頃に夢見たように自由な冒険者になれなさそうなことは残念に思うものの、王子教育を受け今生《こんじょう》での立場と責任を思えば無理を通そうとは思わない。

「チェントロ国内はそうだろうね」

従兄殿の言葉に思考の海に沈んでいた意識を浮上させた。

「あの七番目をチェントロの王太子になどと、いったい誰がそんな世迷言《よまいごと》を言い出したのかは知らないが、自分の立場を理解していない浅慮な者がそんな発言をするからチェントロではなくオストの皇太子にしようと画策する阿呆が湧く。それこそ、私を殺してでも、ね」

「は……？」

従兄殿の話に思わず言葉を失った。

「まぁ、現皇帝陛下の甥《おい》だから、私という存在が消えればありえん話ではないのが頭の痛いところでね。問題は、彼がチェントロの王国の実子である点だ。あの従弟《いとこ》が皇位につけば他の三国は二国の顔色を窺わねばならんから、何かあった時に後手に回ることになる。これを画策している阿呆の思惑は碌に皇太子教育を受けていない従弟を傀儡《かいらい》にして甘い汁を吸うことだからさもありなんといったところか。五大国の一つが腐ればそれはたちまち大陸中に広がるだろうな」

ハッと吐き捨てるように嘲笑する従兄殿の言葉に思わず言葉を失った。

「いや、それ考えてる奴アホなのでは⁇」

いや、途中までは真剣に言葉を探していたがもう俺としてはそれしか言えん。アホか？　アホなのか⁇　頭が痛い。

普通に考えてなんで五大国同士の均衡を崩そうとするの？　世界は戦争をお望みなの？

前世の地球でも常任理事国の均衡が崩れたら世界を巻き込んだ核戦争が始まるかもとか中高生でも考えればわかるでしょ。

オストとチェントロでも同じだよ。なんでどいつもこいつも両国の血を引く俺という爆弾を頭に据えようとするんだよ。今までの慣例通りで他に道もなくて苦肉の策とかなら俺だって文句はそこそこに真面目《まじめ》に頑張るよ？　だって慣例通りなら前例ないしそれ用の法なりなんなりがあるってことでしょ。細かいところは臨機応変《りんきおうへん》にしなくちゃいけないとしてもおおまかにはそのルール通りに進めれば影響少なく治めることができるからね。

でも、今までの慣例にないのにそんな博打《ばくち》みたいなことやって国ともども共倒れしたらどう責任取るの？　学級会で済む問題じゃないんだよ⁇

考えれば考えるほど頭が痛くなってきて思わず頭を抱えた。

というか、その自分の立場を理解していない浅慮なヤツって俺の母上だよね。知ってた。母上は永遠の少女だからしょうがないね。母上は正妃ではなく側妃として後宮でお茶しているのがすごくお似合いな人だから。

けなしているのではなく、事実として。そう思ったら、母上ってカリーナ様たちに迎え入れられた今が最高の状態なんじゃない？

「わぁ、おほしがきれいだなぁ（現実逃避）」

「ふ、ふふッ」

「……何わろてんねん」

唐突にわけのわからないことを言った俺を従兄殿はギョッとした顔で見てきたが、俺が心底あほらしそうな表情を浮かべているのを見て、思わずと言った様子で笑い出した。

「い、いや……っ。君が突然そんな顔でおかしなことを言うから……っ」

笑いのツボに入ったのか、くすくすと笑い続ける従兄殿をじと目で見る。

「気軽にどうぞって言った俺が言うのもなんですけど、だいぶ態度というか対応砕けましたね」

「ふふっ。ああ。君は私に媚《こ》びへつらう気が微塵《みじん》もないだろう？　君は私が皇太子だろうがどうでもよさそうだ。興味がない、のとは違うようだけど。こんな扱いは初めてで、少し楽しい」

「あー、そう」

笑いは収まったようだが、なおも機嫌よさそうににこにこと笑みを浮かべる従兄殿から顔を逸らして再び塩湖の方に視線を向ける。

「それにしても、なぁんでそんな馬鹿なこと考えるヤツがこんなに湧くんでしょうね。どう考えても頭足りてないでしょう。そもそも七番目が学園入学のこの時期に表に出てきてないんだから、七番目にその気がないことなんてわかるでしょうが。捕らぬ狸の皮算用っていうか。七番目の支持も得てないくせにいっちょ前に派閥名乗って甘い汁啜《すす》る夢見てんじゃねぇよ。仕事しろって感じ」

思わず口も悪くなるってもんだ。

そんな阿保みたいな理由で明らかに指導者に向いている従兄殿を殺す計画って何？

え、チェントロ王宮内ではそんな物騒な話聞かなかったけど、え、オストが物騒なだけ？

それともチェントロ王宮内でもフェデリコ兄様暗殺しようとしてた馬鹿いたの？　俺が知らないだけ？

　そもそも、従兄殿が死んだとして俺絶対オストの皇帝とかならないし。俺は爆弾の自覚があるんで厄介ごとの気配しかしないオストなんかに行かんが？　何が何でもチェントロ国内にとどまるが？

　とんでもない爆撃を従兄殿からくらって頭を抱えたまま唸っていると、当の本人が楽しそうに俺の腕をつついてくる。

「ねぇ、トラヌタヌキの皮算用ってなに？」

「んー？　あー、えっと。まだ手に入らないうちからそれをあてにしてあれこれ計画立てるって意味だったかなぁ。七番目を捕まえてもないのにヴィルヘルム殿下さえ亡き者にしちゃえば第七王子殿下が喜んで、しかも無知なまま皇位について自分たちだけは将来甘い汁吸えるんだって思い込んでるじゃん」

「トラヌ……、あぁ。捕らぬか。……タヌキって？」

「狸は、えぇっと……。ラクーンドッグかな」

　いつだったか流し読みした本の内容を思い出しながらそう返すと、従兄殿は興味深そうに笑みを深めた。

「君は面白い言い回しをするね。でも、ラクーンドッグは魔獣とはいえ捕まえても対した金にならないから、飛竜くらいがちょうどいいんじゃない？　あれも一応王家に連なるものだから、それなりに価値のある魔物に例えてあげないと」

前世の慣用句をそのまま流用しただけだったんだけど。でも、従兄殿の言葉を聞いてなるほどそちらの方がこの世界ではわかりやすいかと感心する。

狸の知名度の低さとこの世界での価値の低さに納得し一つ頷いたところで、再び従兄殿から腕をつつかれた。

「なに？」

「君は、旅の最初にアメットにも面白い言い回しをしていたね。なんだったかな、聞くより見ろ、みたいな」

「あぁー？　百聞は一見に如《し》かず？」

「そう、それ。あれも、今の捕らぬ飛竜もそうだけど。面白い言い回しだ」

「そう、か……。そういえば、そうだよなぁ」

あんまり考えないで言ってたけど、そう言えばこれは『俺』の方の慣用句だったか。

「……やっぱり、残念だ。君が私の部下になってくれればとどうしても願わずにはいられない」

こうやって何も気負わずに雑談するだけならむしろ話しやすいんだけど、皇太子モードの従兄殿と接するのは疲れるから嫌だな。

そんな俺の気持ちは如実に表情に出ていたのか、また従兄殿がおかしそうに笑みを零す。

「私の勧誘でそんな顔をするのは君くらいだな。あぁ、でも本当に残念でならない。君みたいに言葉を選ばず本音で接してくれる相手は少ないんだ」

「そりゃ皇太子殿下だからしょうがないでしょ」

「わかっているさ」

初めよりもよほど砕けた態度の従兄殿が、だが、と言葉を続ける。

「こうやって、城を離れて周りに護衛もいない状況で誰かと愚痴を言い合うことがもうできないのだと思うと、無性に寂しさを覚える」

「あー、皇太子ですもんね」

「君が素直に私に引き抜かれて護衛にでもなってくれれば君の勤務中に愚痴を零せるのだがな」

「うっわ、勧誘に余念がない。他あたってくださーい」

「残念だが、私だって誰でもいいわけじゃないんだ。まぁ、諦《あきら》めろ。君がすでに仕える主を決めていると言うのであれば、その主以上に私に仕えたいと思わせる。君が折れるまで勧誘をやめる気はないさ」

「それとっても迷惑かもー」


しばらくそうやって軽口を叩《たた》き合っていたが、不意に互いに口を閉じる瞬間が訪れ静寂が訪れた。

野営の準備をして夕食をとり、その後ここで随分二人で話し込んだ。

西の国までの旅路はまだ明日からも続くのだから、さっさとテントに戻って休んだ方がいいということはお互いにわかっている。

それでも、戻れば他の者の目があるから今のようにお互い好き勝手軽口を言うことができない。

それを心惜しく感じているのは何も従兄殿だけじゃない。俺だって、この従兄殿とこんな風に話せたことを楽しく思っていた。

「ちなみに、アメットさんの前であんたにこんな風に話しかけたらどうなります？」

「君には自殺願望でもあるのかい？」

「あー、だよねぇ」

あの人の殺気怖いんだよなぁ。

それに、ウルリカさんも許さないだろうし。旅路の食を握られてるから、毒でも盛られたらどうしようもない。

まぁ、あの二人がそんな浅慮なことをするとは思わないけど、それを覚悟するくらいには殺気を向けられそうな気がする。

ガシガシと髪をかき乱して浅くため息をつくと、従兄殿が俺にすっと手を差し出した。

「だが、私はまた君とこうやって話がしたい」

「それ、結局俺がアメットさんとウルリカさんに睨《にら》まれるやつじゃないですかぁ」

「私から差し出した手を取らぬ方があの二人は怒ると思うがな」

ハッとして焚火の方を盗み見ると、アメットさんとウルリカさんは二人並んで微動だにせずじっとこちらを窺っている。

え、いつからこっち見てたのあの二人。怖すぎない？

俺が言葉を失っていると、従兄殿は得意げにクッと口の端を上げて笑う。

「話を、してくれるな？」

いっそ命令すればいいのに、あくまで俺が断りにくい状況を作っておいて、それでも問いかけてくるあたりが嫌らしい。

せめてもの腹いせに思いっきり手を振りかぶって、差し出された手に自分の手のひらをぶつけてパンッ！　と音を鳴らしてやった。

いきなり手のひらをはたかれたことに目をぱちくりとさせる従兄殿に、今度は俺が手を差し出して待つ。

慣れないコミュニケーションに戸惑う彼に、さっさと俺の手を打てと顎をしゃくると、遠慮がちに、しかしちゃんと音が鳴る程度の強さで俺の手のひらを打つ。

そのまま今度は軽く肘《ひじ》を曲げて逆の手を胸の前あたりに持ってきて、次はぶつなよと軽く指を曲げて彼の手を待つ。

「……なんとも、ユニークな握手だな」

そう言って俺の手を握った従兄殿の腕を引き、肩同士を軽くぶつけてそのまま離れる。

「明確な名前はないけど、シークレットハンドシェイクとか言うらしいよ。ま、お遊びの一環ってことで」

それだけ言って体の向きを変えてさっさと焚火のある野営地へと足を進める。

少し遅れてパシャパシャと塩湖を波立たせながら、従兄殿が俺の隣に追いついた。

「これ、他の人にはやらないでよ。やるとしても、さっき俺がやったのとは違うやり方にしてよ」

「ああ、わかった。でもなぜ？」

すっかり皇太子の仮面をかぶった彼の肩を軽く拳でつついてから口を開く。

「これが俺とヴィル専用のサインだから」

俺の言葉にヴィルは面白いくらい目を見開いて、そのまま歩みも止めてしまった。ずっとやられっぱなしだったが、ようやく最後に一矢報いることができた。

俺は立ち止まらずに後ろ手にヴィルへ手を振る。

「まぁ、友達ってことで。サインの順番忘れないでよね」

第十二話

『証明ってどうすりゃいいの？』

I was born as the seventh prince, what should I do?

俺《おれ》の本当の素性を明かしてはいないものの従兄《いとこ》であるヴィルと話し合った翌日以降、俺の偽の出自に関しては旅メンバーの中では公然の秘密となってしまった。

ヴィルとの会話で察するに、俺の経歴上の両親はカッシネッリ公爵家の傍系のうちの一つで、ホフレが後見人になっているようなのだ。

俺としてはそのまま偽の出自も隠してただの平民で通しておきたかったのだが、ヴィルから旅の間だけでももう少し気安く話ができる間柄になりたいとの申し出がありイバニェス伯爵に明かすこととなった。

そして俺はヴィルが俺をイバニェス伯爵に紹介する時に初めて俺の偽の経歴を知ったのである。

なんで？　なんで俺の経歴を俺以上に他国の従兄の方が知ってるの？

俺がその辺りの設定を面倒だからとホフレに丸投げしたせいですね、すみません。

学園都市で平民に紛れるための細工や手続き全般をホフレに頼んだのは俺だ。

俺の願いを何も言わずに喜んで最大限に叶《かな》えてくれるという点でホフレを重用し、そのまま確認しなかった俺が悪い。

今までもホフレは俺が必ず把握しておかなければならないことは教えてくれたけど、それ以外は勝手に判断して勝手に処理してくれていた。

そのおかげで王宮内にいた時のように常に気を張る必要もなく、興味のない王太子レースなどという些事《さじ》に気を取られずに自由にできてとても楽しかった。

それもこれも、俺の代わりに派閥のトップに立ってコントロールしてくれているホフレのおかげだ。

そう思うと今まで意識してこなかったけど、俺は相当ホフレの厚意に甘えているな。

だって、これをもし常識人であるバルツァー将軍に頼んでいたら、いくら俺が平民に扮《ふん》したいからその身分を作ってほしいだとか平民として暮らせるように住まいを手配してほしいと言っても渋い顔をして首を横に振られていただろうし。

まあ俺が王子である以上それが当たり前の反応なんだけど。

でも、ホフレは俺がやりたいことをやらせてくれる。

国に仕える貴族としての良し悪しはおいといて、彼は本当に俺にとって理想のいい部下なのだ。

俺に多くを求めず、俺の言葉に従順で、俺の願いは二つ返事で叶えてくれる。

その上頼んでいない露払いもきちんとしてくれて、安全の保障を怠らない。

俺にとって都合がよすぎる。言い方は悪いが、まさに理想の都合のいい駒である。

キュリロス師匠が懐刀だとすると、ホフレはまさに俺の手足だ。

俺、というか。俺と母上とエルに対しての狂信的な振る舞いのインパクトが強くてその有能さをついつい忘れてしまうが俺が最も労《いた》わらなければならない相手ってもしかしてホフレなのでは？

オッキデンスに着いたら労わりの手紙を出しておこう。

おそらくオスト側に俺が貴族であるという偽の出自が流れたのもわざとだろうな。

俺がカッシネッリ公爵家の後見する貴族だと知れば、この旅中何かがあればヴィルは貸しを作るためにも俺を必ず助ける。

五大国の一つであるチェントロの公爵家へ貸しを作れるのはでかいからな。

そして旅の途中でヴィルが俺をイバニェス伯爵へ紹介することも想定内だろう。

ヴィルが俺をイバニェス伯爵へ紹介することはオッキデンス側への貸しになる。

オッキデンスは情報収集の未熟さから危うく五大国の公爵家の人間を粗雑に扱うところだったからね。

もっとも、俺が許せばの話だが。俺の許しなしにヴィルが俺の正体をオッキデンス側にバラせばオッキデンスへ貸しは作れるが俺からの心象を悪くするから。

だから俺から許可を得てイバニェス伯爵に俺を紹介できるとなった時、オスト側からしたら最良の結果を得たと言える。

俺が俺自身の偽の経歴を知らないとかいう馬《ば》鹿《か》の所業も、ヴィルに任せてれば俺自身の口から説明する必要はないし、知らないことは曖昧《あいまい》に笑ってりゃ『あ、言えないことなんだな』って相手が察して深く突っ込まれないしね！

いや、でもやっぱり俺に一言くらい報告してくれててもよかったんじゃないの？

ホフレは俺のこと過大評価しすぎなんじゃない？

そういや、前にもらった報告書という名の手紙もそうだったな。

母上派を自称してたやつらが俺の派閥を名乗ってたからシメときましたって報告しかしてこなかったからな。

言葉足らずが過ぎると思うんだ。

でも、そんなホフレの何がすごいって最低限以下の報告しかしてこないのに俺の生活には一切支障がないってこと。

頼む。俺に報告を回してくれ。

俺の剣術指南と護衛の任を解かれた後、どの王族にも付いてないキュリロス師匠や師匠と結婚したことで王宮を去ったマリア以外で情報に関して頼れるのは現状ホフレだけなんだ。

幼少期に俺を直接守れなかったことを負い目に感じているらしい兄様たちはいまだに俺に対して過保護だしな。

こればっかりはオッキデンスに着いてから労わりの手紙と一緒に情報を回してくれるように頼んでおこう。

それはさておき、そんな経緯から俺の知らない俺の経歴が事実としてオスト皇太子の口から他国の貴族へと語られるとかいうわけのわからないことが起きた。

イバニェス伯爵としては知ってしまった以上チェントロの公爵家が後見する貴族の俺を平民と扱う

ことができずにその情報はそのままセフェリノさんとヴァレンティナさんへ下りていく。

結果、表向きは平民だが実は高位貴族であるとみんなが知る状況になったわけだ。

「ライ。せっかくだから、私と一緒に馬車で移動しないか？」

「俺は平民なんで幌馬車《ほろばしゃ》で十分です」

「平民とはいえカッコつきのだろう？」

「馬車で移動してたらなんのためのカッコつきかわからないでしょ。そういうの経験するためのカッコなんだから」

「ふむ、一理あるな。ならば私がそちらに移動しようか」

「いや、ヴィル様はお貴族様でしょ？」

「それを言うなら君もだろう？」

「俺はカッコつきですぅー」

公然の秘密と言ったな？　あれは嘘《うそ》だ。もはや秘密の体《てい》もとってない。ヴィルが一切隠す気ないし、俺も知れ渡っている偽の経歴をあえて隠す理由もないのでもはや公然の事実となった。

この自由人を何とかしてくれとアメットさんを見れば、ヴィル命のアメットさんとウルリカさんはすでに幌馬車の中にクッションと布を敷いてヴィルの座るスペースを作っていた。

「ならば私もそちらに乗せてもらっても構わないだろうか。馬車に荷物を移動させればスペースも広くとれるだろう」

などとイバニェス伯爵が言うものだから、セフェリノさんとヴァレンティナさんが青い顔をさせつつ進んで荷物を幌馬車から馬車の中へと移し変えた。

味方などいなかった。強《し》いて言うなら本音では貴族と同じ馬車に乗ることを恐れ多いと思っているセフェリノさんとヴァレンティナさんだが、彼らにとっては俺もまた貴族であるため味方ではない。

なんてこった。

幌馬車を操る御者さんが不憫《ふびん》でならない。

幌馬車と皇族対応の馬車。サスペンションなどの性能の差は言わずもがな。

なのに皇太子とそのお付きの公爵家の人間、伯爵家当主を乗せてオッキデンスまで馬車を走らせなくてはならなくなった。

しかも、ここまでの道程で公爵家を後見に持つ貴族を乗せていたと知った御者は顔を青を通り越して白くさせていた。

はぁーーーッ！　申し訳ねぇ……ッ。

でも、そもそも昨日ヴィルが問い詰めなきゃ俺言うつもりなかったし！

恨むならヴィルのことを恨んでくれ。

やっぱりアメットさんが怖いから俺でいいです。俺が悪いです。

出立の準備が整い、ほとんどの荷物を馬車に積み替えた後、平民貴族まとめて乗り込んだ幌馬車が道を進む。

幌から少し顔を出して朝陽《あさひ》を受けて輝く塩湖を見る。

風の極端に少ないこの国は、同様に雨もほとんど降ることがない。

五大国に比べると国土は狭いが、小国の中では決して小さいとは言えない国土を有しているサルムルト。

しかし、そのほとんどが死の湖で覆われており、農作物を育てるどころか家畜を飼うことすら困難。

水資源が豊富な瀑布《ばくふ》の谷カタラータと隣接していることはサルムルトの民にとって不幸中の幸いといえるだろう。

「さて、ライ。せっかく同じ馬車になったんだ。私たちと話をしようか」

最も御者台に近いところに布とクッションを敷き詰めて作った玉座に座りそうのたまうヴィルの顔のいいこと。

なんで俺の家族って親戚に至るまで顔がいいやつしかいないの？　嫌がらせか？

俺の顔だって不細工とは言わないけど、やっぱりヴィルに比べたら華やかさに欠ける。

なんて言うんだろう。圧倒的モブ感。オーラが足りない。雰囲気イケメンの逆だ。顔は父上と母上譲りでいいはずなので、纏《まと》う空気が圧倒的モブ。

「……話ってなんの話ですか？　難しい話は嫌ですよ？」

「なに。君が話してくれた塩湖や食べられる魔物の話みたいな話で構わない。君はなかなかに面白《おもしろ》い知識を持っている。それは私やイバニエス伯爵の持たないものだからね。聞くだけでも楽しいんだよ」

「それはいいですね。ぜひ私も君の話を聞きたいものだ」

「急に言われても困るんですけど……」

と、ヴィルを支持するようにイバニェス伯爵もそんな風に言うものだから、視線をうろっと泳がせて話題を探す。

塩湖の時もカニの時も特に何も考えずに発言してたからなぁ。

あくまで『俺』の知識を何も考えずにぽろっと零《こぼ》した程度だから、改めて何か話してほしいと言われると困ってしまう。

と、視界にセフェリノさんが入り、口を開く。

「じゃあ、俺がカニ食べた時驚いてたみたいですけど、魔物を食べるのって珍しいんですか？　特に冒険者なんて場合によっては現地調達しなきゃならないこともあるでしょ？　それこそ塩湖のど真ん中で食材なくなったらどうするもんなんですか？」

「お⁉　俺に聞いてんのかぁ⁉」

視線をセフェリノさんに向けていたためか、セフェリノさんはその大きな体をびくりと揺らして言いよどむ。

「この中でそういう冒険したことのあるのってセフェリノさんとヴァレンティナさんだけかなって。イバニェス伯爵はあくまで伯爵だしそういうリスクのある冒険はしないですよね？」

「まぁ、そりゃそうだけど……」

と、同じく話を振られたヴァレンティナさんもどうしたものかと困り顔を浮かべた。

その視線が世界トップレベルの権力者である皇族のヴィルを気にしている。

「ヴィル様のことはあまり気にしなくていいと思いますよ。むしろ、そういう話が聞きたくて二人と一緒に幌馬車に乗ってるところもあるでしょうし。じゃなかったら俺は軽く五回は不敬罪で捕まってます」

「そうは言っても坊主はお貴族様だからそんなこと気軽に言えるんだろぉ」

「貴族だろうが皇族の前ではあんまり意味ないですよ。第一、命を狙《ねら》われたわけでもあるまいし、平民の言動にいちいち目くじら立てるほどヴィル様の器ちっちゃくないですって。むしろその程度で怒る小物は貴族に向いてない」

上に立つ者として礼節を重んじることは秩序を守る上で大切だ。しかし、寛容さがなければそれもただの暴力になる。

ここは公的な政治の場ではなくあくまで私的な学ぶための場である学園の延長線なのだから、求められるのはより良い治政を敷くために教えを乞う柔軟さ。

特に、半分公的な態度が求められる学園そのものではなく留学に赴く道中というより私的な場所なのだから、ここでヴィルが平民のセフェリノさんたちを罰するのは利点がまったくない。

と、いうようなことをセフェリノさんとヴァレンティナさんに説明すると、生粋《きっすい》の貴族であるヴィルはそんなはっきり言わなくても、と微妙な表情を浮かべる。

「まぁ、その通りだが。それにしたって、言い方があまりにも明《あ》け透《す》けすぎないか？」

「セフェリノさんたちは、明言しないことが美徳で遠回しな言い回し大好きな貴族じゃないですからね。俺だって言葉を装飾するのなんて公的な場で貴族同士話す時か、意中の相手を口説く時だけで十分です。むしろ直球で言葉にする方が楽でいい」

「そういうものか？」

「そういうもんです」

軽口を叩《たた》き合うとアメットさんが怖いが、ヴィルが許しているためか視線が突き刺さることはない。

ヴィル自身も俺との掛け合いを楽しんでいる節があるからなぁ。

「ということは、ライでも女性を口説く時には言葉を飾るのか」

ふむ、と一つ思案顔を浮かべたヴィルがなぜかそんなことを聞いてきた。

「は？　あぁ、まぁ。そりゃ好きな人口説く時くらいは姿も言葉も飾るでしょうよ」

「君は私相手でも阿《おもね》ることがないからいつでもそのままだと思っていたが、案外ロマンチストなんだな」

「まぁ、俺ってロマンで生きてるとこあるんで」

「ふふっ。君がどうやって女性を口説くか興味が出た。その時はぜひ私も呼んでくれ」

「えー、ヴィル様に惚《ほ》れられたら困るから絶対ヤダぁ」

「ちなみに聞くが、どっちの意味で？」

「もちろんどっちの意味でも」

「フッ、ハハッ！　そうなったら私も困るな？」

大変不敬な発言であるにもかかわらず楽しそうに笑うだけのヴィルに、セフェリノさんとヴァレンティナさんは少し顔を見合わせてからその身から力を抜いた。

と、いうか。

「………ヴィル様性格変わってない？」

「いや、元から私はこんな性格だよ」

いやいや、絶対うそでしょ。

みんなの顔見てよ。

イバニェス伯爵とかポカンとしてるし、アメットさんもちょっと目を瞠《みは》って驚いてるじゃん。

「君との会話は楽しいからね」

「まぁヴィル様が楽しんでるのはめちゃくちゃわかりますけど」

むしろ楽しくないのにこれだけ軽口言ってるんなら、俺は今後何を信じていいのかわからない。

「……私に阿らない同年代との会話というのは貴重でね。つい興が乗ってしまった。迷惑ならば今後は控えよう」

そう言ったヴィルの笑顔は美しいが、先ほどまでの素の笑顔とは違い明らかに作られたものだ。

自他ともに認めるシスコンな俺にはその表情が妹のエルフリーデと重なってしまい、罪悪感が湧き上がる。

従兄妹《いとこ》だから顔の系統が似てるんだよなぁ……ッ。

「～～ッ、まぁ、ヴィル様が気にしないんだったら俺は構いませんけど」

「そうか。ならばそうしよう」

俺の言葉にパッと弾《はじ》けんばかりの笑顔を浮かべたヴィル。

明らかにはめられた。なんだかんだ俺が許可すると踏んでわざと俺が気づくレベルの作り笑顔をしやがったな、コイツッ！

いや、まぁそれにまんまとつられた俺も俺なんだけど！

「そう言えば、今日は野営じゃなくて町に泊まるんですよね？」

「ああ、そうだ。途中休憩を何度か挟んで昼過ぎ頃《ごろ》には着く予定だ」

「オッキデンスとチェントロを繋《つな》ぐ街道のうち、サルムルト国内では最後の宿場町になりますね」

「では町に入る直前の休憩でカニを狩りましょうか」

サルムルトの気温は特別高いわけではないが、それでも冬のように寒いわけではない。

今狩っても町で食べる時に身が悪くなっても困る。

「じゃあ、今度はどうやって楽に狩れるか、作戦会議としゃれ込みましょうか」

◆◆◆◆◆

かくして、道中俺たちはセフェリノさんやヴァレンティナさんから冒険者の話を聞いたり、平民に近い為政者であるイバニエス伯爵と話をしたりと有意義な時間を過ごした。

カニ捕獲作戦では、一人をおとりにしてもう一人が近づいて直接貼って発動させるのは魔物の数が多い繁殖期には使えないとして別の方法をとった。

弓矢にスクロールをくくりつけそれを射ることで遠距離から安全に発動させられるかを試したのだ。

もっとも、硬い甲羅相手では弓矢がターゲットに刺さらずにスクロールを狙ったところに発動させることが難しかったりそもそもスクロールの強度が足りずに着弾時に破損して発動しなかったりと問題点はある。

今回は遠距離攻撃ができる武器が弓矢くらいしかなかったからそれを使ったが、今後ヴィルはそれも踏まえてオストで研究開発を進めると言っていた。

スクロールの試用を兼ねていたから町に着くまでの間に気づけば自動車ほどのカニを三体ほど仕留めた。

なお、町までそのカニと同行しなくてはならないと気づいた女性陣は盛大に顔を顰《しか》めていた。

「それじゃあ、アタシとセフェリノで町の炊事場を貸してもらえないか聞いてくるわ」

厄介者でしかないカニ、否、水蟲《みずむし》をわざわざ三体も運んで来た俺たちは案の定町人から注目を浴びていた。

そんな中、さっそうとヴァレンティナさんがセフェリノさんの後ろ首を持って炊事場を使う交渉に馬車を降りた。

「では、ヴィルヘルム殿下。私が宿にご案内します」

「いや、せっかくだからライがこの水蟲をどう調理するのかに興味がある。宿へはウルリカが代わりに同行しよう」

「はっ。それでは荷物はお運びしておきます」

現在荷物が積み込まれているのは本来ヴィルとイバニェス伯爵が乗る予定だった馬車の方だ。

だから幌馬車からウルリカさんとイバニェスさんの二人が降り、馬車に乗り換えてそのまま町の中心へと向かっていった。

それを見送ってしばらく。ヴィルやイバニエス伯爵の名前のおかげでもあるのだろうがすぐに炊事場を使う許可を取ったヴァレンティナさんとセフェリノさんが戻ってきた、が。

「アタシは宿で残りの旅の備品チェックするから、皇太子殿下のことはアンタに頼むわね」

「お？　おぉ！　こっちは任せとけぇ！」

ヴィルと接することに多少慣れたセフェリノさんは、元のおおらかな気質もあってかヴァレンティナさんの言葉に鷹揚《おうよう》に頷《うなず》く。

馬車に乗りきらず幌馬車に積み込まれていた俺たちの残りの荷物をそのままヴァレンティナさんに預け、俺たちはカニだけ魔法で浮かせて炊事場まで歩いていくことにした。

ヴァレンティナさん、よっぽどカニを見たくなかったんだろうなぁ……。

「それで？　君の故郷ではこの水蟲をどうやって食べるんだ？」

「はい。我々はこの水蟲をカニと呼んでおりまして、カニは生で食べてもよし、焼くもよし、茹《ゆ》でるもよしの食材です」

「なんと。生でも食べられるのか」

「はい。しかし、生で食べるとまれに中《あた》ることもございますので、基本的には焼くか茹でるかして火を通します」

「ではここで一品作るとしたら君ならどう料理する？」

「ここはサルムルトとはいえ幸いにも瀑布の谷に近く水資源が豊富ですので、塩湖水を真水で薄めて塩茹でですかね」

「なんと。死の湖には塩が含まれていると？」

「旅の途中湖水を舐《な》めてみましたが、塩辛いだけで死ぬことはなかったのでやはり私の知る塩湖、つまり塩を大量に含む水で間違いないかと思います」

「それが真であればサルムルトにとってはこれ以上ない朗報であろう。オッキデンスに到着しだい、私から父に手紙を送ってみるのもいいかもしれんな」

「それで研究が進めば世界が潤いますネ」

と、すでにした話をわざわざ言葉にする茶番。

大きなカニ三体をぷかぷか空中に浮かせたまま町の中心近くにある炊事場へ歩く俺たちはとてつもなく目立っている。

町の人たちは急いでいる人でも一度足を止めて俺たちを見る。そして、中には俺とヴィルの会話を聞いて興味深そうにこちらを窺《うかが》う者もいる。

俺たちの後ろにはなんだなんだと野次馬が集まり、その集団を見た町人がまた俺たちに興味を示す。そして前方から後方へ。どうやらあの水蟲を食うつもりらしいとか、ここには塩を含んだ水があるらしいなどといった情報が伝言ゲームのように広がっていく。

さて、炊事場に着くまでに噂《うわさ》はいったいどれだけの広がりを見せるだろうか。

ところで、俺たちが今目指している町の炊事場が何なのかと言うと、祭りや災害時などの際に炊き出しを行い町人たちが集まる大きな広場のような場所のことだ。

普段は隅に屋根で覆われたキャンプ場にあるようなかまどと調理スペース、そして井戸があるだけで他《ほか》には何もない場所だ。

祭りの日には中心に屋台が設置され、周りにも屋台が立ち並ぶ。魔物の襲撃があれば広場に隣接する教会に住民たちは避難し広場にはバリケードが設置され、町の最終防衛拠点へと変貌する。

まあ、つまり何が言いたいのかというと、かなりの数の人が集まることのできる場所ということだ。

「でっけぇ鍋がいるって言うからよぉ、そこの倉庫にある鍋を使ってもいいって許可はもらってきてるぞぉ」

「ありがとうございます、セフェリノさん」

おそらく祭りに使うのであろう備品の仕舞われた倉庫のカギを開け、なかから大きな鍋をかまどの数だけ全部出す。

「しまった。塩湖の水汲《く》んでくればよかった」

「では調理法を変えるか？」

「んー。いや、今回は水だけで普通に茹でます。塩味があった方が美味《おい》しいですけど、カニの身自体うまいんで、まあ普通に茹でてもうまいです」

魔法で空気中の水を集めた方が楽なんだけど、今回は側《そば》に井戸もあるのでセフェリノさんに井戸の水を汲んで鍋を満たしてもらう。

その横で大きなカニの足を切り落とし、さらに食べやすい大きさにぶつ切りにしていく。

ヴィルはその都度俺にカニをどうやって食うのかを質問しながらそのさまを見ている。

カニを茹で始める頃になると、壁のない炊事場はカニをどうやって食うのかに興《きょう》味《み》津々《しんしん》な町人たちで取り囲まれていた。

「ふむ。水蟲を食すなどどういうつもりなのかと思ったが、香りはいいな」

「カニの身の出汁《だし》が出ますから、この煮汁に米やヌードルを入れてもうまいですよ」

「水蟲の味はそれほどまでにいいのか？」

「食べてみますか？」

取り囲む人々にも聞こえるように会話をする。平民に見える俺がやんごとなき方に水蟲を食べることを勧めると、観衆がざわめく。

「せっかくの異文化交流。食べてみたいのはやまやまなのだが、これでも将来一国を率いる身だ。容易に口にすることはできない」

「じゃあセフェリノさん食べます？」

「オぉ！　じゃあもらおうカナ！」

大変大根役者であったためここまで一切口を開いていなかったセフェリノさんがぎこちなくそう言って茹で上がったカニの身を口に含んだ。

すでにカニの身のうまさを知っているセフェリノさんは口いっぱいにカニの身を食《は》み、飲み込むや否やまたかぶりついて黙々とカニを食う。

彼が食べきる前にもう一つカニの身を鍋から上げて渡してやると、さっさと一つ目のカニを飲み込んで二つ目のカニの身にかぶりつく。

目は口ほどにものを言う。言葉はなくとも顔を輝かせて一心不乱に、うまそうにカニを食うセフェリノさんはこれ以上ないほど水蟲を食べることに懐疑的だった町民たちにそのうまさを伝えていた。

鍋から立ち上ったカニ出汁の香りは屋根で跳ね返り、屋根を伝って壁のないあずまやの四方へと逃げていく。

そうするとあずまやを取り囲んでいた町民たちもその香りの高さに気がつき、うまそうな匂いにごくりと生唾を飲み込んだ。

「ふむ。毒もなく、味もいいのであれば今後我がオストの水蟲で試す価値もあると言うもの。皇太子として食べることはかなわずとも、この件については必ず父に奏上しよう。…………しかし、せっかく調理してもらったのに捨てるのはもったいないな？」

ヴィルの言葉に俄《にわ》かに色めきたつ観衆。

サルムルトの食文化ははっきり言って貧しい。

塩害に強いキヌアを主食として食べてはいるものの、それ以外はほとんどが他国からの輸入にたよるしかない。

隣国から輸入できるとはいえ、国内に真水も少ないから生き物も育てにくく肉はなく、塩分濃度の高い塩湖では魚類も捕れず。

わざわざ金を払ってまでして冒険者を雇い討伐せねばならない水蟲が食えるとなれば、それはこの国に住まう人たちにとってどれほどの救いになるだろうか。

食えるのならばそれが今まで嫌っていた水蟲だろうが関係ない。それがうまければなおのこと。

「町の皆さんに処理を頼みましょう。殿下、よろしければもう少しお話しませんか？」

「うむ。君との会話はなかなかに楽しい。許す」

「それではあちらのテーブルに移動いたしましょう」

俺とヴィルが炊事場を離れるや否や、カニに興味津々な町人たちが殺到する。

それを尻目に炊事場から少し離れた位置にある、本来ならば町人たちが集まって団らんするためであろう木でできた粗末な椅子《いす》テーブルに向かう。

「……さて、ここまでは予想していた通りだね」

「そうですね。あとは、ここの人たちにカニの味が受け入れられるかですが」

炊事場までの少しの距離を振り返ると、セフェリノさん主導で町人に振る舞われたカニを皆が、初めはおっかなびっくり、しかし一口食べると美味《おい》しそうに食べているのが目に入った。

「その心配も大丈夫そうですね」

茶番の間中空気に徹していたアメットさんが本来ヴィルが座るにふさわしくない粗末な椅子テーブルにクロスを敷いてくれたのを確認してから二人で席に着く。

「ここからは俺が手出しできない領域ですね」

「私もイバニエス伯も手を回そうとすると時間がかかる。彼らが現状から抜け出したいのであれば、彼ら自身が動くしかない」

いつのまにやら準備していたアメットさんによるお茶の場が整えられている。

身分が高いヴィルが口をつけるのをまってから俺も紅茶を口に運ぶと、きちんとした準備のできない旅の途中というのに随分美味しい紅茶で少し驚いた。

「……アメット様有能すぎません？」

「自慢の側近だ」

「はぁー、うらやま」

「ライにも側近くらいいるだろう。能力が足りないなら育てるのも一興だよ」

何気ないその言葉にかちゃりとカップとソーサーが音を立てた。

側近、ねぇ……。

確かに生まれから考えたら側近がいない方が珍しいけれど、俺は、というか、俺たちは周りの環境的に欲しがってはいけなかったしなぁ。

俺たちというのは、ジャン兄様やジョン兄様のこと。

俺の誕生によって波紋が生まれた時、すでに十歳を越えていた上の兄様たちは身の振り方を決められていた。

フェデリコ兄様は言うまでもなく、父上の第一子で正妃の子供ということもあり、次期国王になることが決まっていた。

側妃アナスタシア様の第一子で第二王子であるベルトランド兄様は、本人の希望もあり将来学者の道を進むことを前提に、結婚せずに一代限りの大公の位に就くことに。

アンドレア兄様とオルランド兄様は母親が違うため双子ではないが同じ年の王子として、どちらかを臣籍降下させてフェデリコ兄様の側近に、もう片方は外に出すことが決まっていた。

オルランド兄様がフェデリコ兄様の側近になった場合、スィエーヴィルの姫であるアナスタシア妃の息子であるアンドレア兄様は五大国ではなく周辺小国の王配になることになっていたらしい。

いくら兄弟とは言え、小国の王配が大国の王族と気安く接することはできないので、もしそうなっていたら将来的にアンドレア兄様と交流を持つことは許されなかっただろう。

しかし幸いにも、二人のうちどちらをチェントロ国内に残すかの話し合いをしているうちに学園に入学したオルランド兄様がオッキデンスの姫君と恋に落ちた。

チェントロの公爵家の娘であるカリーナ正妃の子供であるオルランド兄様が大国の王配になる分にはまったく問題がなかったため、オルランド兄様がオッキデンスへ、そしてアンドレア兄様が国内の有力貴族家へ婿入りし臣籍降下することが決まり、そのまま兄弟でありながらフェデリコ兄様の側近に納まったのだ。

と、いうわけで、上の兄様たちの将来はサクサクと問題なく決まっていたのだ。

ベルトランド兄様は治政に関わらないので側近は持たずに学園で身の周りの世話やスケジュール管理をするための侍従と執事を父上の伝手《つて》で雇い、アンドレア兄様は自身がフェデリコ兄様の側近で将来臣籍降下する都合で王子でありながら下位貴族の子息が側近に付き、オルランド兄様は他国の王配になるにあたり自国の貴族を側近として連れて行くことができないのでベルトランド兄様と同じく侍従がいるにとどまる。

さて、ここまでは何も問題はなかったのだ。問題になったのは当時九歳と五歳だったジョン兄様とジャン兄様だ。

母上が俺を王太子にと推したことにより生まれた波紋はまだ幼く将来の身の振り方が決まっていなかった兄様たちにも影響を及ぼした。

ノトス連合王国はその名の通り多種族による集合体。人族と亜人族の間に生まれた子に起こる健康障害の原因が当時はまだ判明していなかったから婚姻による結びつきがほとんどなく、五大国の中でもノトス連合王国と他四国は交流が少なかった。

そのため、俺を王太子にできるのであれば、まだ交流の少ないノトスとの国交強化するために二人のうちのどちらかを王太子にしてもよいのではないかと考える者が出てきたのだ。

もっとも、それはジャン兄様の体が弱かったことからやはり不完全な子が王太子は無理だろうとすぐに話は流れてしまった。

それでもできうる限り争いの芽を生まないようにと二人の母親である側妃ソフィア様は二人に側近を設けることなく、政治に関することからできるだけ遠ざけ、芸術の道へと進ませた。

「……俺に側近はいませんよ」

キュリロス師匠は側近じゃない。あの人はあくまで俺の懐刀。

俺があの人に命じることができるのは、俺の敵を切るか、最期の時に俺の首を切るかのどちらかだ。

俺の最後の命綱。もしも、俺の努力空しく俺を担ぎ上げたい連中によって家族の命が危険にさらされたなら、家族を愛する俺の誇りが危ぶまれたら……。

「……あー、いやなこと考えちゃった」

舌の上に残った紅茶の渋みが後を引く。

◆◆◆◆◆

俺とヴィルの不思議な茶会に静けさが訪れたその時、セフェリノさんがカニを振る舞っている炊事場の方が俄かに騒がしくなる。

一体何がと身をこわばらせたのも一瞬で、誰《だれ》かの叫んだ『人が倒れた！』という言葉に俺はいまだ群がる人垣をかき分けて騒ぎの中心へと向かった。

「おい！　おぅい！　大丈夫かぁ!?」

「セフェリノさん！　何があったんですか!?」

「お、坊主！　いや、カニの身食ったこいつが急に倒れちまってよぉ！」

彼の言葉通り膝《ひざ》をつき、ヒューヒューと苦しそうに呼吸しながら喉《のど》を掻《か》きむしる男の姿に俺の体からザッと血の気が引く。

「クッソ！　アレルギーのこと考えてなかった！　セフェリノさん！　すぐに井戸から水汲んできて！　ヴィル！　治癒魔法使える人探してきて！」

前世も今も、自分に食物アレルギーがないからその可能性を伝えるのを忘れてた！

「この人カニの身どのくらい、何分前に食った!?」

「え、あ、数口をちょっと前だ！」

「じゃあ吐き出させたらまだ何とか……ッ」

水を汲んできたセフェリノさんの言葉を聞いて彼の口の中に手を突っ込むとすぐに吐き気を催したようで今しがた食道を通ったばかりであろうカニの身が胃液と共にあふれ出た。

苦しげな彼に水を飲むよう促して、再度それを繰り返す。

「ライ。私は何をすればよろしいですか」

「ア、メットさん、は……っ」

何を、アメットさんに何をしてもらえば。

混乱する俺の肩にヴィルの手が触れる。

「落ち着け、ライ。アメットは元従軍医師だ。一通りの治癒魔法を習得している」

「毒の種類は何でしょう。彼は何を口にしましたか」

ぐるぐると色々な思考が交差する脳内に、二人のひどく落ち着いた言葉がしみてくる。

「ど、く……じゃない。毒じゃない。違う。アレルギーだ。食物アレルギー」

「ライ。食物アレルギーとはどういうものですか」

「あ、えっと……、普通の人には害はないのに、特定の人だけ、体が、それを受け付けなくて苦しくなる」

「では解毒の魔法は必要ないですね？」

「いらない。彼がカニを掴《つか》んだ手のひらが、赤くかぶれてるから、たぶん、食道とかが炎症起こして気道を塞いでるんだと思う。カニの身は吐かせて、消化もしてなかったから治療が必要なのはカニに触れた手や口、食道、胃のあたりまで」

「わかりました。後はお任せを」

グッと後ろから肩を引かれて倒れた男性から身を引くと、アメットさんが俺の代わりに男性を支えて俺の言った手や口、喉元のあたりに手をかざして治癒魔法を唱える。

ヒューヒューと荒かった息が徐々に落ち着いていき、呼吸がうまくできずに赤黒く変色しかけていた顔色が元に戻る。

安堵《あんど》から力が抜けたのかぐらりと傾いた彼の体をアメットさんが支えると、すぐさま彼の家族だろうか。目に涙を浮かべた町人がやってきて彼の身を引き受けた。

先ほどまでの熱気はどこへやら。

新しい食材への期待に沸いていた炊事場がひどく静まり返っている。

「ライ、これは人の身に毒になるものか？」

俺を後ろから支えたままのヴィルにそう問いかけられて、力なく首を振った。

「ち、がう。ちがう。ほとんどの人にとっては毒にならない。でも、さっきの人みたいに、体に合わない人が食べたら毒になる。でも、それは何もカニに限った話じゃない。乳も卵も小麦も魚も、それがどんな食材、どんなものでも、体質に合わない人にとっては毒になる」

シンとした空気の中、俺の肩に置かれたヴィルの手に僅《わず》かに力がこもった。

「麦も、ということは、パンもか……」

つぶやかれた言葉に一つ頷く。

「………ライ。これ以上は宿で話そう」

「あ、ああ。わかった」

「セフェリノ。ここの炊事場を片付けてくれ。アメット、お前はその人が目を覚ますまで側にいて、目が覚めて問題なしと判断次第宿に戻ってこい」

「お、おぉ……」

「承知いたしました」

町人たちに帰宅を促すセフェリノさんたちの声をどこか遠くに聞きながら、俺はヴィルに体を支えられて立ち上がる。

一瞬ふらついたものの、落ち着くために一つ息を吐くともう大丈夫。

でも、心臓だけはバクバクと嫌な音を立てている。

「ライ、行くぞ」

「あぁ……」

背にあてられたヴィルの手に押され、俺はその場を後にした。

◆◆◆◆◆

「そうですか……、そのようなことが」

「幸いライの迅速な対応とアメットの治癒魔法で死人は出なかった」

宿の部屋でことの顛末《てんまつ》を話すヴィルとイバニエス伯爵の言葉を聞きながら、俺はずっとなんで食物アレルギーのことを忘れていたのかという後悔の念に駆られていた。

今回は、すぐ側に治癒魔法の使えるアメットさんがいた。

でも、もし彼がいなかったら？　あの人は死んでいたかもしれない。

そんなことを考えるたびにずっと心臓は嫌な音を立て全身ざわつき、思考がぐるぐる回って吐き気がする。

「…………ボウヤ、大丈夫？」

「ヴァ、レンティナさん……。あの、はい。俺は、はい。大丈夫です」

「……ウルリカ、ライを休ませろ」

「はい」

椅子に座った俺の背をヴァレンティナさんが撫《な》で、ウルリカさんが目の前に紅茶を置いてくれた。

ティーカップに手を伸ばすと、自分の手が小刻みに震えているのが目に入って苦く笑う。

カップの中の紅茶を飲むと、その温かさにようやくフッと体から力が抜けた気がした。

「…………ライ。アレルギーとやらについて話せるか」

俺がようやく少し落ち着いたことでヴィルがそう話しかけてきた。

「ん、ごめん。あと、ありがとう」

「いや、構わない」

緊張から妙に渇いた喉を潤すようにもう一度紅茶を口に運んでからふー、っと長く長く息を吐く。

「ん、おっけ。えっと、何から話したらいいかな。えっと、そもそも人の体の仕組みとかってどこまでわかってる？」

「どこまで、と言われましても。浅学で申し訳ありませんが、毒を含んでいるわけでもない食べ物が人によっては害になる、ということ自体が理解できておりませんので、なんとも」

「私もイバニエス伯とほとんどかわらない」

「あー、じゃあ、根本的なところからですね。えっと、人体にはそもそも基本機能として免疫っていう機能が備わってるんです。外から病原菌、風邪や病の素が体内に侵入した時に、その素を殺そうとするんです。で、例えばその原因が熱に弱ければ発熱して体内の菌を殺したり、喉に異物があれば咳《せき》を、鼻に異常があれば鼻水が、目から涙が、みたいに人が意図してなくても人体は反射的に原因を排除しようとします」

そこまで話して、一度話を聞くみんなの顔を窺う。

「……で、人体が常に正常に動いてくれたらいいんですけど、たまに誤作動を起こすことがあります。普段しっかりしてる人でもやらかしちゃうことってあるでしょ？　決済書にサインを忘れる。いつもかけてる眼鏡《めがね》をどこかに置き忘れる。何もないところでつまずいちゃう。たまにならいいんですけど、そうじゃなくて、ある特定の分野だけどうしてもできない人もいる。どうしても数字が苦手とか、運動神経が悪いとか、絵を描いたらとんでもない絵しか描けないとか。そういう人の個性と同じように、人によっては特定のものに対して免疫が正常に作動しない人がいるんです。そういう人は毒でも何でもない食べ物を『この体には必要ない』って判断して、それを何とかしようと自分で自分の体を傷つける。そういうのをアレルギーっていいます」

厳密には違うかもしれないけど専門的なことは話せないし、なんとかアレルギーを知らない人に簡単にわかりやすく説明しようとするとこんな言葉になってしまった。

幸いヴィルやイバニェス伯爵はなんとなく理解してくれたようでぎゅっと眉根《まゆね》を寄せて考え込んでいる。

「ライ、それは、大人《おとな》だけでなく子供も同じか」

「むしろ子供の体の方が重篤な症状を引き起こす場合もあります」

前世で、何の病気が流行《はや》った時だったか。免疫含め体の反射機能が落ちた老人よりも、若い子供の方が過剰反応を起こして症状が重篤化しやすいとか聞いたことがある。

俺のその言葉に、ヴィルはさらに眉根を寄せた。

「ライ、先ほど私は君に聞いたな。それは、パンもか、と」

そういえば、混乱の中カニの他にもよく聞くアレルギー源を口走った際にそんなことを聞かれた気がする。前世では表示義務が課せられていた八品目のうちにもちろん小麦は含まれているのでこくりと頷いた。

それに、ヴィルだけではなくイバニェス伯爵の顔色もザッと悪くなった。

「え、っと……」

何か悪いことでも言っただろうかと混乱する俺に、珍しくウルリカさんが口を開いた。

「……オルトネク様。私には五つ離れた弟がいました」

「え、あ、はい……」

急になんの話だろうかといまいち意図がつかめない俺に、ウルリカさんは震える自身の手を白くなるほどぎゅっと握りしめてさらに口を開く。

「ですが、もうすぐ乳離れをするかという頃、弟は死にました」

「は………、」


「弟の初めて食べた食事は、パン粥《がゆ》です」


その言葉に、ぎゅっと心臓が締め付けられたような気がした。

ウルリカさんの言葉に何も言葉を紡《つむ》げずにいる俺に、ヴィルがゆっくり口を開く。

「………五大国のうち、多種族からなるノトス以外の四国における主食はなんだと思う」

「米か、パン……」

ほとんどかすれた声でそう答えると、イバニェス伯爵も重々しく頷いた。

「……どの国であっても、乳幼児の死亡率は高いです。もちろん、少年の言うアレルギーが原因でないこともあるでしょうが、それでもそのうちの何パーセントかは、あなたの言うアレルギーが原因だと、言えるのではないですか？」

ヴィルとイバニェス伯爵の重い声が、震える手を握りしめたウルリカさんの視線が、どうしようもなく俺を責め立てているような気がして呼吸が浅くなる。

「ライ、君はなぜ騎士科に所属している」

不意にそう俺に問いかけたヴィルの言葉にびくりと体が跳ねた。

「なぜ、留学先にオッキデンスを選んだ」

思考がまとまらない。じっとりと表皮に嫌な汗をかき、胃のあたりがひっくり返りそうなほど気持ちが悪い。

「ライ」

正面を見ていられなくて思わず視線を落とした俺を咎《とが》めるようにヴィルの無感情な声が俺を呼ぶ。


あぁ、だめだ。

息が苦しい。


「……ボウヤ、大丈夫よ」

不意にぎゅっと俺の体を抱きしめる熱に、ようやく自分の呼吸が浅くなっていたことに気がついた。

過呼吸一歩手前のように浅く速い呼吸とドクドクと早鐘のように打つ心臓が痛くて胸を掻き抱くように手を当てると、俺を抱きしめたヴァレンティナさんの力が強くなった。

「……イバニェス伯爵、皇太子殿下。その質問は本当に今しないといけませんの？　初めて人の生き死にに触れた子供に」

「む……、いや、だが」

イバニェス伯爵は口ごもり目を逸《そ》らせたが、ヴィルはまっすぐ射貫《いぬ》くような目でこちらを見ている。

「あなたは勘違いしているようだが、彼はただの子供じゃない。貴族だ。我々は民の血税で生きるがゆえに、民のために生きねばならない。それに年は関係ない」

「そのためなら、彼の気持ちを無視してもよいとお考えですの？」

「そうではない。その道で生きる医者でも薬師でもない。貴族である彼がその知識を秘匿する。それに足る理由を、私は将来一国を担う皇太子として問わねばならない」

ヴァレンティナさんは平民だ。俺のようなカッコ付きでもなんでもなく、本当にただの平民だ。

そんな彼女がいくら昔から付き合いがあるとはいえ自国の伯爵、ましてや五大国の皇太子に対して意見を言うなんて、怖いに決まってる。

それでも、ぎゅっと俺を抱きしめ、守ろうとしてくれている。

彼女の母性というべきか、俺を守ろうとする行動がどこかマリアと重なってじんわりと目の奥が熱くなった。

「ヴァレンティナさん、ありがとうございます。もう大丈夫です」

顔を上げ、へらりと彼女に笑みを見せると、彼女は痛々しそうに顔を歪《ゆが》める。

でも、彼女に甘えるわけにはいかない。

今度は目を逸らさずにまっすぐ見つめ返したヴィルの目には俺を責める意図はなく、ただただ為政者として見極めようとする意志があるばかり。

自身の弟の死を語ったウルリカさんだって、俺を責める意図はない。

ただ、幼くして死んだ弟の死の原因を思わぬ形で知ってしまって動揺しているだけ。

「ヴィルは、どうして今俺が話した内容を事実だと思ったの？」

俺に質問を返されるなんて思っていなかったのか、ヴィルがわずかに目を瞬かせる。

「……君が、カッシネッリ公爵の後ろ盾を得ているからだ」

「そう。カッシネッリ公爵の後ろ盾を持つ俺が言う知識なら、きちんと専門家による仮定と検証が繰り返されて裏のとれている確実性の高い、正しい情報だっていう信用がある。だから一定の信用を寄せることができるよね。そりゃそうだ。カッシネッリの名を使って間違った情報を流したら名を落とすのはカッシネッリの方だもの。でも、俺の持つ知識のほとんどはカッシネッリに由来していない。俺独自の情報源から得た知識でしかない」

知識や情報っていうのは、誰が言ったのかがとても重要だ。

普通の三歳の子供が『もうすぐ戦争が起きるぞ気をつけろ』なんて言っても誰も信じない。

けど、国際関係について大学で教鞭《きょうべん》をとっていて、マスメディアでも取り上げられるような有名教授が口にしたのならば、みんな『もしかして』なんて思って話を聞く。

もしも、俺が理路整然と一から十まで説明できるのであれば、俺自身がデータを集めて仮説と実証を繰り返した論文でも書けて、学会で質疑応答もできるのであれば。もしかしたら、まだ何の功績を挙げたわけでもない十代の俺の言葉を信じる変わり者もいたかもしれない。

でも『俺』が知ってるのは、テレビやインターネットにゴロゴロ転がっている物事の表面をさっと撫でただけの浅くて曖昧な知識だけ。

俺が語った以上のことを質問されても答えられない俺の言葉を一体誰が信じると言うのか。

アレルギーに関しても、もし俺がこの世界で医学について一から学んでいたとして、おそらくまだ判明して人体の免疫について他者に証明するために何をしたらいいのかの知識がないから証明しようがない。

「『俺』の中にしかない知識。『俺』にもどうやって証明すればいいのかわからない。そんな俺の持つ知識を、仮に公表したとして、ヴィルはそれを信じられる？」

「…………その知識を君に教えた張本人は？」

「死んでこの世に存在しない。彼がそれを知った経緯も辿《たど》れない」

トン、トン、と。ヴィルが指でゆっくり机を叩く。

しばらくそうやって何か考えたあと、口を開く。

「……到底、信じられないな。そうなると、君が先ほど語ったアレルギーや免疫の話はもちろん。塩湖の話も信じていいものか考えものだ」

「うん。何と言うか、俺の持つ知識は広く浅くって感じ。それを証明しようとしても、どうすればいいのかとっかかりすらわからないくらい浅い知識しかないんだよ」

依然、指で机をゆっくりと叩きながら考え込んでいたヴィルがおもむろにふー、っと長く息を吐いた。

『俺』という未知の知識の情報源をどう扱うべきか。信じるのか信じないのか。

信じないと判ずるにはきっとたぶん妙に的を射ている俺の説明の理由がつかない。

信じるとして、それをどう証明すればいいのか。

多分そんなことを考えているんだろう。

誰も何も話さない奇妙な沈黙の中、俺は再び口を開いた。

「それに、俺は現状できるだけ名前を、本当の名前を世に出しちゃいけない」

机を叩いていたヴィルの指が止まる。言葉はなく、その赤い瞳だけが俺に突き刺さる。

「俺の名前が世に出ることで、大きくなってしまう火種がある」

仮に、俺が『俺』の持つ知識を世に出したとする。

子供の頃、ベルトランド兄様がそうしてくれたように、誰かが俺の語った『俺』の知識を証明して、世に出したとして。それによって救われた人が多ければ多いほど、毒にも薬にもならなかったはずの七番目の王子の名前が力を持つ。

そうなれば待つのはフェデリコ兄様と俺との王位継承争いだ。

俺や兄様の意思は関係ない。それで利益を得られる周囲の手によって勝手に神輿《みこし》は担がれる。

神輿の中に俺がいようがいまいが関係ない。俺の名を冠した神輿が担がれること自体が問題なのだ。

ジーッと俺の顔を見つめていたヴィルがおもむろに眉根を寄せた。

なんとなく、その視線が居心地悪くて眼鏡のブリッジを指で押し上げて視線をちょっと泳がせる。イバニェス伯爵はもちろん、ウルリカさんやヴァレンティナさんも俺のことを見ていたので余計に据わりが悪くなる。

どれほどそうしていただろうか。不意に部屋の扉がノックされ、みんなの視線が俺から外れる。

いや、実際には数分も経《た》っていないのに、妙な空気のせいでとても長く感じてしまった。

「ただいま戻りました、アメットです」

「入れ」

ヴィルが短く許可を出すと、一拍おいて扉が開かれてアメットさんとセフェリノさんが部屋に入ってきた。

「あ、の。倒れた人、大丈夫でしたか？　あと、他に具合の悪くなった人とかいませんでしたか」

「おう。炊事場片付けた後しばらく様子見てたんだけどよぅ、さっきの以外は特に具合の悪そうなやつぁいなかったなぁ！」

「治療を施した者もしばらくすると起きて通常通り活動しておりました」

その言葉に俺はほっと胸を撫でおろす。

「では、明日も移動がありますし、そろそろお開きといたしましょうか」

「そうですね。これ以上、皆で集まり話をする意味もないでしょう」

そんなイバニェス伯爵とヴィルの言葉によって俺ばかり胃の痛かった話し合いは終わり、ヴァレンティナさんもほっとした様子だった。

「ではおふたりのお部屋にご案内いたします」

ヴァレンティナさんとセフェリノさんはそう言ったウルリカさんの後についていく。

「殿下、私もここで失礼いたします」

と、イバニェス伯爵も部屋を出た。

チェントロからオッキデンスまでの道中必ず利用する町にある宿なので、ハイクラスの部屋を利用する客のみ利用できる簡易ラウンジのようなものがあり先ほどまでの話し合いはそこで行っていたのだが、流れに乗って退出しようにもあの騒ぎのあとすぐにここに来たから自分の部屋がわからない。

「えーっと、俺の部屋ってどこですか？」

「……ウルリカに確認してまいります」

先ほど戻ったばかりのアメットさんにそう聞けば、一拍おいてそう答えてラウンジを出た。

その結果、ヴィルと二人、ここに残されることになった。

為政者の顔をしていないただのヴィルと話す分にはいいんだけど、皇太子としての彼と話す時は俺の事情が何もかも見透かされそうで胃が痛くなる。

すっかり冷めた紅茶を飲むと、再び正面に座る彼の視線が突き刺さる。

「えーっと、何でしょう？」

「いや。私はオストの皇太子としてどうすべきか、とな」

「……あんま見つめられると照れるぜ、ハニー」

あまりにも落ち着かないのでそんな軽口を叩くと、ヴィルは少し驚いたように目を見開いてからすっとその赤い目を細めて笑う。

「なんだ。そんなことを言われるともっと見つめたくなるだろう、ダーリン」

一瞬二人で見つめ合って、それから同時に噴き出した。

「ハハッ！　ヴィルみたいな恋人とか絶対嫌なんだけど！」

「ひどいな、ダーリン。私は君に興味津々だというのに」

「ごめんな、ヴィル……。俺には可愛《かわい》い婚約者がいるんだ……っ」

「なんだと。私とは遊びだったのか。ひどい男だ」

そんなありふれた、中身のない恋の駆け引きの茶番にノってくれた相手がヴィルだという事実がおかしくてクスクス笑いあっていると、不意にその赤い目と視線が合った。

眉尻を下げて目を三日月に細めて笑っていた彼の顔が、不意に固まりぎゅっと眉根が寄る。

そのまま何か不可思議なものを見るように片眉を上げた彼の目が徐々に見開かれていって、そしてこちらを睨《にら》むように細められた。

なぜヴィルがそんな表情をするのかがわからず困惑する俺をよそに、ヴィルが信じられないと言わんばかりに口を開く。


「おばうえ……？」

一瞬彼の言葉が理解できずに止まった思考が俄かに動き出し、その言葉の意味するところを知る。

不意を突かれたその言葉に、咄嗟《とっさ》に繕うこともできずに驚愕《きょうがく》に顔を染めた俺の表情からそれが正しかったと確証を得たヴィルの表情が嫌悪の色に染まるのを見た。

「なぜ、お前が……」

それ以上言葉を聞きたくなくて、ガタリと椅子が音を立てるのも気にせず立ち上がって逃げるように従兄のいるラウンジを出た。


「っと、申し訳ありません。どうしましたか?」

今まさに部屋の戸をノックしようとしていたアメットさんの顔を見ることができない。

「へ、や……、どこですか」

「こちらの部屋ですが、ご案内しま」

「いや、大丈夫です」

差し出された鍵《かぎ》を半ばひったくるように受け取った俺はそのまま鍵についたタグに書かれた部屋へと駆け出した。


俺に用意されたのは、多分宿の中ではグレードのいい方の部屋。

一人には広いその部屋に駆け込んだ後、後ろ手に鍵を閉め、走ったせいで速くなった鼓動を落ち着けるためと嘯《うそぶ》いてそのままずるずると床に座り込んだ。

話をして、人となりを知って、それでも彼が俺を嫌うなら……。

（好かれることは諦《あきら》めようって、思ってたのに……）

ライをライモンドと認識したあの瞬間。つい数秒前まで俺に好意を向けていた目が嫌悪に変わった。

それは思った以上に、自分でも信じられないくらいショックだった。

「…………ヴィルに、嫌われるのは、嫌だなぁ」

◆◆◆◆◆

「ヴィルヘルム様。いかがなさいましたか」

「……いや、気にするな」

彼と入れ替わるようにラウンジに入ってきたアメットにそう言って、混乱する気持ちを落ち着けるように冷めた紅茶を口に含んだ。

「淹《い》れなおしましょうか？」

「いや、このままでいい」

冷めた紅茶の渋みが舌に残って、ごまかすように何もないのに嚥下《えんげ》する。

この胸の苦みも一緒に飲み込めたらいいものを……。

思えば、最初からいたるところにヒントはあった。

珍しくベルトランド様が気にかけている生徒が二人もいると聞いた時、珍しいこともあるものだと思った。と同時に、彼がそこまで気にかけるのであれば、さぞ魔法の腕に長《た》けているのだろうと考えた。

アメットに調べさせると確かに一人は魔導士科で優れた成績を残しており、さらには複合魔法の研究にも携わっていると言うのだからベルトランド様が目をかけるのも納得だ。

その一方、もう一人の生徒が騎士科の生徒で、剣士としての腕だけを見るならば凡庸、年相応という評価を聞いて興味を抱いた。その彼が一年目で自分と同じ国へ留学するというのだから余計に。

詳しく探ればどうやら自身の劣っている部分を魔法による付加で補い、少数対多数などの戦力差のある戦闘であっても自軍を勝利に導くと言う。

戦力差のある状況を魔法で補う方法はまさに今オストで研究している魔法スクロールの運用に通ずるものがあると感じたから学園で接触した。

真っ先に感じたのは経歴にしてはずいぶん洗練された立ち居振る舞い。

それを感じたのは私だけではなくアメットも同じだったようで、すぐに彼、ライの経歴をもう少し深く探らせてみた。

すると、どうやら彼がチェントロ五公爵の一つであるカッシネッリの血族であるということが判明した。

なるほど、巧妙に隠された経歴は自国公爵の手によるものだったからかと。これは一本取られたなと苦く笑ったことは記憶に新しい。

この経歴があまりにも周到に、そして巧妙に隠されていたからそれを、それこそが真実だと思ったが、まさかそれすらも彼の本当の経歴を隠すための罠《わな》だったとは。

一向に席を立たない私をアメットが気づかわしげに見ていることはわかっている。

「アメット、彼は自分の能力に対して随分自己評価が低いと思わないか」

「そうですね。まだ子供と言っても差し支えない年齢ですし、騎士科でも魔導士科でも通用する知識を持ち、それを独立したものとしてではなくうまく組み合わせて自身の弱点をうまく補えていますので、それをもっと誇り驕《おご》ってもおかしくはないかと」

「そう、付加魔法の発明は天才的だ。それなのに彼は付加魔法のアイデアは自分だがそれを形にしたのは友人だ、だからすごいのは自分ではないと言う」

それで戦力差のある戦況をひっくり返しても、自分とは絶望的な実力差のあるセフェリノに勝っても、彼は自分の実力を誇ることすらしなかった。

「彼の自己認識が歪《いびつ》だとは思っていた。実際彼と話してその歪みの一端を見た。ただ、その原因だけはわからなかった、んだが」

机を指でトン、トン、と叩きながら言葉を探しているうちに、セフェリノとヴァレンティナを部屋に案内し終えたウルリカが戻ったので入室の許可を出す。

そろった自分の二人の最側近。

さて、どこまで話すべきか。

「アメット、ウルリカ。ライ・オルトネクは七番目だ」

悩んだのは一瞬。最側近である彼らは他の側近とは違い、私がいかなる道に進もうとも私の意思を遂行するために存在する私の手足。

それが血に染まった暗君の道であろうと光に満ちた憲君の道であろうと変わらず最期の時まで私の後ろに付き従う者だ。

オストに残してきた他の側近たちは疑えど、この二人だけは生涯何があろうとも私を裏切ることはないと信用している。

二人は私の言葉に一瞬驚いたように目を瞠らせたものの、すぐさま表情を取り繕った。

「彼の本質を知りたくて塩湖でそれが傷と知りながら彼の傷口をえぐった。その際彼の口から出た言葉は『自分を見てほしい』だ。彼ほどの能力があるなら簡単だろう？　なぜならその実力を見せるだけでいい。それだけで馬鹿でなければみんな彼に飛びつく。なのに、彼はそうしない。卑屈なまでに自分の才能を否定する。彼にとっての何が『特別』なのかは知らないが、あの認識の歪みはそのせいだけじゃない。根底にあるのは他者からか自己かは知らないが自分自身を認めてほしいという欲求だ」

軽く手を振ると心得ていると言わんばかりにすぐにウルリカが新しい紅茶を淹れなおす。

温かい紅茶を口に含んで香りを楽しみ、ふっと息をつく。

私は七番目が嫌いだ。

あれは私から父上の関心を攫《さら》っていったから。

五大国に波紋を起こしただなんてとんだ言いがかりだ。生まれたばかりの彼を王太子にと不用意な発言をしたのは彼じゃない。

悪いのは周囲の大人たちだ。

わかってる。彼も馬鹿な大人の被害者だ。

でも、チェントロでフェデリコ様と七番目との跡目争いが騒がれ、まだオストにその波紋が広がる前。皇帝である父の関心は、いや、父だけじゃない。私の周りにいた大人たちみんなの関心は後継者である私よりも渦中にいる生まれたばかりの彼に注がれた。

それは今まで五大国の一つ、オスト帝国の後継者として関心を一心に集めていた子供の私にとって受け入れがたかった。

自分で言うのもおかしいが、私は優秀な子供だったから余計に周囲からの関心は薄れていった。

それはそうだ。側で勝手に問題なく優秀に育つ子供よりも遠くでこちらを巻き込みかねないほどの波乱を巻き起こし得る子供の方が危なっかしくて見てられない。

それだけならまだよかった。でも、彼の名前がベルトランド様の手によって亜人族と人族の間に生まれた子供に起こる健康障害についての論文に彼の名前が載った時、私ですらなかなか褒めてはくれない父が七番目のことを褒めた。

きっとそれは今まで心配してきた親戚の成長を喜ぶような、そんな軽い気持ちだったのだろうけど、当時まだ子供だった私には衝撃が大きかった。

そしてそれからだ。オストでも私より次期皇帝は七番目の彼がいいのではないかというふざけたことが囁《ささや》かれ始めたのは。

気づけばまた指先でテーブルを叩いている。

せっかくウルリカが淹れなおした紅茶もまた冷めた。

「新しいものをご用意します」

私の意識が戻ったことを察したウルリカがそう言って再び温かい紅茶を私の前に差し出した。

カップに注がれた飴《あめ》色の紅茶に映る自分の顔を見つめる。

「彼は傀儡《かいらい》になるような愚か者ではなかった」

先ほどのあの一瞬。楽しげに笑う彼の顔が、まだ私が幼い頃、叔母上がチェントロに嫁ぐ前にオストの城で見たあの無邪気な笑みと重なって見えた。

よくよく思い返してみれば、カップの中に映る自分の顔と彼の顔はどこかよく似ている。

彼はオストでの問題こそ知らなかったが、チェントロ国内における自身の立場をよく理解していた。

彼が語った話を思い返すと、なるほど貴族子息として学園に通わなかった理由も納得できる。

彼自身にとってどうかは置いておいて、周囲にとっては幸運なことに彼は自分の置かれた状況を推測して理解するだけの力があった。

馬鹿な大人のせいで後継者争いを引き起こす不和の芽にされた七番目の王子。

欲深くない日和見《ひよりみ》主義の普通の貴族ならば生まれたばかりの彼とつながりを持ちたいと考える者は少なかっただろう。事実、彼に乳母はいないと聞く。

唯一ついた世話係としては異例の当時未婚だったグリマルディ公爵令嬢だったか。

王族の警護にあたる近衛《このえ》も下手《へた》な人材はおけないからこそ一騎当千《いっきとうせん》のキュリロス・ニアルコスをあてがったアブラーモ王の考えは理解できる。

だからこそ、七番目が分別がつく年齢になって以降もキュリロス・ニアルコスが彼の側にいたのは七番目本人もしくは彼を旗頭に甘い汁を啜《すす》りたい貴族による策略かと思っていたのだ。

なぜなら私の知る七番目はあの誕生パーティーで家族に愛されて何の陰りもなく笑う普通の子供だったから。

自分の家族に愛され守られ、その上私の家族の関心すらも奪っていく。

だから七番目が嫌いだった。

「彼の認知の歪みは幼少期におかれた環境のせいだろう」

キュリロス・ニアルコスと、今はその妻となったグリマルディ公爵令嬢。そして、彼の経歴を隠すことに協力している若きカッシネッリ公爵。

この三名は七番目と表立って交流していることで知られている。

だが、思えばそれ以外の第七王子派を自称する貴族と七番目が懇意にしているという情報はどれも確証のないものだった。

一向に尻尾《しっぽ》を掴《つか》ませない七番目による王位簒奪《さんだつ》の噂と、最近になって第一王子派のバルツァー公爵令嬢と婚約したという話を聞き、七番目を色眼鏡で見ていたのは私の方だ。

平民に扮したただの貴族令息としての彼の言葉に嘘はないように見えた。

噂でしか聞かない七番目と直接言葉を交わした彼の言葉。信じるのは後者だ。

「頭がいいのも考えものだ」

己に仕えるべきまともな貴族たちに遠巻きにされても文句を言わず。

己を利用しようと近づく愚かな貴族連中を自ら遠ざけ。

自身の名が利用されないように力をつけず。

けれど兄のために努力は怠らない。

尊ばれるべき精神は表に出せないから誰にも認められない。

そして、彼の持つ『特別』のせいで自身で自身を認めることもできない。

そんな彼に私はどのような表情を向けたのだろう。

彼の顔に浮かんだあの感情は恐怖と悲しみだ。

「私は大人げないな」

思わず自嘲の声を漏らした私にウルリカとアメットは何も言わずに側にいてくれる。

正直、まだ彼に対して心中複雑だ。長年燻《くすぶ》らせてきた彼への嫉妬《しっと》と恨みは消えてはくれない。それでも、私を普通の男のように友として扱ってくれた彼のことはどうやったって嫌いになれない。

個人的な感情を抜きにして、オスト帝国の皇太子として彼をどう扱うのかも決めあぐねている。

それは彼の立場だけではなく、彼の持つ知識に関してもそうだ。

彼は知識を証明することができないと言った。情報源はすでに亡《な》く、自身で証明するには仮定も過程もわからない。

眉唾物だと切り捨てるには塩湖やアレルギーの知識は非常に有用なのだ。

もしこれを証明することができれば、多くの人が救われるし各分野での研究も進むだろう。

当時まだ齢《よわい》一桁台だった彼の発言を信じて有識者を集め、論文の発表にまでこぎつけたベルトランド様のすごさが身に染みるようだ。

「オッキデンスに到着する前には決めなくては」

皇太子としても、ただのヴィルヘルムとしても。

第十三話

『友人関係ってどう育むの？』

昨日ヴィルに自分の正体がバレてしまった。

そうでなくとも自分の軽率さのせいで人一人殺しかけたことに対する罪悪感で死にそうだったのに、余計に自分の心に圧がかかる。

「クッソ……。めちゃくちゃいい朝じゃん」

俺《おれ》の心はぐちゃぐちゃでまとまり無くてこんなにもよどんでいるのに、宿の窓から見える塩湖の水面は凪《な》いでいて、相も変わらず美しい空を映している。

「……俺、ヴィルのことは結構好きだったんだけどなぁ」

ヴィルが俺に母上の面影を見つけた時、何でもないふりをすればよかった。できればよかった。

でも数日一緒に過ごした後だし、何なら夜の塩湖で面と向かった一対一で話し合った後だったから、俺がぼろを出さない限りバレないと思ってしまった。

だからこそ気を抜いていた。心を許してしまっていた。だから咄嗟《とっさ》に反応できずに逃げてしまった。

従兄《いとこ》の俺を嫌悪する表情に傷ついた。

あぁ、ここでも俺は『ライモンド』ではなく『七番目の王子』なのかと。

幼い頃《ころ》ジャン兄様を助けるために南の庭園で爆発を起こした頃の、俺を化け物か腫物のように扱う周囲の視線とそれが重なった。


どうしようもないほどマリアに会いたくなった。


「……自分が弱くて嫌になる」

これじゃ泣いて、前髪を伸ばして目を隠し、マリアに抱きしめてもらった幼い自分のまんまだな。

あの頃と比べて成長したと思ったのに、何も変わってない。

よく眠れなかったからかじくじくと鈍く痛む目頭を揉《も》んで、鈍い思考をはっきりさせようと頭を振った。

ひとまず、どんなに嫌だと言ってもオッキデンスに着くまであと数日。ヴィルとは一緒に行動せざるを得ないのだ。

……もっとも、今も俺の護衛についているであろうホフレの部下に頼めば一人行動できないこともないんだろうけど。

でも、ここで逃げてはいけないと思う。俺が今後もヴィルと対等に話がしたいのなら。

ふーっと長く長く息を吐き、肺の中の空気をすべて出す。

それからぐっと一度呼吸を止めてから深く息を吸い込んだ。

「……だいじょうぶ」

髪を染め、眼鏡《めがね》をかけて、鏡を見る。

うん。いつもの俺だ。


「おう、坊主！　おはよぅ！」

「おはようございます、セフェリノさん。すみません、ギリギリになって。昨日あまり眠れなくて。お待たせしました」

気持ちを切り替えようとしたけど、結局臆病風に吹かれてヴィルと顔を合わせるのをギリギリまで延ばした結果。俺はわざと朝食も食べずに出発ギリギリになってから部屋を出た。

ちょうど俺を呼びに来たのか、部屋を出て宿の階段を下りている途中でセフェリノさんに出会った。

「いんや。昨日は坊主もびっくりしただろうし気にすんな。朝飯は食いっぱぐれたんだろぉ？　ほれ、これ食えよ」

「ありがとうございます」

手渡されたのは紙に包まれたサンドウィッチで、後で馬車で食べようと自分のカバンに仕舞った。

「少年、昨日は災難だったね。大丈夫かい？」

「イバニエス伯、ありがとうございます。もう大丈夫です。昨日はご心配をおかけしました」

「もうちょっと休めたらよかったんだけど、アタシたちもボウヤや皇太子殿下をちゃぁんとオッキデンスに送り届けなきゃいけないから」

「いえ、俺は本当に大丈夫なんで。気にしないでください、ヴァレンティナさん」

昨日ひどく取り乱したからか、イバニェス伯含めたオッキデンスの大人《おとな》たち三人は俺を公爵家の後見を得ている貴族ではなく、一人の子供として扱ってくれるらしい。

無理はしなくていいと言外に俺を気遣う三人の言葉と態度にホッと体から力を抜いた。

ふと、宿の前に停まった馬車を見て嫌な予感がした。

昨日まではみんなで幌馬車《ほろばしゃ》に乗るために荷物をぱんぱんに積み込んでいた馬車から荷物が降ろされ、そこにヴィルが乗り込んでいたのだ。

やはり『ライ』とは仲良くできても『ライモンド』とは仲良くする気はない、ってことかな?

あぁ、それはとても寂しいことだけれども、俺が『ライモンド』である限りしょうがないことだ。

先に乗り込んだセフェリノさんたちに続いて俺も幌馬車に乗り込もうとした時、目の前にスッとアメットさんが腕を出して俺を止める。

「申し訳ありませんが、昨日の件でヴィルヘルム様がライ様と二人で話がしたいそうです」

「は……、ヴィル、様が?」

「はい。他《ほか》でもない、『殿下』がお話を望まれています」

直接的な言葉は避けているが、それでも『ライモンド』との対話を望んでいるという内容にびくりと体が固まる。

そりゃそうだよな。従兄殿にバレたんなら、その側近のアメットさんやウルリカさんにバレていないはずがない。

心臓がキシキシと嫌な音を立てて早鐘を打つ。あぁ、いやだ。

今まで王宮で俺を見ずに『ライモンド』としてしか見てこない貴族に会った時はこんなに動揺しなかったのに。

「……わかりました」

貴族としての仮面をかぶってにこやかに笑い従兄殿の乗る馬車へ向かう。アメットさんが扉を開いてくれるのでそれを待ち、それから乗り込む。

「……おはようございます」

「……」

一応朝の挨拶《あいさつ》をしたものの、返ってきたのは無言の視線。それにツキリと心が痛むができるだけ表に出さないように彼の正面に座る。

やおら動き出した馬車に揺られ、主に俺の胃が痛い旅が始まった。


何を問い詰められるのかとドキドキしていたのだが、俺の思いとは裏腹に従兄殿はずっと黙って何やら手元の資料に目を落としている。

あれ？　これ俺が胃を痛めつつ一緒に馬車に乗る必要ありました？

何とも腑《ふ》に落ちないが、俺は何もすることはないので開き直ってセフェリノさんにもらったサンドウィッチをカバンから取り出してかぶりつく。

ぱさぱさのパンにしなびた野菜。それに昨日のカニの身をほぐしたものが挟まっている。

うーん、カニの身はともかくあまり美味《おい》しくない。でもこれがサルムルトの常識で普通の食事だというのだから、この国の貧しさがわかるというものだ。

それにしても、俺が不意にサンドウィッチを食べだしたら従兄殿が訝《いぶか》しげな表情でこちらを見てきたのが愉快だったな。俺の胃を痛めたんだからこれくらい許してほしいものだ。

しばらく互いに好きにしていると、次第に相手のことが気にならなくなってきたので視線を窓の外に向ける。

ずっと緊張状態でいるとか疲れない？　緊張感に慣れたとも言うけど。

今まで幌馬車に乗っていたからか風を感じたくて窓を開くと、心地のいい風が吹き込んできて、俺の長い前髪を揺らす。

従兄殿が持つ資料も風で揺れたようで、もの言いたげな視線を感じるけどもわざと気づかないふりをする。

というか、なんの会話もないんだけど、従兄殿はなんの用事で俺をこっちの馬車に呼んだわけ？

俺の正体に対して何を言うでもなく、昨日のアレルギーの話をするでもなく。ただただ黙って一緒の馬車に乗る意味とは？

まあ考えてもしょうがないんだけど。

風で吹かれる髪をかき上げ、そういえばと思い直す。どうせ俺の正体がバレているのなら邪魔な眼鏡を外してもいいのでは？

目の色を隠すために眼鏡をかけてはいるが、俺自身としては眼鏡ってあんまり好きじゃないんだよなー。

裸眼でちゃんと見えるし、戦ってる時とかに外れそうになるし、水に濡《ぬ》れると鬱陶《うっとう》しいし。

馬車に乗っている間だけでも外しておこうと眼鏡をとると、今度こそ従兄殿が信じられないと言わんばかりの視線を向けてきた。

心外だ。そんな表情される理由がない。

そもそも『ライモンド』と話したいって言ってきたのお前の方じゃん。

何か？　と問いかけるように笑顔の仮面を向けると、もの言いたげにキュッと眉根《まゆね》を寄せはしたが結局口を引き結んで再び資料に目を落としてしまった。

いや、本当になんで俺と一緒に馬車に乗りたかったわけ？

◆◆◆◆◆

どれくらい走っただろうか。昨日よく眠れなかったこともあり、麗《うら》らかな日差しと馬車の心地よい揺れに誘われ少しうとうとしてしまっていた。

ふと目を開くともうすでに国境線まで来ていたようで、ちょうど精霊のヴェールを越えるところだった。

サルムルトの、どちらかと言えばからりとした空気が一気に重たく湿ったものに姿を変え、それと同時に体の芯に響くようなドドドドドッ！　という低い水の落ちる音が響く。

瀑《ばく》布《ふ》の谷〈カタラータ〉

チェントロからオッキデンスに抜ける東西の道を挟むように南北の国境沿いには崖があり、その頂上から湧き出る多量の水が落ちて瀑布を形作る。

東西に隣接するサルムルトとオッキデンスと比べ瀑布に挟まれた国土は標高が低く、入国する旅人は皆水の落ちる谷底へと坂道を下っていく。

国土はサルムルトよりも狭く、しかし豊富な水資源とその水で育てる作物や薬草などのおかげで小国にしては裕福だ。

滝は南北にある瀑布だけでなく、塔のようにそびえたつ切り立った崖が間隔を空けていくつもあり、そこからも水が谷底へと落ち続けている。

常に薄いミストが舞い、日差しを受けてそれがキラキラ輝き、いたるところに虹を生み出していた。

多湿な環境だからもっとジャングルのように手つかずかと思っていたが、むしろ狭い国土を最大限活用するためかかなり人の手が入った整備された国だ。

水に浸《つ》かっていない場所のほとんどが農地になっており、水に浸かった沼地のような場所にマングローブによく似た水性植物がメインの森が青々と広がっている。

その奥にかすかに南北の大瀑布の水しぶきの白が浮かぶ。

谷底へと下る道を進むにつれて南北の瀑布の影は次第に緑の木々に呑《の》まれていって、谷底に着く頃には左右は雄大な木々とその根元に走る川しか見えなくなった。

鏡の湖〈サルムルト〉もその名に違《たが》わず美しかったが、瀑布の谷〈カタラータ〉も美しい。

……あぁ、どうせならこの景色もマリアたちと一緒に見たかった。

初めては俺に世界の広さを説いてくれた彼女と一緒に見たかった。

素直に世界を旅することを夢見た幼き日々を支えてくれた彼女と、そんな俺たちをずっと側《そば》で見守ってくれた彼女と。いつか三人で旅がしたい。

昨日からメンタルをメタメタにされたせいか、どうにもこうにもマリアとキュリロス師匠に甘えたくてしょうがない。

頬《ほお》を濡らすミストを拭うふりをしてじわりと目尻に浮かんだ涙を拭った。

「……私は七番目が嫌いだ」

ぼーっと水と緑の合間を走る景色を眺めていると、今まで黙っていた従兄殿が口を開いた。

「前にも言ったが、七番目が生まれてからそちらが意図するしないは置いておいて、こちらはずっと迷惑をかけられてきた。ずっと潜んでじっとしているのかと思えば時々名が聞こえてくる。その度に政情は揺れて不安定になる。そのくせ表に出てこないから人となりはわからない」

読んでいた資料を一つにまとめてトントンと膝《ひざ》の上でその端をそろえながら、従兄殿は話を続ける。

「今この瞬間まで、私はオストを治める次期皇帝として君に対してどう接するべきかを考えていた」

「……で、俺にそれを言うってことは決まったの？」

「ああ」

窓を閉め、外から見えないようにカーテンを引く。

自然光ではなく、馬車の内部に埋め込まれた魔法石の人工的な明かりの下で、俺はグレーに染めた髪を黒に戻す。

夜の塩湖で語った時とは違ってちゃんとライモンドとして従兄とちゃんと向き合いたかったからだ。

よく似た黒髪に、似ても似つかない黄緑と赤の目。

系統は違うが、どことなく自分に似た顔つきの相手と互いにじっと見つめ合う。

「……本当に叔母上によく似ている」

「まあ、頭の中お花畑な人だけど俺の母上ですから。中身はともかく、見た目はある程度似てると思いますよ」

「ふ……っ。頭お花畑……っ」

俺の突然の暴言に一瞬呆気《あっけ》にとられた後、その発言がツボに入ったのかヴィルの口から笑いが零《こぼ》れた。

いや、だって。母上っていい意味でも悪い意味でも昔から変わらないからなぁ。

「……頭お花畑でツンデレでいつまで経《た》っても少女みたいな人ですよ、あの人。本当は悪意とは程遠いくせに、迂闊《うかつ》なせいで自業自得の悪意に晒《さら》されても息子一人自分じゃ守れない弱い人です」

そう。本当に、母上は王族としては致命的なほど迂闊なだけで悪い人じゃないんだ。本当に、側妃とはいえ王族の妻には向いていない。

自国オストの公爵家にでも降嫁していたらもっと生きやすかっただろうに。

政略のためにチェントロに来て父上に初めて恋をしてしまったからああなったんだ。

「そもそも俺の派閥ができたのは父上に素直に甘えられなかったあの人が俺を王太子にするだなんて口にしたせいですので。そのせいで昔から俺が望んだことなんて一度もないのにフェデリコ兄様派の貴族には警戒されるわ、頭の悪い貴族は利用しようとしてくるわで散々です」

マリアやキュリロス師匠と今のような関係を築けたことには感謝するが、それでもうんざりすることの方が多かった。

母上のことを恨めしく思ったことだってもちろんある。それでも。

「……それでも、母上のことは好きです。もちろん、父上や兄様たちだって。だからこそ、俺がチェントロの王太子に、ましてや王になることなんてありえない」

言い切った俺に対してヴィルはフッと小さく笑いを零す。

「それを、私に信じろと？」

「別に信じてほしいわけじゃない。ただ俺はそのつもりで動いてきたし今後もそのつもりで動くから、どうせ数年先に答えは出るでしょ」

「……半端に頭がいいのも考えものだな。それならどうして今そうしない。キュリロス・ニアルコスの武力。グリマルディ公爵、バルツァー公爵、カッシネッリ公爵の後ろ盾。オストとチェントロの王族の色。そんな代物を持っている七番目がどうして王位を狙《ねら》っていないと信じられる？　権力から遠ざかるのであれば徹底的にそうすればいい。半端な真似《まね》をするから不和を招く」

「仮に俺が権力から遠ざかったとして、一度甘い夢を見た貴族が諦《あきら》めると思うか？　どうせ何かと理由をつけて俺の名を騙《かた》るならまだいい。最悪はチェントロの緑の目を持つジャン兄様が担がれることだ。俺はいい。生まれた時からそういう扱いだったからもうそういうもんだって思ってるし、仮に担がれたとしても逃げれるように備えてる。でもジャン兄様はそうじゃない。俺が理想の旗印である限り貪欲なやつらからジャン兄様を守れるんだからそうするに決まってるだろ」

俺が言葉を口にするにつれ従兄の眉間《みけん》の皺《しわ》がどんどん深くなり、最終的に頭が痛いと言わんばかりに眉間を揉んだ。

俺だって、俺が逃げるだけで問題が解決するんだったらさっさと逃げてる。

でも問題はそう簡単なことじゃない。

一度ついた火はそう簡単には消えないものだ。一度派閥ができて種火が生まれてしまったら、それは俺が結婚した後、もしかしたら俺の子供や孫の世代まで燻《くすぶ》り続ける。

だから権力争いっていうのは面倒なんだ。

一度生まれた争いの火種は、その原因になった俺がよそに燃え移らないように監視し続けるしかない。

俺がそれを放って逃げ出してしまえば、今度はどんな燃え上がり方をするか予想ができないから。

後ろ盾に三公爵がいる今の状況はある意味今の状況下ではベストなのだ。

俺自身の後ろ盾に俺の派閥のカッシネッリ。そして俺の婿入り先にフェデリコ兄様派のバルツァー。その二家が勝手をしないように見張る中立派のグリマルディ。

そして残されたベルニーニとロヴェーレの二家が外からその三家を監視してくれる。レアンドラ嬢との婚約を受け入れたのだって、この三すくみが都合よかったからだ。

そうじゃなければ、俺は無駄に権力を持たないように公爵家や侯爵家ではなく伯爵家から嫁をもらうか独身を貫くことになっていただろう。

「…………なぜ、子供の君が子供のジャンカルロ殿を守らねばならないんだ」

そんなことをつらつらと考えていたら、従兄殿がふーっと長く息を吐いてそんなことを言うのでこちらも顔を顰《しか》めて逆に問う。

「……それは、こんな状況を招いた迂闊な母上が本来俺の最も力のある後ろ盾にならなきゃいけないのに、ってところから説明した方がいいってこと？」

そう。俺の母上はオスト皇帝の妹。母上が死んだわけでも病弱なわけでもないのだから、本来俺に三公爵の後ろ盾なんて必要ないのだ。

母上が迂闊でさえなければの話だが。

本当だったら母上がその後ろ盾になって俺に降りかかる火の粉を振り払わなければならないのに、よりにもよってその母上が嬉々《きき》として火打石で不和の狼煙《のろし》を上げたからこんな面倒なことになっているんだよ……ッ！

従兄殿は母上と違ってちゃんと考えられる人なので、俺の言葉にいろいろ察して再び頭が痛そうに眉間を揉んだ。


「……我がオストの、皇族が、すまない」

「いや……。まぁ、俺の母上がごめんね」


そう。そもそもすべての原因は母上なのだ。

お互いそれ以上相手を責めることもできずにそれだけ言って二人して黙り込んだ。


「……で、結局従兄殿は俺と今後どうすんの」

そう、そもそもこの馬車に相乗りしたのもそれを聞きたいがためだった。

俺と付き合うことでオストにまでこれ以上不和を広げるのも忍びない。

もしも、ヴィルがそう望むのであれば俺はヴィルと二度と笑い合えなくてもしょうがないと諦めるよ。

だって、俺はヴィルのことが嫌いじゃないから。迷惑をかけたくはない。

「昨日、知識を秘匿する理由を問うた後、なら私には何ができるのか考えた」

唐突にそんな話をし始めた従兄殿が俺に先ほどまで読んでいた資料を渡してきた。

「私は皇太子だ。次期皇帝だ。愚帝にならないようにと幼い頃からこれでも色々学んできた方だし、その自負がある」

言外に資料を読めと彼が目で指示をするので軽く目を通すと、それは人間の免疫関連の論文だった。長年問題だった人族と亜人族の血を引く子供の体が弱い理由の考察を受けて二種族の間だけでなく、住む地域によってかかりやすい病気、かかりにくい病気などの理由の考察だ。

国は精霊のヴェールで区切られているため、国によってかなり環境が変わる。冒険者で生まれた国から別の国へと移った場合、元々その国で生まれた者よりもかかりやすい病があったり、逆にかかりにくい病があること。その理由が、二種族間に生まれた子供がそれぞれの性質を親から引き継いでいるがゆえに見た目ではわからない体内の機能に体調が左右されていたように、見た目ではわからない体内の機構に何か差があるのではないかと仮定するものだ。

ざっと読んだだけだから詳しくは違うかもしれないがいわゆる免疫に関する話だ。この手の論文はまだこの世界で呼んだことがなかったためなかなか興味深く、そのまま読み進めたかったが、さすがに従兄殿の話を放っておいて読むのはだめだと無理やり目線を論文から上げて従兄殿を見る。

と、どうやら相手はずっと俺の様子を観察していたようでバチリと目が合った。

「それを読んでどう思った」

「え、ああ。まだざっとしか読んでないけど、面白《おもしろ》いよ。免疫機能の遺伝って俺も興味あるし」

と、素直にそう返すと、従兄殿は眉間の皺を深くして重々しく口を開いた。

「……私はその論文の半分も理解できなかった」

「え、……ん。ま、まあ。専門的な話だし別にいいんじゃない？」

なんと返していいのかわからず適当にそう返した俺に、従兄殿は再び息を長く吐く。

「そう……、専門的な話、だ。本来であれば学者か本業の医者くらいしか理解できない程度のな。体内の、それも目に見えない機能についての話は解明どころかまだ研究自体進んでいない。それなのに、それを当たり前のように理解しているお前は、いったいどこからその知識を得たのか……非常に興味がある」

従兄殿の言葉に自分の動きが不自然に止まるのが自分でもわかった。

どこからなんて。俺が『俺』から得た知識を証明する術《すべ》もない。

かと言って、この世界の誰《だれ》に聞いたのだと嘯《うそぶ》くことすらできないほどに俺はこの世界での医療の常識を知らない。

もっとも、従兄殿はもともと俺の返事を期待していなかったのか俺の態度に突っ込むことなく話を続ける。

「もっと話が破綻していたなら、その資料を見て理解できていない程度なら、その知識を嘘《うそ》だと切り捨てられたんだけどね。そうじゃないなら、私がすべきは君の知識を証明することと見た」

力強い赤い瞳《ひとみ》が俺を見る。

「ライモンド。私は今後君の知識の出どころを問わないし、その真偽も疑わない。その代わり、私にその知識を教えてほしい。私がそれを有用だと思えばしかるべき場所のしかるべき者の手によって、証明してみせる。結果それがどうであれ、私がその責を君に求めることはない。今すぐにとはいかないが、私の手を握ってくれた君を決して特別にはしない。先の世で、君を必ず凡人にしてみせる。特別を理由に孤独にはしないと誓おう。いかなる状況であっても、等身大の君を見ると約束する」

　俺にとって、『俺』の記憶は祝福であると同時にどうしようもない重荷でもあった。

　生まれたその瞬間から『俺』のせいで子供になれず、かといって俺の感情はどうしようもなく子供のままで。でも何も持たない俺にとって『俺』の記憶は唯一身を守る術で。

　兄様たちを助けるためには『俺』の記憶に頼らざるを得ないから、一生俺から切り離せない。

　でも『俺』の記憶がある俺は実質人生二周目みたいなものだから、周りより優れていて当然だと大人だった『俺』の自尊心が叫ぶ。

　だから、いつまで経っても『俺』は俺の努力を認められない。

『俺』が俺を認めてないから、俺が自分に自信を持つことができなかった。

　でも周りは俺の中に『俺』の記憶があるなんて知らないから、『俺』を含めた俺を評価する。いつまで経っても、等身大の俺を認めるなんてできやしない。

　でも、それは物心ついた頃からずっと俺が何よりも望んできたものだ。

「……俺は、代わりにあんたに何もしてやれないけど」

「必要ない。もうもらった」

「は？」

「君が先に私の手を握ってくれた」

「……塩湖での話なら、アンタが俺にそうしろって脅してきたからじゃん」

「それでも、今まで私がどれだけ望もうと、ただ一人の友人のように扱ってくれたのは君が初めてだった」

眉尻を下げて笑うヴィルの表情は今まで見たどの表情よりもずっと柔らかい。

「……たまたま、俺はあんたにそれをしても許される血筋と地位を持ってたからそう振る舞っただけで、別にあんたのためにやったわけじゃなかった」

「うん。だから、私もたまたま君の望む通りに振る舞えるからそうするだけで、君のためじゃない」

◆◆◆◆◆

「……ほんっと、ヴィルって人誑《ひとたら》しの才能あるよね」

私の言葉に少し気恥ずかしそうに顔を赤く染めたライが照れ隠しだろうそんなことを言う。

「そうかい？　皇太子としては褒め言葉だな、ありがとう」

「ドーイタシマシテ」

ぶっきらぼうにそう言い放った彼はさっと手を頭皮にかざして魔力を流す。と、同時に毛先の方から色が抜けていってここ最近で見慣れたグレーヘアへと変わっていった。

おそらくその特徴的すぎる目の色をごまかすためなのだろう色付きグラスの入った眼鏡はかけない

まま、カーテンを開けて馬車の窓から流れる景色へと目を向けた。

昨日、彼が七番目のライモンドであると気づいてから、一晩皇太子として、そしてヴィルヘルム個人としてどうするべきかを考えた。

結果、今の形に落ち着いたわけだが、我ながらいい選択をしたと思う。

「ところで、その髪の毛の色を変える魔法は独自のものだろう？　どういう原理なんだ？　色変え魔法がないわけじゃないが、一時的ならともかく恒久的に変えるのは魔力が足りなくなるだろう」

「あぁ、……髪の中に元々ある色素に魔法をかけているから、普通の色変え魔法と比べたら必要になる魔力量が少ないんだよ」

一瞬躊躇《ためら》ったようだが、ライは窓の外を見たままそう話す。

表情には出ていないが、膝の上でぎゅっと握られた手のひらから彼が緊張していることが察せられた。

「髪の中の色素、と言うと？」

「髪の毛にはメラニン色素っていう色素がある。で、ざっくり言うとこの色素が多ければ多いほど髪の毛は黒く、逆に少なければグレーヘアに近くなる。俺の場合はメラニンが多い状態だから、魔力を微精霊にあげてそのメラニンを一時的に隠してもらう感じかな。まあ、魔力と微精霊の関係を知る前の子供の時に考えた方法だから、そんなにちゃんとした理論があるわけじゃないんだけど」

「ほぉー……。じゃあ他の緑や紫の髪色にも変えられるのか？」

「いや、緑や紫みたいな髪の毛の色がなんていう色素によって作られてるか知らないから無理かな。俺ができるのは黒から白の濃淡を変えるだけ」

「ふぅん、そういうものか。で、そのメラニンとはなんだ」

「知らん」

「ならしょうがない。ところで、目の色は魔法で変えないのだな」

「……目って唯一露出してる臓器じゃん。手を加えるの怖くない……？」

「……そういうものか」

やっぱり、彼の知識には偏りがある。

彼自身その偏りに気づいているから今までよほどのことや口を滑らせた時以外披露しなかったんだろう。

結局メラニンとやらがどういうものなのかはさっぱりだし、本当に彼の黒髪にそのメラニンが含まれているのかどうかはわからない。だが、彼が持つイメージが魔力を通して微精霊に伝わったということは、類似物質が髪の毛の色に関わっているのだろう。

もっとも、この研究は下手《へた》をすれば王族の色を騙る者を生み出しかねないので世に出すのはまだ時《じ》期尚早《きしょうそう》と言わざるを得ない。

彼が目の色を変える魔法を考えていないのも幸いだ。

すっかり読む気も失せた免疫関係の論文を自分の横の席に放って、私もライと同じように窓の外を眺める。

「……俺さぁ、子供の時はこの世界を冒険したかったんだよねぇ」

「王族としてはなかなかわんぱくだな」

「ははっ。まぁ、子供の時なんてキュリロス師匠かマリアくらいしか俺の周りにいなくてさ、マリアが母上の故郷の話をしてくれた時に竜騎士の話をしてくれて、それに憧《あこが》れたんだよ」

外を眺める緑の瞳に陽光が反射しキラキラと輝いている。それなのに、その話をするライの表情には夢を語る昂《たか》ぶりなどなく、ただただ冷めた諦念が浮かんでいるだけだ。

「……さぞ王宮は息苦しかったんだろうな」

「……ソーネ。ま、そういうのぐるぐる考えてると気が滅入《めい》るから、できるだけ考えないようにはしてたけど、でも」

わずかに眉根を寄せたライが声色は変わらずに、しかし吐き捨てるように言葉にする。

「心底生き辛《づら》い」

「その手の感情は私も覚えがある。向けられる感情は違うがな。私は臣下からの期待と無関心に息が詰まった」

一人息子だからという期待。そして、年の割に優秀だったがゆえの無関心。

対等に語り合える者はおらず、一人で立つ孤独感。

今はもうその感情を表情に出さない程度には慣れたが、なくなったわけじゃない。ライも私も、鈍感になっただけだ。

不意にこちらを見たライがニッと口角を吊《つ》り上げて、すっと手のひらを私に向けてきた。


「いえい。おそろっち」

「はっ。とんだお揃いだ」


ハイタッチを交わしたのもライが初めてだ。

彼のおかげで、今はほんの少し息がしやすい。

「オストの血を引いているとはいえ直系ではない君に竜の卵を与えることはできないが、君がいつかオストに来た暁には私の相棒に乗せてやろう」

「ほんと？　楽しみにしてるから、約束な！」

ぱっと輝かせた表情は、今度は陽《ひ》の光が見せる幻想などではなく彼自身の内から湧き上がったものだった。

◆◆◆◆◆

緊張していたヴィルとの対話が俺が考えていたよりもずっと落ち着いて進み、ヴィルは自身が誓ってくれたように俺がどんな奇天烈《きてれつ》なことを言ってもそうかと軽く流してくれた。

　この世界で生きてきて何の気負いもなく話ができたのはこれが初めてかもしれない。

　子供の時から一緒にいたマリアやキュリロス師匠相手ですら、いやだからこそか。あまりにもこの世界の常識から外れたことは口にできなかった。

「にしても。この水ってどこからきてどこに流れていくんだろうね。循環性？」

「……考えたこともなかったな。精霊の耳を持つ者がいたら聞けるかもしれないな」

「というか、オストの近くに燃え続ける火の国があるって聞いたことあるけど、あれも何？　可燃ガスが噴き出してるの？　怖いんだけど」

「いや。あれはガスが噴き出してるわけじゃなくて、あそこで火の精霊が生まれてるらしい」

「じゃあここも水の精霊が生まれるゆりかごってことなのか……。もっと気になるのは、夜の明けない国。この惑星の自転はどうなってるの？　いや、そもそも公転どうなってるの？」

「ワクセイ……？　ジテン……？　コウテン……？」

「俺の知る限り世界って球体なんだけどね」

「ちょっと待て」

　生まれてこの方ずっと疑問だったことを好き勝手話せるとなって少しテンションが上がってしまったようだ。

　言葉が止まらない俺の口をヴィルが向かいの席から手を伸ばして塞いできた。

まぁ、それでも喋《しゃべ》れないことはないんだけど、さすがに悪いと思って口をつぐむ。

「知識の出どころも真偽も問わないとは言ったが、出す情報は小出しにしてくれ！　私の頭がパンクする！」

「ごふぇん」

口を塞がれたまま謝ったからか、ヴィルはちょっと嫌そうに手を放して俺の服で手のひらを拭いた。

おい。

「いや、それはひどい」

「君の唾が付いた気がする……」

「それはごめん」

あぁ、そうそう。この気安いやり取りだよ。

お互い開き直って本音で話し合えることの何と面白いことか。

「まず、世界が球体の時点からわけがわからない」

「あー、俺も原理はよく知らないけど、惑星には重力っていう引き寄せる力があって、それのおかげで俺たちは地面に立ててるらしい」

「わからん」

「俺もわからん」

だって地球には重力っていうものがあります。なんて、小学生の理科で習うようなことだったし。

中学生までは理科の授業はあったものの、高校以降は理数系は選択式になって、俺は履修しなかったから詳しいことなんて本気でわからない。

概念は知ってるけど説明できない典型的な例だと思う。あと、月の重力は地球のよりも小さくて、太陽の重力はえぐいくらい強い、っていうことくらいしかわからない。

でも、今までの経験から精霊さんにはイメージが伝わればいいっぽいから、いつか重力魔法とか使ってみたいよね。

「じゃあ、何か。オッキデンス沖に船を出せばいつかはオストの港にたどり着くと？」

「うん、たぶんね。あ、でも、オストに着く前に他の大陸にぶち当たる可能性もあるよね」

「別の、たいりく……」

ヴィルはそれきり何かを考え込むようにぎゅっと眉根を寄せてしばらく黙り込み、そして深いため息をつきながら眉根を指で揉んだ。

「……頭が痛いな」

「大丈夫？」

「主に君のせいなんだが？」

「だって、ヴィルが話していいって言ったから」

「それにしたって初めから飛ばしすぎだ。こればかりは私の手に余るぞ」

まあ、言われてみればそりゃそうだ。別の大陸、なんて。今の俺たちにはこの魔物はびこる大陸で生きることに手一杯なのに。

別の大陸が実際にあったとして、そこに至るまでの航路の開拓。今まで数百年単位で交流のなかった大陸なのだから言葉も違うかもしれない。言葉、地理が異なれば、もちろんそこには別の文明が発達しているだろう。

　こちらの文明の方が発達しているならまだいいが、相手の方が上なら？　侵略の可能性も浮上する。もっとも、それはこちらが侵略するか相手が侵略してくるかの違いだが。

　俺の存在で多少中央と東の大国の王宮が揺れはしたが、基本この世界は平和だ。

　有史以来、かろうじて戦争と呼ばれる規模の争いはあったようだが、片手の指で数えて余るほどしかない。だって、魔物はびこるこの世界では互いに支え合わなければ生きていけない。

　五大国がそれぞれ武力、知識、生産、魔法、調整の役割を担い、一種の世界政府の役割を果たしている。国家権力を立法、行政、司法でそれぞれ独立した機関に担当させ抑制と均衡を図る三権分立と同じようなものだ。

　いわば、この世界、この大陸は五つの大国と九十九の小国から成り立つ大きな一つの国家なのだ。国家同士の戦争は大陸単位で見ればただの内戦。火の粉が別のところに飛び火する前にすぐ政府によって鎮火される。じゃなきゃ国家が正常に動かないから。

　国を分ける精霊のベールとこの仕組み、そして共通の障害である魔物がいるからこの大陸は平和なのだ。

　では、そこに別の大陸。まったく別の国家が存在したら？

「…………嫌な可能性に気づいてしまった」

「本当にな。これは早急に海洋開拓を進める必要性が出てきた」

「でも、何も知らないところを急に刺されるよりはいいのでは？」

「そも、刺されたくないのだが」

「そればかりは別大陸の住人が文化的で理性あることを祈るほかないよね」

「同時に、私たちもいたずらに他者を刺す、などということにならないようにせねばならない」

二人の間に重々しい空気が流れる。

本当に、一体なんてことに気がついてしまったんだ。

「まぁ、さしあたって航路の開拓と長期航海に耐えうる船の開発。それが実現したとして、長期保存できる食料、医療、航海士の育成。問題は多いから今日明日の議題というわけでもないのがせめてもの救いだよね」

「ああ。だが、それは我々が外界に出る場合だろう」

「それ言い出したらきりなくない？」

「それでも考えるのが私の責務だからな」

「……ほんっと、話せば話すほど俺に王太子とか向いてないんだけど」

髪と瞳の色だけで王の器が計れるわけないじゃんね。

たとえ俺が王太子になったところで、今のヴィルのようにたられればの未来のためにどうすればいいのか考えられるとは思えない。

まぁいっかで流してしまう。と、言うか、今までもきっとそうやって流してきたことがあっただろう。

こういうところが為政者に向いてないんだよなぁ。

「というか、海洋に出られたとして、海獣型の魔物はどうするの？」

「……それこそスクロールの開発が急がれるな」

「一般の魔物はともかく、クラーケンとかレヴィアタンとかの大型の魔物になると南の人魚でも太刀打ちできないでしょ。そうなると対それ用の兵器の開発？　うわー、余計に平和から遠ざかる気しかしない」

「……父を含め五大国の王たちに話をしていただくしかないな。今回の留学で次期女王のフランキスカ様に一度話を通してみよう」

「でも、海の向こうに別の大陸なんて、ふつう信じます？」

そもそも、チェントロの王宮でこういった話を兄様たちにもしてこなかったのは証明する術がないからだったんだけど。

今話をしたばかりだから証明も何もできないのはヴィルも同じこと。

なのに、ヴィルはニッと得意げな笑みを浮かべ。

「嘘か真かなんて関係ない。各国の王にその可能性をわずかでも疑わせた時点で私の勝ちだよ。彼らが五大国を率いる王である限り、この話を調べずにはいられないからね」

「ぜってー王太子とかなりたくねぇなって思います」

もう、本当に。この一言に尽きる。

今まではフェデリコ兄様いるんだから俺が立太子する必要ないどころかいらん火種になるから嫌

だ。って思いだったけど、今ではもう俺が立太子するしかない状況でも絶対立太子だけはしたくないっていう心境だ。

消極的否定だったのが積極的否定に変わったわ。

ありがとうな、ヴィル。俺は何があっても王太子なんかにはならないって改めて覚悟を決めたわ。

◆◆◆◆◆

「さて、そろそろ休憩地点だ。眼鏡をかけておいた方がいいよ」

「んー」

そうこう話しているうちに陽は高く上り、昼食も兼ねた休憩地点に到着したようだ。

五大国から五大国を繋《つな》ぐ大街道には馬車を停め、野営をできるだけの広場が要所要所に設けられている。

高速道路のサービスエリアみたいな感じ。

強い魔物のいる場所によっては国が軍の駐屯地を構え警備をしているが、ここカタラータには強い魔物はいないようで常駐の警備兵はいない。

五大国から五大国を繋ぐ大街道の一つなので、他の旅人や冒険者でもいるかと思ったが、どうやらそういった人もおらず、広場は俺たちだけの貸し切り状態だ。

「すっごい。ミストがすっごい」

馬車に乗っている時はまだ耐えられたが、馬車から降りると滝から発生するミストのせいで眼鏡に水滴が馬鹿《ばか》ほどつく。

すっごい眼鏡外したい。とても不快。

「……眼鏡外したい」

「遠目ならともかく、近くで見たらすぐにバレるぞ？　特に、君は一族の中でも一際美しい色を持っているからな」

「いやーん、ヴィル君ったらもしかして口説いてる？　ゴメンネ。俺婚約者がいるんだー」

「ひどいな、ハニー。私のことは遊びだったのか」

割と初めの方からだったけど、ヴィルって結構ノリいいよね。

それはさておき、俺もヴィルを含めた他の人たちも。やっぱり長時間馬車に揺られていると体を動かしたくなってくるもので、ウルリカさんが昼食の準備をしてくれるので各々《おのおの》好きに過ごすことにした。

セフェリノさんとヴァレンティナさん、イバニエス伯爵はもうすぐ俺たちをオッキデンスへ連れていくという任務も終わるので、その後の動きについて打ち合わせをしている。

議題は主に俺の扱いをどうするか、かなぁ。平民と思ってた子が貴族子息。それも推定公爵系列なんて、教師からすると勘弁してくれ案件だろう。

じっとそちらを見ていたためだろうか、俺の視線に気づいたセフェリノさんが大きく手を振ってくれたのでそれに振り返した。

カタラータに来たのはもちろんこれが初めてなので、もっと近くで川を見ようと整備されている広場の端へと足を進めると、すぐにマングローブのような木の生える川べりへとたどり着く。

地球のマングローブ林は茶色く濁ったブラックウォーターのイメージが強いが、カタラータの水は透き通っていて美しい。

環境破壊などされていないありのままの自然と言ったところか。山奥の清流のようだ。

水面は陽の光を反射してキラキラと輝き、その向こうで小魚が泳いでいる。

海を魔物に支配されているこの世界では魚は肉よりも貴重だ。

だが、ことカタラータにおいてはそんなことはないらしい。

むしろ、広大な放牧地を食肉用の動物たちばかりに割《さ》くことは難しいので現地の人は魚の方が身近なのだそうだ。

ちなみに、これはヴィルからの受け売りだ。

おもむろに靴を脱ぎ、ズボンのすそを捲《まく》って川に入る。

カタラータの気候は安定して温暖。なのに川の水は刺すように冷たい。

ずっと浸かっていたら寒いだろうが、今の俺にはむしろちょうどいい。

「セフェリノさーん！　俺ちょっと川の方にいますね！」

「おーう！　なんかあったら呼べよぅ！」

一応今の俺の預かり人はセフェリノさんなのでそう声をかけると、あちらも特に気負った様子もなく返事をしてくれた。

　そのままざぶざぶと川の中を進んでいく。

　この水はいったいどこに流れていくのだろう。

　足を取られるほど流れが速いわけでもなく、むしろ立ち止まってじっと見つめていないとわからないほど緩やかな流れ。

　もちろん人間十センチもあれば溺死し得るのだから気をつけはするが、穏やかで綺麗《きれい》な川というのはなかなかに楽しい。

　前の『俺』はともかく、今の俺にとっては初めての経験だしね。

　水を両手ですくって零《こぼ》してみたり、すくった水を遠くへと放り投げたり。無理だろうとはわかっていても、川底を泳ぐ魚を捕まえようと追いかける。

　魚を掴《つか》み損ねたから代わりに川底の石を拾って陽にかざす。

　なんていうことはない、ただの石だ。花崗岩《かこうがん》とか安山岩《あんざんがん》とか小学校の時の地理で習った気もするけど、そんなの紙上の話で実際見分けられるわけもなく。

　グレーの、角の取れた普通の石。水のおかげでつやつやとまるでニスを塗ったかのように輝いている。なんてことのない普通の石。

　俺も小さい頃はこうやって家族と一緒にキャンプに来たことがあったっけ。

　何が楽しかったのか、ずーっと川で石を拾っていた。今となっては懐かしい思い出だ。

　母さんが川べりで俺をにこにこした表情で眺めていて、その向こうで父さんが焚火《たきび》に火をつけようと薪《まき》と格闘している。

今日は病気で来られなかった弟にお土産《みやげ》を持って帰ろうと両手いっぱいに石を拾って、それをズボンのポケットにしまうから、だんだん腰がずり落ちてくる。

「何か面白いものでもあったか？」

ようやく焚火に火がついたのか。低い男の声にふと声をかけられて。

ぱっと振り向いた先に黒い髪の男がいる。

「………今の、誰の記憶だ」

俺の声が小さくて聞こえなかったのか。黒髪の男、ヴィルは首を傾《かし》げてそのすぐ後ろに立つアメットさんに何か話しかけているのが見える。

だが、そんなものを考えることもできないほどに冷や汗と震えが止まらない。

まるでひっかき棒で頭の中をぐちゃぐちゃに混ぜられたように気持ちが悪い。

今さっき、俺は誰だった？

俺は俺だ。どれだけ前の、『俺』の記憶を持っていても、それはあくまで他人事《ひとごと》。『俺』が生きてい

た世界を羨《うらや》むことはあっても、そこに郷愁を感じたことなどない。だって、俺は、ライモンドは、この世界で生まれて生きているのだから。

　他人の生きた記憶が頭の中にあっても、その記憶を思い出す時は本を読むみたいにいつだって俺自身とは切り離されている。

　まだ幼い頃は自分自身の自我というものがあやふやで、本の中の『俺』という存在に感情移入して『俺』が俺であるかのように振る舞ったこともあったかもしれないが。

　それでも、俺はライモンドであって前世の『俺』ではない。

　それなのに、今のはなんだ？

　まるで、自分の記憶のように、川で石を拾うという行為を懐かしんだ。


「ライ。ずいぶん顔色が悪いぞ」

「え……？」

　いつの間にか。ズボンが濡れることもいとわずに川に入ってきたヴィルが石を持った俺の手を掴んだ。

「指先も冷え切っているな。初めて川に来てはしゃぐのは構わないが、少しは自分の体調を気にしろ」

「ぁ、はじめて……」

　そう。初めてだ。だって、俺は王宮から出ちゃダメだったから。

王宮の中の庭園では、万が一にも幼い俺たちが溺れたりしないように近づいちゃダメだった。

「上がろう」

「………ん」

ヴィルの温かい手に引かれ、そのまま川から上がる。濡れた足で土を踏めば乾いた砂が俺の足についた水を吸ってひっつき、泥のようになって足の裏から指先にまでひっついた。

「ライ様。僭越《せんえつ》ながら、こちらはお返しした方がよろしいかと」

「……は？」

珍しく主君であるヴィルが川に分け入るのを外で待っていたアメットさんが、そう言って俺の握りしめた指に手を添える。

おもむろに指を開けば、先ほど拾ったまあるい石が、やはりつやつやと輝いてそこにある。

でも、返してしまうなんてもったいない。これは俺の宝物だ。

「お返しいたしましょう。それは、あなた様には必要のないものです」

「でも、これはおとうとのお土産なんだ」

「本当に？」

そう問いかけられたからふと顔を上げてアメットさんの目を見る。それから、俺とずっと手を繋いでくれているヴィルの方を向いた。

二人ともやけに真剣な目でじっとこちらを見るものだから、先ほどまで素敵に見えていた石がどんどんみすぼらしく見えてくる。

「ライ。土産に持ち帰るならば石よりも宝石の方がいい。そちらの方が妹も喜ぶだろう」

「………ヴィルの目みたいに、綺麗なルビーを探すよ」

俺は、手首を返して石を川底へとお返しした。

◆◆◆◆◆

「いや、こっわ。何、今の体験。まじで怖い」

さてさて、先ほどまでの急なホラー展開に動揺が隠せない子は誰かなー？　はいはーい、俺でーす！　まじで怖い！

「ボウヤ、マグ・メルの石拾っちゃったんですって？」

「ぶわって、急に知らない記憶が頭の中に入ってきてめちゃくちゃ気持ち悪かったんですけど……ッ！」

「カタラータは強い魔物こそいませんけど、マグ・メルの石のせいで毎年死者が絶えませんからね」

「何それ！　今すぐ国を挙げて排除すべきではッ!?」

「と、言ってもなぁ。マグ・メルの石は精霊様にお返ししなきゃならねぇしなぁ」

「みんな他人事だからって！」

キィーッ！　と苦笑いを浮かべる大人三人組を威嚇すれば、俺の隣で焚火にあたりながら一緒に服を乾かしていたヴィルがドウドウと肩を押さえて落ち着かせようとする。

俺は馬じゃない！

「ていうか、マグ・メルの石って何……！」

川と謎の石のせいですっかり冷え切った体を温めるためにと、ウルリカさんの用意してくれた紅茶のカップを両手で握りしめてそう聞けば、アメットさんが寒いと勘違いして俺の肩に毛布を掛けてくれた。

優しいけど、チガウッ！

「マグ・メルの石は、何と言えばいいんだろうね。郷愁の石、忘れじの石、後悔の石。まぁ、言い方はいろいろあるが、簡単に言えば誰かの想いの宿る石だ」

「……ホラーじゃん」

「なんの変哲もない石なんだけど、それを手にすると無性にどこかに帰りたくなる。でも帰るべき場所はそこになく、ただただ帰りたい想いばかりが募る。そして最後は自分の帰るべき場所がないことを知り、自ら命を絶つ」

「ホラーじゃんッ！」

ギャンッと泣き出したい気持ちを抑えて顔をしわくちゃにして叫んだ俺に、ヴィルは焚火であぶっていたマシュマロをくれた。おいちい。

「まあ助ける方法は簡単だよ。つながりの深い者が呼びかけ、それに魅入られた者が応《こた》える。そうして会話や接触を通して自分が自分であることを思い出させる。そして、石は精霊にお返しする。今回は私が一番君とつながりが深いからね。呼び戻す役は私が担った」

「なんというボッチ特攻の怪異なんだ……」

一人なら致死率百パーセントなのでは？

「怪異と言うとおどろおどろしいが、精霊の気遣いだよ。未練を残して死んだ者の未練を今一度現世へと送り、魂を慰める。現世を旅し、自然に帰ったマグ・メルの石に宿った思いは浄化され、さまよう魂は輪廻を巡る。カタラータの水は、そう言った思いを運びやすいらしい」

ふんふん、なるほど。慰霊の意味もあるんだね。

でも。

「やっぱり、ホラーぢゃんッ！」

ついに耐えきれなくなってビャンッと泣き出した俺を、ヴィルはしばらく戸惑った後、慈愛の表情で抱きしめてくれた。

ヴィルの気遣いが心に沁みる……。

◆◆◆◆◆

ウルリカさんの用意してくれた昼食を食べる頃にはすっかり体の冷たさもなくなり、むしろご飯を食べたからか体がポカポカして妙に眠気を誘う。

「ここにハンモックを用意して寝たい……」

アメットさんとウルリカさんが中心になって出発の準備を整えている間、もう川に入る気の失せた俺は麗らかな日差しの中、ぼーっと宙を見つめてそうつぶやく。

マグ・メルの石の影響で記憶をひっかきまわされたせいで、まだちょっと気持ちが悪い。

体調的な話じゃなくて。ぐるぐる昔の記憶を意図してないのに入れ代わり立ち代わり思い出してしまう。

でも、やっぱり思い出すのはライモンドとしての俺の記憶ばかりで、『俺』の思い出は一つもない。

幼い頃からずっと『俺』の記憶ばかりに傾倒してライモンドとしての人生をないがしろにしていたらまた違ったのかもしれないが。

少なくとも『俺』の知識を思い出すことはあったとしても、『俺』の頃の記憶を懐かしんだ記憶なんてないからなぁ。


「何をぼんやりとしているんだ？」

先ほどまで何やら広場を散策していたヴィルだったが、いつの間にか俺の側《そば》に近づいていたようでそう声をかけられた。

「他人の記憶を急に脳みそにぶち込まれたから気持ち悪いんだよね」

素直にそう言葉にすると、先ほどまでの俺の取り乱しようを思い出したのかヴィルがなるほど、とつぶやいた。

「では、気分転換に少し私に付き合ってくれないか。珍しいものを見つけたんだ」

「おー、いいよー」

ヴィルに誘われるまま腰を上げてついていく。

広場の端、川べりまで来ると、ヴィルは川には入らずにそのまま川べりを歩いていく。

「カタラータは瀑布の谷の二つ名の通り、常に流れ落ちる水のせいでこうやって水の粒が空気中を漂っているだろう？　そのおかげである植物の群生地になっているんだが、ある特性から見つけるのは難しい。あぁ、ほら。あれだ」

ヴィルの指さした先には緑の下草が生えているだけのように思える。

訝しげに見ている俺に気がついたのか、ヴィルはおもむろに手を伸ばしてその下草から何かを摘み取った。

「マグ・メル草だ」

遠目からはただの茎と葉にしか見えなかったそれに顔を近づけて見ると、そこには透明な花弁が確かに存在していた。

「……すっごい」

「マグ・メル草は乾燥地帯ではただの白く小さな花に見えるが、水に濡れるとこうやって透明になる。乾燥地帯で水場を探す時、たまたま乾燥させたマグ・メル草を持っていた冒険者がこの特性のおかげで助かったこともあるそうだ。乾燥にすこぶる強く、完全に乾燥させた状態でも一年はまた根を張る力がある。だが、成長するためには水を多く必要とするため、カタラータ以外の国で野生のマグ・メル草を見ることは難しい」

まるで桜のような可憐《かれん》な花は、王宮の南の庭園で見た水晶華《すいしょうか》、アンタロスの花によく似ている。でも、水晶華よりも繊細でその花弁は薄く脆《もろ》い。水晶やガラスというよりも、レジンを薄く伸ばしただけのようなその花弁。指で軽くつついてみると、その花弁は額からほろりと落ちてしまった。

「……よっわ」

「そう。マグ・メルとは弱き者という意味を持つ。マグ・メルの石も、人をあちらへ誘うこともあるが、自分とその記憶の主は違うのだと強く自覚すればすぐに石の魅力から解放される。あれは、死してなお未練を捨てきれぬ弱き者のために精霊が与えてくださる恩寵《おんちょう》だ。この花のように、脆いものだ。恐れる必要はない」

　また新しいマグ・メル草を摘んだヴィルが俺の手のひらの上にそっと載せた。

「ライ、弱きものは精霊様にお返ししてしまおう」

「……ん」

　新しいマグ・メル草を摘んだヴィルがそのまま川べりでしゃがみこみ、手のひらをゆっくりと川の水にさらす。

　同じように俺も横にしゃがんでゆっくりと手のひらを水面へと沈めていった。

　川の冷たい水が手の甲にあたり、それがゆっくりと指の隙間《すきま》から滲《にじ》み出して俺の手のひらを濡らす。俺の指先にも負けたマグ・メル草は、不思議とその形を崩さないまま俺の手のひらの上で水に浮かぶ。

　透明な水の上に浮かぶ透明な花というのはずいぶんロマンチックだなぁ、なんて。そんなことを考えながらゆっくりと手を水底へと沈めていけば、遮るもののなくなった川の流れがマグ・メル草を川下へと押し流していく。

透明なその花は、数メートルもしないうちに水面の煌《きら》めきに紛れて見失い、もう見つけることもできなくなった。

何が、というわけではないが。なんとなく物悲しい気持ちになったものの、同時にスッと胸がすいたようになる。

「……もう大丈夫そうだな」

俺のすぐ隣で同じようにマグ・メル草を流したヴィルは、俺の顔を見て嬉《うれ》しそうにそう言葉にした。

「……おにいちゃんかよぉ」

「まぁ、年齢だけで見ると私の方が年上だしな。年下の従弟《いとこ》が怖がっているのに何もしないわけにもいかないだろう？」

「はぁぁぁ。俺兄様いっぱいいるからお兄ちゃん属性に弱いんだよなぁ……」

「ヴィル兄様と呼んでも構わないぞ？」

「んー、別にヴィルには庇護《ひご》を求めてないからいいや。だって、お前友達だろ？」

兄様と呼んでしまうと無意識のうちに甘え、甘やかしてしまいそう。

「俺って兄様っ子だからさぁ、ヴィルを兄様って呼んじゃうと、お前がこの先何かやらかした時に『しょうがないなぁ』って許しちゃいそうになるじゃん。そうじゃなくて俺はさ、ヴィルが間違えた時に『何やってんの？』ってお前を殴ってでも止められる友達がいい」

俺の言葉に一瞬虚を突かれたような表情になったヴィルは、次第にその表情をゆるゆると嬉しそうに緩めていった。

「ならば、私の治政を見ていてくれ」

「もちろん。その代わり、俺が何かやらかした時はヴィルが止めてよね。兄様たちは俺に甘いからさ」

「もちろんだ」

もう、頭の気持ち悪さはなくなっていた。

◆◆◆◆◆

大きくないはずのカタラータでの滞在期間は旅程ではずっと短いはずだったのに、思わず体験した出来事のせいでもっと長くいたように感じてしまう。

しかし、チェントロを出てすでに数週間が過ぎ、ついにオッキデンスの国境を越えるところまで来た。

「ヴィルはオッキデンスに来たことは？」

「フランキスカ様が立太女された際私はまだ子供だったからね。そういった節目以外でチェントロを除く四大国の王や王族が他の大国を訪ねることは稀《まれ》なんじゃないかな？」

「ふーん。つまりヴィルも初めてなのか」

「そういうこと」

旅の始めからは想像できないくらいに気安くなったお互いの態度に、何も違和感を覚えない程度にはヴィルとの仲もよくなったなぁ。

……ミューラー先生がこのやり取り見たら卒倒しそうだな。だって元竜騎士のミューラー先生にとってヴィルって仕えてた主君じゃん？

というか、旅の間はともかく、学園に着いたらヴィルとどう接すればいいんだろう。

気安すぎたら絶対悪目立ちするよな。

うーん、とそんなことを考え込んでいたら、ついに瀑布の谷の国境手前の坂に差しかかった。カタラータではどうしても眼鏡が濡れて鬱陶しかろうということで、ヴィルと一緒の馬車に乗っている。その間だけは、髪の色はともかく眼鏡だけは目の色を気にせず外しておけるから。

「もうすぐ国境を抜けるぞ」

ヴィルの言葉の通り、馬車が精霊のヴェールを越えて俺たちはオッキデンスへと足を踏み入れた。

ヴェールの先に広がっていたのは、まさしく黄金の海だった。

大陸の食物生産の多くを担う大国、オッキデンス。農耕牧畜に適した広大な大地。食物が豊かにある分生活必需品の物価は安く、そのため自らの技術を磨くことに集中したい職人たちが集まっていきできた国。

技術を磨くなら西へ。職人になりたい者たちはこぞって自らの技術を磨くため、有名な技師や職人に弟子入りするために西へ西へと集まっていく。

まさにそんなオッキデンスを支えるための広大な小麦畑が眼前には広がっていた。

風に揺れる穂の間を泳ぐように、農家の人が作業をしている。

こちらに気がついた一人が旅人を相手取る気安さで手を振ると、歓迎するように他の人たちも作業の手を止め大きく手を振って出迎えてくれる。

ずっと遠くまで続く黄金の海のその中に、まるで大きく帆を張る帆船のように風車が風を受けて回っている。

カタラータから水を引いているのか、国境線から流れる大きな川のすぐ側には水を引き上げる大水車がいくつも連なって置かれており、その水飛沫《しぶき》がきらりと光る。

先ほどまでとは逆側に目を向ければ、鉄を溶かすためだろうか。大きな煙突が立ち並び、耐えず煙が吹き上がる。

黄金の海原に青い空。そこに黒い雲が影を差す。

人工物に汚染される背徳感、と言うべきか。カタラータやサルムルトで感じた雄大な自然に対するものとは違う美しさがそこにはあった。

黄金の海に分け入るように街道を先へ先へと進んでいくと、あれほど果てがないように見えた小麦畑にも終わりが見えてくる。

中心地から離れたそこはまだ農村然としていたが、町の中へと近づくにつれて道に面した表で作業をする職人たちの姿が増えていく。

元はただの長屋街だったのだろう。建物の一階部分はみんな同じなのに、二階以上になるとそれぞれの建物建物で個性があふれる。

何に使うのかもわからない歯車や時計の針が張り付けられた金物屋。水車の模型だろうか、水ではなく風を受けて気ままに回る木工屋。壁の代わりに家具を積み上げていったような家具屋。

光を受けてギラギラと輝いているあの店は装具屋だろうか。周りのように大きなものを張り付けていないのにその輝きだけで存在感を出している。

「……オッキデンスの職人街の話は聞いていたが、これは壮観だな」

「崩れそうで怖いんだけど」

「それを崩さずに積み上げるのも職人技ということか。なるほど、ただの看板よりもよっぽどその店のことがわかる」

国が違えばここまで街の様子も変わるのか。オルランド兄様は、この国のどんなところが好きなんだろう。フランキスカ義姉様《ねえさま》と婚約が調って以降、オルランド兄様はチェントロよりもオッキデンスに滞在することが多くなった。必然、他の兄様たちよりも話す機会は少なくなる。

この留学中にオルランド兄様と話ができるようなら、ぜひ話がしてみたい。

◆◆◆◆◆

しばらく異国情緒あふれる街並みを見学しながら馬車に揺られていると、一際異彩を放つ大きな建物が近づいてくる。

「あれが、オッキデンスの学舎だな」

職人街の建物は、その店の特色に合わせて統一感があったものの、オッキデンスの学舎は何もかもがつぎはぎのように異様だった。

ぱっと見た感想はスチームパンク、と言えばいいだろうか。

どこに繋がっているのかもわからないパイプが壁に張り巡らされ、よくわからない機械から蒸気が噴射している。

なぜそこから？　と、問いたくなるような場所から細い滝のように水が落ち、その下では水車ではなく明らかに風車の羽根が水を受けてカラカラ回る。

物理法則はどうなっているのかと聞きたくなるようにせり出した尖塔《せんとう》の下に滑車がついて、そこに鎖で繋がれた籠が二つ。よく見ると籠の中には人がおり、なにやらごそごそ動いたかと思うと、その滑車がひとりでに動いて籠ごと人を上の階へと持ち上げた。

しかし、おそらく後付けだったのだろう。学舎の中に入るために籠の中の人は明らかに窓であろう場所から身をかがめて学舎の中へと入っていった。

つぎはぎだらけの、子供が好き勝手繋げたパッチワークのような建物。それがオッキデンスの学園だった。

「いいと思ったものは教授の作ったものだろうと学生が作ったものだろうと学舎に設置していくのが習わしらしい。外観もそうだが、内観も装具や絵画、彫刻などの試作品で飾られているそうだ」

「……さっすが職人の国」

「外に設置されている器具のほとんどが正常に作動していないらしいけどね」

「まぁ、ここからざっと見ただけでも動力部分だけとか、よくわからない機械の先の部分だけとかいろいろだしね」

　学舎の正面で馬車が止まり、イバニエス伯爵やセフェリノさん、ヴァレンティナさんがオッキデンスの学園の人と何かを話している。

　アメットさんやウルリカさんは幌馬車に積んでいた荷物の整理を始めている。

　俺はそれを見て馬車を降りようと眼鏡をかけた。


「……ライ」

「ん？　なに？」

　馬車の扉に手をかけたところでヴィルにそう呼び止められて振り向いた。

「また、話せるだろうか」

　弱々しく、懇願するような自信なさげなその声に、俺はプッと噴き出した。

「ヴィルが会いに来てくれたら、いつでも。ほら、俺は表向きは平民だから」

「そ、うか……。そう、だな」

　嬉しそうに、それでもまだちょっと残念そうなヴィルのその顔に、ピンっと指先ででこを弾《はじ》く。

「ヴィルがいいよって言ってくれるなら、俺からも会いに行く。ホフレの護衛がついてるはずだしね。

先ぶれはそいつらにお願いする」

「ああ。待っている」

旅の間とは違い、この馬車を降りたら互いの立場のために今まで通りに接するわけにはいかなくなる。

それでも、俺を特別にはしないと手を引いてくれたヴィルが俺を、友を望んでくれるならば。俺はそれに応えたいと思う。

「じゃ、ヴィル。互いにいい学園生活を！」

番外編

狼娘は三世の縁を紡ぐ

I was born as the seventh prince, what should I do?

オスト皇室の血を引く証《あかし》である艶《つや》やかな黒い髪。貴石の煌《きら》めきを宿した赤い瞳《ひとみ》。大陸随一の実力を持つオスト軍を率いる正統なる竜の加護を宿した後継者。

しなやかな筋肉のついた体は軍人としてはいささか細身だけれど、十八歳という年齢と軍では指揮をとる立場であることを考慮に入れれば十分である。

本人は剣士ではなく魔導士であることを考慮に入れればなおさら。

「アメット、ウルリカ。私のために命を懸けられるな？」

「もちろんでございます、ヴィルヘルム様」

「我らシュワルツチャイルド、黒き盾の名の通りあなた様のために命を懸けることに否やはありません」

双子の弟と共に初めて皇城に上がりヴィルヘルム様にお会いしたあの時から。私は生涯仕えるべき相手を見つけたの。

◆◆◆◆◆

騎竜を使役し、大陸一の軍事力を持つ帝国オスト。その帝国における公爵家の一つ、建国の折り『黒き盾』を意味するシュワルツチャイルドの名を戴《いただ》く家の長女として私は生まれた。

双子だったけれど、幸運なことにすでに二つ上の兄がいたため後継者をどちらにするかなどという争いにはならず、代わりに私と双子の弟であるアメットは生まれたその瞬間からオスト帝国の次期皇帝になる皇太子殿下の側近となることが定められた。

オスト帝国の建国記によると、帝国は元々竜の巣の御許《みもと》に創られた国であり、それには竜の他《ほか》にお供としていくつかの動物が記されている。そのうち竜と共に空を舞い獲物を狩るのが鷲《わし》。竜の巣を群れで守るのが狼《おおかみ》だそうだ。

その伝説になぞらえて、竜を象徴する皇室の未来の皇帝陛下の手足である最側近になる弟には鷲を意味するアメットの名が、身の回りの一切を取り仕切る侍従頭となる姉の私には狼のボスを意味するウルリカの名が与えられることになった。

城仕えの貴族の女は結婚をすると子を産むために職を辞し、家の奥を取り仕切る。が、こと私に関しては結婚も子も主《あるじ》である皇太子殿下の手に委ねられるという。

生まれてからずっと、皇室第一主義である両親に皇太子殿下が黒だと言えば穢《けが》れ無き雪も黒くなり、白だと言えば夜の帳《とばり》も白くなると教えられてきた。

殿下の言葉は絶対的に正しく、私たちはそれを疑うことなく、殿下の命《めい》を過不足なくこなし、殿下の身の回りについては常に十全に整えること。それが狼の名を冠する私に求められるすべてであると教えられてきた。


「ねぇ、姉さん。僕たちがお仕えする皇太子殿下はどんな方なんだろうね」

「素晴らしい方よ。魔物におびえる民を救う慈悲深くも冷徹なお方よ」

「まだ生まれてもいらっしゃらないのになんでわかるの？」


まだ私もアメットも、大人《おとな》たちの言葉の半分も理解できていなかった子供だった頃《ころ》。息苦しい教育から逃げ出した公爵邸の建物の陰でそんな話を弟とした。

父や母に求められることはいつだってハードルが高かった。

将来公爵となるべく教育されていた二つ年上の兄様に課せられたものも厳しかったけれど、私たち双子に課せられたものもそれと同じくらい重く厳しいものだった。

それはまだ仕えるべき主と出会っていなかった私たち二人にとっては苦しいばかりでいつだって投げ出したいものだった。

だからこそ。私たちがこんなにも苦しいのだから、大人たちが言う将来私たちが仕える皇太子殿下は何よりも誰《だれ》よりも素晴らしい方でなくては困ると考えた。

でも皇族は至上の存在だと教え込まれた子供がそんなことを口に出せるわけがなく。

「天が、そう定められているもの」

そう、子供じみた理由を述べる。

皇族は至上の御身である。皇族のために命を懸けることこそが至上の喜び。我らが黒き盾は皇族のために存在する。そうでないなら、シュワルツチャイルド家の人間に非《あら》ず。

「じゃあ、皇太子殿下はきっとお強い方なんだろうな」

「そうね。私もあんたも騎士向きじゃないって言われたもの。じゃあきっと皇太子殿下はお強い方よ」

「とっても賢い方なんだろうな」

「そうね。私とあんたが顔を突き合わせて考えたことをお一人で思いつくわね」

「誰よりも帝国のことを考えて動ける方だろうな」

「そうね。だって竜を象徴する皇族の方だもの」

「でも、ちょっとだけ僕らと同じで自分のことも考える人だといいな」

「そうね。そっちの方が親しみやすいもの」

「僕らのことを褒めてくれるかな」

「当たり前でしょ。私たちは皇太子殿下の臣下なのよ。兄様の家庭教師が言ってたわ。褒めて伸ばすのも上に立つ者の義務だって」

苦しい時はそうやって弟と二人で自分たちの理想の皇太子殿下を想像する。

そんな素晴らしい方に仕えるために頑張ろうって励まし合う。

生きる辛《つら》さも、正しく生きる難しさも、非情になる重みも何も知らない子供の戯言《ざれごと》。

天才でも何でもない。ただの子供が現実の辛さから逃れるために作った二人だけの理想の皇太子殿下。

こうあれと望まれ期待される苦しさは私たちもよく知っていたのにね。

それをあろうことかまだ生まれてもいない仕えるべき皇太子殿下にそんな想いを抱くなんて、子供は残酷で自分勝手だ。

そんな私と弟の待ち望んだ皇太子殿下、ヴィルヘルム様が生まれたのは私たちが四つになった年だった。

「皇太子殿下は竜の加護を宿した黒い髪に、紅玉の瞳をお持ちでいらっしゃる」

公爵家当主として一足先に皇太子殿下に挨拶《あいさつ》に伺った父の口からそう語られて、私と弟の頭の中で一気に理想の皇太子殿下が形作られた。

「黒い髪だって！」

「当たり前よ。だって私たちの皇太子殿下なのよ」

「ヴィルヘルム様って、呼ばせてもらえるかな」

「私とあんたが最側近になるんだもの。呼ばせてもらえるに決まってるわ」

「いつになったら会えるかな」

「すぐよ。きっとすぐにお声がかかるわ」

「それまでに僕たちももっと勉強してもっと強くならなきゃ」

「そうね。あんたもそろそろ僕ってやめたら？　僕って言うより俺って言う方が強そうよ？」

「そうかな？　じゃあ、おれって言うことにする」

公爵邸の裏手側。使用人もめったに通らない湿った建物のその陰で。弟と二人頭を寄せ合ってこそこそと内緒の話をする。

それが何よりも楽しかった。

◆◆◆◆◆

皇太子殿下が生まれてからは、今まではっきりしなかった目標ができたことで、より一層私とアメットは勉学と魔法、護身術など、いろいろなことに精力的に取り組んだ。

まだ生まれたばかりの皇太子殿下に、まだ社交界デビューも済ませていないような私たちがすぐに会えるわけもなく。相も変わらず私とアメットだけの想像の中の皇太子殿下に仕えることだけを考えていた。

いつかお仕えしたその日に、私たちの頭の中の理想の皇太子殿下に失望されないように。

また、そんな風に過ごしているとその年の終わり頃から母のお腹《なか》が膨らみ始めて、自分たちに弟か妹ができることを知った。

私には双子の弟のアメットがいたけれど、結局は同じ年で同じように育ってきたからアメットから姉さんと呼ばれても姉としての実感なんてなかった。

でも、今度生まれてくる子は違う。

正真正銘私とアメットの弟妹なのだ。

皇太子殿下に仕えるため、という以外に。これから生まれてくる弟妹を守るために一生懸命勉強しようという目標ができた。

母の大きなお腹に手を当てると、ぽこんと中から私の手を蹴ってきて。

まだ姿は見えないのにしっかりそこで生きていて。

私やアメットだけじゃなくて、いつもは後継者教育で忙しい兄や当主である父までも母の周りに集まってくる。

そうしてみんなが待ち望んで生まれてきたのは弟で、生まれたばかりの弟は目をギュッとつむってほやほやと頼りなく泣いていた。

指を弟の手の側《そば》に近づけるとぎゅっと存外強い力で私の指は握られる。自分の手と比べても小さいのに、しっかり爪もあって、人の手の形をしていることが不思議だった。

人の形をしているのに、まるで骨がないみたいにふにゃふにゃで、私もアメットも兄様も恐る恐る近づきはするもののなかなか触れ合うことができなかった。

その頃は、まだ会ったこともない皇太子殿下のことはほとんど頭になくて、小さく弱い弟に私もアメットも夢中だった。


だから、あれは天罰だったのかもしれない。


今まで乳母の乳を含んでいた弟に歯が生えてきたから、そろそろ離乳食を食べさせようかと母と父が話した次の日。

私もアメットも兄様も。弟の成長が見たくてお昼ご飯にちょっとあの子に離乳食のパン粥《がゆ》を食べさせるのを側で見ていた。

ちょっと食べてしばらくして、弟が今まで見たことがないほど火がついたみたいに大きな声で泣きだした。

乳母や母が抱っこしてあやしても全然泣きやまなくて、そうしたらさっきまで真っ赤だったあの子の顔がみるみる真っ青になっていく。

父が医者を呼ぶ怒鳴り声。母が弟の名前を泣きながら呼ぶ。兄様は私とアメットを痛いくらいに抱きしめた。

私とアメットは、互いに縋《すが》るように手をきつく固く握り合っていた。

その日、私たち子供は乳母や侍女に抱かれて子供部屋で一緒に眠り、次の日起きた時には弟はもう息をしていなかった。

「私たちが、皇太子殿下よりも弟のことばかり考えていたから…………？」

「……そんなわけないだろ。天は、竜は、家族を大切にするんだから」

「でも、でもじゃあ。なんで、あの子は死んじゃったの」

「…………天が、きっと望まれた。俺たちの弟は賢くて可愛《かわい》かったから、天が側に置くことを望んだんだろ」

「そう……。天が……、そう…………」

今までは私に聞いてばかりだったアメットが、私を慰めるようにそう言ってぎゅっと手を握ってくる。

「俺たちの弟はきっと天で竜神様に仕えることになったんだ。俺たちは、ここで竜神様の加護を持つ皇太子殿下に仕える。俺たちはシュワルツチャイルドだから。場所は違っても一緒にこの国を守るんだ」

ええ、そうね。そうに違いない。そう言って二人ぽろぽろと涙を流して死んだ弟のことを悼む。

「…………もっと、だっこしたかった」

ミルクの匂いのする弟。私たちよりも体温が高くていつだってぽかぽかしていた可愛い弟。もう二度と私の指を握ることがない弟。

十にも満たない私たちの心に、弟の突然の早すぎる死は深い傷を残した。


それからは、今まで以上に勉強と鍛錬に力を入れた。

アメットは魔法の才能があったようで、特に回復を得意としていた。

アメットは、自分が皇太子殿下の一番近くにいるかぎりなんでも治せるように、まるで弟の死を振り切るように魔法に傾倒していった。

アメットが回復を得意とするなら私は攻撃魔法を扱いたかったけれど、残念ながら魔法の才能はなかったので、代わりに公爵家の騎士から護身術を深く学んだ。

剣を持って切り合うには私は力も才能もなかったけれど、暗器を使った超近接戦には才能があった。

スカートの中に刃物を仕込めるソックスガーターを付けて、靴も刃物の仕込んであるものを。

髪の中にも針を仕込んで、たとえアメットが武器を持ち込むことのできない場所でも皇太子殿下だけは守れるように。

私とアメットが家名の通り、皇太子殿下を守る最後の黒き盾になれるように。

◆◆◆◆◆

「シュワルツチャイルドこうしゃくけのウルリカとアメットだな。わたしはヴィルヘルム・フォン・オストだ」

「ウルリカ・シュワルツチャイルドと申します」

「アメット・シュワルツチャイルドと申します」

私とアメットが八歳、皇太子殿下が四歳の年。私たちは父に連れられ初めて皇城に上がり皇太子殿下とお会いすることになった。

まだ四歳の皇太子殿下は乳児期に亡くなった弟を思い起こさせるようにふくふくと幼児らしく可愛らしかったけれど、それでも私とアメットを見つめるその目にはすでに理性があり、じっと私たちを観察していた。

「うん。ふたりのはなしをきかせてくれ」

初めての登城に緊張していた私たちはにっこり笑う皇太子殿下にほっと胸を撫《な》でおろし、促されるまま私たちの話をしていた。

生まれてこの方あなたに仕えるためにいろいろな修行に励んできたこと。アメットは回復魔法が得意なこと。私はいつでも皇太子殿下を守れるようにいろいろな暗器を仕込んでいること。そして、弟が亡くなったことまでも。

うんうん、と。時に驚いたように、時に楽しそうに。そして、時に心底悲しそうに。皇太子殿下は私とアメットの話を聞く。

あまりにもうまい相槌《あいづち》に、気づけば話さなくてもよい私たちの思い描いた理想の皇太子殿下のことまでもぽろぽろと口に出してしまっていた。

「なるほど。では、わたしはふたりのどりょくにみあう皇太子になろう」

なんの気負いもなくそう言い切って笑みを浮かべる皇太子殿下に、私もアメットも思わず言葉を失った。

だって、この頃には私もアメットも人の思い描く理想通りになることがどれだけ難しいか理解していたもの。

「わたしが皇帝になったあかつきには、きみたちの弟のように死ぬ幼児をへらそう」

人の生き死にをコントロールすることなんて人にできるはずもないのに、皇太子殿下は私たちの亡《な》くなってしまった弟のためにそう言い切ってくださった。

「アメット、ウルリカ。わたしにつかえてくれるな？」

「はい、ヴィルヘルム殿下」

「はい、ヴィルヘルム殿下」

◆◆◆◆◆

言うのは簡単だがそれを実行に移すのは難しい。

だが、ヴィルヘルム殿下は最初に言った通り、いつか私とアメットが話した理想通りの皇太子殿下でいてくれた。

齢《よわい》四つにもかかわらず、簡単なものとはいえすでにいくつかの攻撃魔法を使いこなす。

それは、私とアメットがいつか話した強い皇太子殿下の姿そのものだった。

まだ碌《ろく》に公務にも参加できないが、それでも勉強の合間を縫って孤児院や治療院への慰問を怠らない。

誰よりも国のことを考えてくれる理想の皇太子殿下そのもの。

忙しい日々の合間で皇城の庭に出ると、年齢相応の反応を見せ、それからはっと我に返ったように少し照れた表情をする。

堅苦しいだけじゃなくて親しみやすい。

私とアメットが訓練での成果を報告すると満足そうに笑ってそれから一つ頭を撫でてくれる。

父にも母にも久しく頭を撫でられていないから気恥ずかしいけれど、でもまるでよくやったと言いたげな皇太子殿下に撫でられると不思議と心が満たされた。

「……ヴィルヘルム様に頭撫でてもらえた」

「私だって護身術の免許皆伝《めんきょかいでん》した時に撫でてもらったわ」

「……もう俺ヴィルヘルム様の犬でいい」

「は？　犬は私よ。あなたは鷲でしょ」

「ヴィルヘルム様のためなら鷲じゃなくてカナリヤでもいい」

「あなたのさえずりを一日中聞かせるなんて、なんてむごいことを……」

「ひどくないか？　というか、ウルリカは狼じゃなくて犬でいいのか？」

「ヴィルヘルム様に撫でてもらえるなら犬でいいわ」


私たち以外の、父を含めた大人たちもまだ幼いヴィルヘルム様に一目置いていた。

そんな方にお仕えすることができることが何よりも誇らしかった。

それなのに。

◆◆◆◆◆

「……チェントロで何かもんだいがおこったらしい」

皇帝の妹君であるマヤ様が他国とのバランスの問題でチェントロに嫁いで一年ほど。マヤ様とアブラーモ陛下の第一子。チェントロ王家にとっては第七子が産まれてから徐々に周囲の空気がおかしくなっていった。

何よりも、今まで次期皇帝として期待を込められていたヴィルヘルム様への対応は顕著だった。

今まではにこにこと笑顔で視線を下げてヴィルヘルム様に声をかけていた大人たちが視線を足元へ下げることが少なくなった。

城のあちらこちらで交わされる会話が皇太子であるヴィルヘルム様の将来を期待する内容から、チェントロ王国の七番目の将来についてに変わった。

それは下位貴族だけにとどまらず、ヴィルヘルム様と関わりの深い皇帝陛下や皇后陛下、そして私たちの父のような上位貴族もそう。

ヴィルヘルム様は大人の顔を見上げることをやめ、私たちと話すか本を読むことが格段に増えた。

大人になった今なら、その態度に納得できはしないものの事情を理解することはできるけれど、まだ子供だった私たちがその原因となったチェントロ王国の七番目を疎《うと》ましく思わないわけもなく。


「七番目ってヴィルヘルム様よりも出来がいいのか？」

「そんなわけないでしょ。ヴィルヘルム様の方が賢いし強いに決まってるわ」

「じゃあなんで父上も陛下も七番目の話しかしないんだよ……」

「……問題児だからよ」

「………じゃあ、七番目を消せばヴィルヘルム様はまた笑ってくれると思うか？」

「そんなこと、ヴィルヘルム様は私たちに望んでくれないわ」

◆◆◆◆◆

ヴィルヘルム様が学園に入学するまでに私とアメットは卒業したくて、入学が可能な年齢になるや否や私たちは学生になった。

私はヴィルヘルム様の身の回りのお世話をする際に使えるものはないかと、技術課の魔道具コースに。そしてアメットは魔導士科で回復魔法を極めることに。

学園にいる間はヴィルヘルム様のお側にいることができないから、私もアメットも飛び級して二年ですべての必修科目を修めて卒業した。

アメットはその後一年オスト軍の従軍医師として経験を積み、私はアメットが側にいられない分ヴィルヘルム様に付き従った。


「そろそろ婚約者を決めろと周囲がうるさい」

「皇太子妃になるのであれば、最低でも伯爵以上の令嬢が好ましいですが、どなたか気になる方はいらっしゃいますか？」

すっかり青年と呼べる年齢に成長したヴィルヘルム様に紅茶を注ぎながらそう聞くと、指先でテーブルを叩《たた》きながら渋い顔をする。

「チェントロのアブラーモ様が各国の王族を妻に娶《めと》ったからできれば私の代ではオスト国内の有力貴族との婚姻がベストだったが、今の情勢では難しいな。七番目に夢を抱く羽虫が多すぎる。と、なるとチェントロのフェデリコ様派の貴族が次善で、それも難しそうなら周囲の小国の姫君だな」

「ヴィルヘルム様が命じられれば、私が婚約者の任を受け持つこともできます」

事実、オスト帝国の公爵令嬢であり、幼い頃からアメットと共にヴィルヘルム様のお側にいた私を次期皇太子妃かと有力視する者は多い。

でも実際には学園を卒業する年齢になってもヴィルヘルム様からそんな命令どころか提案すらされないということは、そういうことだ。

わかって私がそう言っていると気づいているヴィルヘルム様は、表情を少し楽しげに緩めて笑う。

「ウルリカは私の伴侶ではなく従順な狼だからね。竜の隣に並ぶのならば幼く未熟だとしても、同じ竜でなくてはならない。私に常に追従し、私のやることなすことすべてに頷《うなず》く者を伴侶にはできないな」

「そうおっしゃると思っておりました」

「いいさ。進学先はチェントロの学園だから、そこで七番目の情報収集とついでに竜の花嫁探しでもするさ」

「第一候補はバルツァー家のレアンドラ様でしょうか」

「そうだね。何度か伺いの手紙を出したけれど反応が薄いから、もしかしたらもう国内で婚約者候補がいるかもしれないけど」

「レアンドラ様を妃《きさき》にお望みですか？」

もし、ヴィルヘルム様がそう望まれるのであれば、私の持てる力すべて使ってでも叶《かな》える所存である。

でも、そんな私の思考などお見通しなのか、ヴィルヘルム様は机を叩く指を止めて側に立つ私のことをしょうがなさげな目で見てくる。

「狼は竜の嫁娶りまでするのか？」

「あなた様が望まれるなら」

「必要ない。自分の伴侶くらい自分で探して娶らなければ、私の立つ瀬がない」

からりと笑ったヴィルヘルム様は再び机をトントン、と指先で叩く。

「………命じていただければ、私もアメットもいつでも七番目を排除できます」

何か考える時、指で机を叩くのはヴィルヘルム様の数少ないわかりやすい癖だ。

そして、ここ最近その原因はいつだってチェントロの七番目の存在である。

オスト皇室の血を引くとはいえ、すでに外に出た血筋である彼は自分がどれだけオスト国内を揺るがせているのかわかっているのだろうか。

ヴィルヘルム様が五歳の時に生まれた七番目は、生まれたその瞬間から波紋を呼んだ。

誰がそう言い出したのか、チェントロの長子相続の伝統を無視して王太子にと望む声が上がり始めた。

対岸の火事だったはずのそれは、いつの間にかオスト国内にも飛び火した。

ヴィルヘルム様がいらっしゃるのに、そうではない者を皇太子になどと。

初めはただの笑い話の一つのようなその考えは、数年後。チェントロ王国の第二王子であるベルトランド殿下の発表した『人種と亜人種の間に生まれた子供の健康問題についてのレポート』に七番目の名前が載った時から、徐々に現実味を帯びて広がり始めた。

オスト皇室の血を引くとは言え、祖国に生まれてもいない七番目がなぜ常に皆の理想の皇太子であり続けたヴィルヘルム様よりも皇太子に相応《ふさわ》しいと言えるのか。

まともな貴族は、そんなオスト皇室の権威を脅かすような恐れ多く馬鹿《ばか》げたことなど考えもしない。

でも頭の足りない馬鹿な貴族はどこにでもいるもので。

自分の能力が足りないだけなのに、それを認められずに今のオスト皇室がおかしいと馬鹿は喚《わめ》く。

まともな考えの者はそれを馬鹿馬鹿しそうに黙って見ているから、結果、馬鹿の声ばかりが大きく響く。


何度、アメットと共にそんな馬鹿を締め上げたことか。

潰しても潰しても潰しても。

蠅《はえ》はいくらでも湧いてくる。

いっそ、ウジ虫の温床になっている七番目を消してしまえれば……。


「私も七番目は嫌いだが、それでも私と同じ目に遭えばいいとは思わない」

「…………さようでございますか」

腐肉だけに集《たか》っていればいいものを。蠅どもは恐れ多くも竜の御身にその手を伸ばした。

私もアメットも、ヴィルヘルム様を守る最後の盾である自負はあった。

襲われても私が身を挺《てい》してヴィルヘルム様を庇《かば》い、アメットがヴィルヘルム様を癒《いや》す。

でも、それが現実のことになるなんて、私もアメットも。ヴィルヘルム様ですら思ってもいなかった。

最初はなんだっただろうか。

確か紅茶に毒ではないが、下剤か何かの薬を混ぜられたのだ。

いつも紅茶を準備してくれるメイドの淹《い》れた紅茶だったから、何の疑いもなくヴィルヘルム様は薬入りのそれを口にした。

直後、普通はあり得ない苦みに紅茶をすぐさま吐き出し、メイドは罪に問われた。

その件をきっかけに、蝿どもは自分の望む未来のためにヴィルヘルム様を害することが選択肢にあることに気がついたようだった。

もっとも、考えの足りない馬鹿どもは、考えなしにその選択肢に飛びついてすぐさまこの世から排除されたけれど。

臆病な蝿どもはまだオスト国内で息を潜めている。

「ウルリカ。チェントロ王国のことはチェントロ国内で処理されるべきだ。我々にできることは、秩序を乱さないように我がオストにはびこる羽虫を駆除することだけだ」

「……では、チェントロの学園にご入学されるまでに一掃いたしましょう」

「追い込みすぎるとチェントロに逃げて迷惑をかける馬鹿も出てくるだろう。ほどほどになさい」

「はい。アメットと共に成果を上げてみせます」

◆◆◆◆◆

細々と後から後から湧き出る羽虫をアメットと共に叩きつぶしながら日々を過ごし、ヴィルヘルム様がチェントロの学園に入学するのについていく。

二年までは特に問題はなかったものの、三年目に上がる年、あの七番目が同じチェントロの学園に入学するという話を聞いた。

「さて、ようやく直接話を聞く機会を得られるというわけだ」

そう言ってヴィルヘルム様はトントンッ、といつもよりも気持ち速く指で机を叩く。

名を売るならいっそ大々的に売ってさっさと継承権を放棄でもすればいい。

そうでないならずっと影に潜んでいればいいものを。

七番目がどっちつかずの態度でいるから、いくら蝿を叩きつぶしても後から後から湧き出てくるのだ。

と、ようやくどういうつもりでいるのかを非公式の場で聞く機会が得られたというのに、七番目の姿は学園にない。

それは私たちだけではなくチェントロの貴族にとっても寝耳に水だったようで、学園が始まってしばらく貴族子女たちはざわついていた。

そのことにヴィルヘルム様はまたいつもよりも荒く指で机の上を叩く。

「七番目はいない上に、皇太子妃候補だったレアンドラ嬢がオストに嫁入りする確率も低い」

「七番目は本当に学園にいるのでしょうか」

私の代わりにそう口にしたアメットに、ヴィルヘルム様は落ち着いた声色で答える。

「それは確かだ。別の国の学園にでも入ったかと思ってベルトランド様と何度かお話しした時にそれとなく確認したが、この学園での七番目の存在をほのめかされた。多分貴族コースにいないか、まったく別の貴族子息に扮《ふん》しているかのどちらかだ」

七番目が何をしたいのかがまったくわからない。

波乱を望んでいるにしては派閥の動きにやる気が見られない。かといって、フェデリコ様を支持するにしては自分の派閥を残す意味がわからない。

結局七番目に繋がる情報を得ることも、彼自身を見つけることもできないままに時間だけが過ぎていく。


そのうち、七番目とレアンドラ様が正式に婚約したことが発表された。


「……レアンドラ嬢のことはかなり気に入っていたし、現状最善だったと言っても過言じゃなかったんだけれど、こうなると誰を花嫁にするか迷いどころだな」

「レアンドラ様はなぜ今になって婚約を結んだのでしょう」

王族と公爵家令嬢との婚約にしてはタイミングがあまりにも遅すぎる。

子供の時に結んでしかるべき婚約をそのタイミングで結ばずに、今になって結んだ意味がわからない。

「大方最初はバルツァー将軍の意思だろうね。娘を王族と添わせることは高位貴族としては当然の思考だろう、が。なにかの事情で子供の頃にそうできなかった。でも、彼女自身は幼い頃からそう言い聞かせられていたからかそれを望んでいた。そうすると今の年齢になっても他と婚約を結ばなかったのは、レアンドラ嬢の希望をバルツァー将軍が聞いたからだろうね。婚約を結ぶ前の彼女に何度か私からアプローチをかけたけれど、反応は芳《かんば》しくなかった」

一つ大きくトンっと机を叩いた後、しばらく何かを考えている様子のヴィルヘルム様は長く息を吐く。

「まあ、今考えてもしょうがない」

そう言って思考を切り替えたヴィルヘルム様は、今度は公務を兼ねたオッキデンスへの留学についての話へと話題は移っていった。

◆◆◆◆◆

今にして思えば、ヴィルヘルム様とオッキデンスへの道中を共にすることになったライという少年は最初からおかしかった。

聞けば私たちの荷物を馬車に積み込む時に原理のよくわからない魔法を使い、旅の途中、経験でも実力でも勝っているセフェリノを地面に転がし、その上水蟲《みずむし》を食そうとする。

平民にしては立ち居振る舞いが美しいからと調べてみればチェントロ王国で七番目の派閥を代表ずるカッシネッリ公爵家の縁者で、それなのにオストやチェントロ学園内で七番目の派閥を自称する貴族とは違い彼に阿《おもね》る様子もない。

ヴィルヘルム様に向ける視線は好意的だが必要以上にへりくだる様子もない。羨《うらや》ましいことに、仕えられる経験はあれど対等に並び立つ経験があまりないヴィルヘルム様は彼のその対応を気に入られたようだった。

「羨ましい」

「言わないで」

「あんなに気安くヴィルヘルム様とお話しできるなど、羨ましすぎるぞ、ライ」

「うるさいわよ、アメット。私だって羨ましいわよ。でも、私たちにあの子と同じ対応がヴィルヘルム様にできるわけないでしょう」

「だから羨ましいんだ、ウルリカ。クソ……。俺にできることはライがヴィルヘルム様を悲しませた時にシメるくらいか」

天地を星空で挟まれた死の湖で話すヴィルヘルム様と少年を遠くから双子の弟と共に見つめた。

まさかその少年が散々いつか消してやろうと画策していた七番目の王子であることなど、私もアメットも知る由もなかったわけだけど。

いったいその知識はどこから得たのか。水蟲を食べた平民が苦しむのを見てすぐさま対応してみせた彼の口から語られた『食物アレルギー』という概念に、私もアメットも言葉を失った。

多くの国で主食として食べられているパンの原料でもある小麦でも引き起こされるというその『食物アレルギー』。

それは、まさに。幼い頃、私とアメットの弟が亡くなった原因ではないだろうか。

直後に判明した彼が七番目の王子であるという事実も相まって、私とアメットはその後しばらく動揺を隠せずにいた。

そんな私たちに、ヴィルヘルム様は嬉しそうに、穏やかな笑みを向けてくる。

「それにしても、これでようやく私もお前たちの忠義に応《こた》える機会を得られたわけだな」

「……今以上にでございますか？」

「私もアメットも今のヴィルヘルム様にお仕えできるだけで十分に幸せでございます」

「そうか？　だが、お前たちと初めて話をした時に約束しただろう。私が皇帝になった暁には、お前たちの弟のように死ぬ幼児を減らすと。原因のわからない乳幼児期の死亡原因の一つがこれで判明すれば、間違いなく死者を減らすことができる」

私とアメットの理想の皇太子殿下。

今は、そんなこと関係なくヴィルヘルム殿下にお仕えすることに喜びを感じていた。

でも、それでも。まだ四つかそこらの幼い時に交わした些細《ささい》な約束を、今なお覚えてそれを守ろうとしてくださる主君。そんな主君に仕えることができる幸運を一体どれだけの人間が受けられるだろうか。

「ライモンドの持つ知識は得難《えがた》いものだ。多少複雑ではあるが、彼の知識を得られるのであれば私はオストの皇太子として彼といい付き合いを続けるべきだ」

その結論に至ったヴィルヘルム様からは隠しきれない嬉しさが滲《にじ》み出ている。

常に私たちの上に立ち、主君たらんとし続けたヴィルヘルム様にとって、ライモンド様は初めて同等の立場に立つことのできる友人だ。

本来、チェントロ王国の第七王子である彼とオストの皇太子であるヴィルヘルム様が交友関係を持つことはいらない憶測を呼ぶから避けるべきだけれども。

私にとってもアメットにとっても、ヴィルヘルム様以上に優先すべきものなどない。

であれば、長年抱いていた七番目に対する嫌悪も、不快感も、すべて捨ててしまおう。ヴィルヘルム様のためにできないことなど私たちにはありはしない。

「さて、そうなるとこれからさらに忙しくなるな。ライが自分の知識を証明できないのであれば、それは私が請け負えばいい。そうすると、ありとあらゆる既得権益に影響を及ぼすことになるだろう。アメット、ウルリカ。私のために命を懸けられるな？」

あぁ、そんなこと、答えるまでもないことなんて、知っていらっしゃるだろうに。

「もちろんでございます、ヴィルヘルム様」

「我らシュワルツチャイルド、黒き盾の名の通りあなた様のために命を懸けることに否やはありません」

　あなたのお役に立つことこそが、私たちにとっての生きる意味なのですから。

◆◆◆◆◆

　旅程の休憩で、ヴィルヘルム様のご友人になられたライモンド様に紅茶を淹れて渡す。

　いつも通りアメットと共にヴィルヘルム様にお仕えしていると、それをしばらくじっと見ていたライモンド様がぽつりと言葉を零《こぼ》す。

「昔は主従は三世って言葉聞いてもよく理解できなかったけど。まさにこういうことなんだなぁ」

「なんだそれは」

　すっかり気の置けない友人然としたお二人の会話に、私もアメットも自分たちが話題の中心であることを察して言葉を挟まないまでも耳を傾ける。

「いや、『親子は一世、夫婦は二世、主従は三世』っていう言葉があってね。まぁ、親子関係は今生でできた縁で、夫婦関係は今生と来世、もしくは前世と今生二世続いての縁がある。主従関係になると前世、今生、来世と三世にわたる縁である。っていう考え方なのね。んで、まぁ親子関係よりも好き合ってくっついた夫婦の縁が二世続くっていうのはロマンティックで素敵だし理解できる。でも、主従の縁ってそんなに強いか？　ってずっと疑問だったわけ」

　そこで一度言葉を切ったライモンド様が、私とアメット。それからヴィルヘルム様へと順番に視線を移していった。

「アメットさんとウルリカさんとヴィルの関係見てると、なるほど。これがってようやく理解できたわ」

　一人納得したようにうんうんと頷きそのまま紅茶を口に運ぶライモンド様の言葉に、私もアメットも心がグッと何かに満たされて、目から何かがあふれそうになる。

「そう、見えますでしょうか」

「うん。ウルリカさんとアメットさんとヴィルの縁がこれから三世続くよって言われても『あー、だろうね』って納得しかないもん。そんな主従関係を紡《つむ》いできた三人のこと尊敬するよ」

　私とアメットの気持ちは言うまでもなく。ヴィルヘルム様もライモンド様のそんな言葉を聞いてどこか気恥ずかしそうに、でも嬉しそうに纏《まと》う空気が和《やわ》らいだ。

　あぁ、その言葉が本当ならば。

　今生夫婦の縁など必要ないから、私はこの片割れと共にヴィルヘルム様との三世の縁を紡ぎたい。

番外編

新天地　あるいは淵源にて

I was born as
the seventh prince,
what should I do?

時を少し遡《さかのぼ》り、ライモンドがオッキデンスへの留学へ出る前。まだチェントロ王国学園で級友たちと共に技術を磨いていた頃《ころ》の、彼とは遠く離れた異国の地での出来事である。

◆◆◆◆◆

ピチチチ、と朝を言祝《ことほ》ぐ鳥の歌声に目を覚ます。

寝起き特有のぼんやりとした思考のままベッドから起き上がり、スリッパを履いて洗面所へと向かう。

用意された水瓶《みずがめ》から水を掬《すく》って顔を洗うと、その冷たさに思考がクリアになる。

自国にいた頃は、僕がこんな風に自分の身の回りの世話をすることなどはなかったのだが、十六の頃から五年もこういう生活をしているとそれにもすっかり慣れた。

慣れるほどこの国にいるのかと思うと少し感慨深くなる。

身支度を済ませて改めて鏡でおかしなところがないかをチェックしてから、僕をこの国に招いてくれたおじ上と朝食をとるために部屋を出る。

「あぁ、ジョバンニ。起きたか。おはよう」

「おはようございます、アトラスおじ上」

母の故郷であるノトスは多種族からなる連合王国だ。そのすべての種族の代表を請け負っているのが母上の一族であり、その一族の現当主がアトラスおじ上である。

そんなアトラスおじ上の容姿はジャンによく似たゆるくウェーブを持つ金の髪に、僕とよく似た青い瞳《ひとみ》をしている。

「今日、君の待ち人が来るそうだ」

「待ち人、ですか」

どこか嬉《うれ》しげな表情を浮かべたアトラスおじ上のその言葉にぱっと頭に浮かんだのは弟たちの姿。

ライの社交界デビューを兼ねた誕生パーティーに参加するために昨年一度帰国したが、その時も一言二言言葉を交わしただけだった。

その時ライはパーティーの主役でホストとして来客の対応をせねばならず、ジャンや僕も王族の一員として他国の貴族や王族たちをもてなさなければならなかったので碌《ろく》に話ができなかったのだ。

だから、アトラスおじ上の言う僕の待ち人というのは、いつかノトスで再会を約束したその二人のどちらかだろう。

普段手紙でしか交流できていない末の妹、ライと同腹のエルフリーデともいつかノトスを案内する約束はしたが、あの子はまだ幼いから違うだろう。

ジャンがどのような形でチェントロを出るのかは聞いていないから知らないが、可能性として高いのは学園に通うライが留学制度を利用してノトスを訪れる方だろう。

「そうか。会うのが楽しみだ」

ライはどのくらい身長が伸びただろうか。学園ではどう過ごしているのだろう。こちらに来たら何を話してやろうか。いや、それよりも町を案内する方が先だろうか。


と、すっかりライに会うつもりでそんなことを考えていたのだが……。

「ジョン！　久しぶり！」

「ジャ、ジャン!?」

想定とは裏腹に、応接室で僕を待っていたのはライではなくジャンの方だった。

ライでなかったことに少し驚きながら、それでも久しぶりにジャンに会えたことが嬉しくて頬《ほお》が緩む。

「久しぶりだな、ジャン。ライが学園に行くようになったらチェントロを出るとは思っていたが、思ったよりも早かったな」

「まぁね。母上も兄上たちも、俺のためにもできるだけチェントロにいない方がいいって言うんだもん。ジョンはもう王宮を出てたし、ライの見送りもしたし、さっさと出ちゃおって思ってね！」

王宮にいた頃と比べて晴れ晴れとした笑顔にほっと息をつく。

幼い頃、ジャンは自身の体の不調の理由がわからず体の弱い自分をずっと責めていたし、僕は魔法が得意なはずの耳長族《みみながぞく》の母上の血を引いているにもかかわらず魔法の才能がないことにずっと苦しんでいた。

当時は兄上や父上、側妃様方や母上までもがライを旗頭に甘い汁を啜《すす》ろうとする貴族たちへの牽制《けんせい》のために、僕たちと関わる時間が取れないくらい忙しかった。

だから、ライと関わるようになるまでは僕の世界は僕とジョンの二人きりだった。

それが余計に僕たち二人を鬱屈《うっくつ》とさせていた。

「……元気そうでよかった」

「ふふっ。俺《おれ》が元気じゃないとジョンが悲しむでしょ？」

「ああ。そうだな。よくわかってるじゃないか」

「俺はジョンの自慢の弟だもの！　愛されてる自信はあるよ！」

ふんっ！　と腰に手を当てて自慢げにそうのたまう弟には、かつての儚《はかな》げな面影は一切ない。

小さい頃は女の子みたいだったというのに。すっかり大きくなって……。

思わずしんみりと懐古の念に捉われそうになり、慌てて思考を切り替えた。

「それにしても、ライを見送ってすぐにここに来たのか？」

「うん。母上がアトラス様に話を通してくれて、俺が世界を回るんだったらノトスから護衛を用意してくれるからまずはノトスに行けって言われてね」

なんてことないようにそんなことを言った弟に僕はぎょっと目を剥《む》いた。

「ちょ、ちょっと待ってくれ！　い、今何て言った？　せ、世界を回る？　は？　ライみたいに学園に所属するわけでも、僕みたいにどこかの国にとどまることもなく？」

僕がノトスに来る前からジャンはジャンで何か考えている様子ではあったものの、まさかそんな無謀なことを考えているとは思ってもみなかった。

驚く僕とは裏腹に、ジャンは「あれ？　言ってなかったっけ？」などとのたまった。


「俺ね、この年になって初めてチェントロの王宮を出たんだよ」


そう言ったジャンは心底楽しそうな表情を浮かべた。

「風には匂いがあって、空気には色がある。すべてが整えられた王宮の中では気がつけなかったそんな当たり前のことを初めて知ったんだ。そりゃ最初はライもジョンも外に出たんだから俺も、っていう軽い考えだったんだけどさ。今は、本気でこの世界を俺の目で見たいと思ってるよ」

青白い顔で常に体調を崩していた幼いジャンのことを思い出す。

「……そうか。やりたいことが見つかったんだな」

「うん。そりゃ昔から絵を描くことは好きだったけど、別に特別好きだったわけじゃないんだよ。ただ人よりもそれが得意で、唯一評価されたことがそれだったから描いてただけ。強《し》いて言うなら、俺の大好きなものを絵に残したいって気持ちはあったけどね」

　そう言えば、ジャンは昔からライや僕、家族の絵を描くことが多かった。

「それ以外のことはさ、ニアルコスとかから話を聞いてそれを描くだけで満足だったんだけど。今はね、俺が見たもの全部絵に描き残したいんだ」

　夢を語るジャンの瞳は今まで見たことがないほどキラキラと煌《きら》めいて、隠す気もないほどの熱量でわずかにその頬が上気している。

　幼い頃の今にも死にそうなジャンを覚えているからこそ、意欲に満ちあふれた生命力のほとばしる弟の姿は涙が出そうになるほどにまぶしかった。

◆◆◆◆◆

「ジョバンニ、弟との感動の再会は終わったかい？」

「アトラスおじ上」

　コンコンっと応接室の扉をノックする音と共にアトラスおじ上から声がかかる。

　声の方へ振り向くと、入り口には微笑《ほほえ》ましげな笑みを浮かべたアトラスおじ上が立っていた。潤んだ目をごまかすように数度瞬く。

　ジャンはアトラスおじ上の姿を前に姿勢を正した。

「アトラス様、お久しぶりです。ソフィア・フィスィ・チェントロの息子、ジョバンニの弟のジャンカルロです」

「ああ。君の話はジョバンニからよく聞いているよ、ジャンカルロ。君の社交界デビューの誕生パーティーで話して以来かな。しばらく会わない間に随分大きくなった」

「そうですか？　自分ではわかりません」

　アトラスおじ上の言葉に少し不思議そうに自身の体を見下ろすジャンに、アトラスおじ上は一層微笑ましそうな目を向ける。

「身体のことではなく中身の話だ。ノトスでの滞在が君にとって実り多いものであることを願っているよ」

「ありがとうございます、アトラス様」

「君たちの母ソフィアは我ら血族の一員だ。ジョバンニもそう呼んでいるように、君も私のことはおじと呼んでくれて構わない」

「では、アトラスおじ上と呼ばせてもらいます」

「ソフィアに頼まれた君の護衛は今選別しているところだ。その者が決まるまでの間、しばらくこの国にとどまるといい」

「ありがとうございます、アトラスおじ上。お言葉に甘えさせてもらいます」

◆◆◆◆◆

弟のジャンとそんな再会を果たしてから数か月。アトラスおじ上がまずジャンの護衛に選んだのは代々近衛《このえ》を務める耳長族の一族の女性だった。

もう一人旅慣れしていてノトス国外についても詳しい護衛を付ける予定になっている。

それはノトス国内外でも有名な有鱗族《ゆうりんぞく》の冒険者の男性なのだが、現在タイミング悪く国外での長期任務を受けているらしくジャンは彼の到着を待って本格的に旅に出るらしい。

旅に出ることが先延ばしになることにジャンは不満を抱くかとも思ったがそんなことはなく。むしろノトス国内をまだ全然見て回れてないし絵も描けていないからと喜んでいる余裕まであった。

その言葉通り、ジャンはすでに護衛の任についている彼女と共に徒歩二、三日圏内のいろいろな場所へと赴き、何日かして帰ってくるという生活を送っている。

そんなジャンが珍しく出かけずにシェンを弾く僕を描くらしい。

会話はなく。僕の奏でる音楽と、ジャンがキャンバスに筆を走らせる音だけが部屋に響く。

不意に部屋をノックする音が鳴り、僕もジャンも手を止めた。

「失礼いたします。ジャンカルロ様、お手紙が届いております」

「え、俺に？　誰からだろう」

アトラスおじ上の執事が銀トレーに載せた手紙をジャンへと渡す。

「チェントロ王国、カッシネッリ公爵家からのお手紙でございます」

「カッシネッリ？　じゃあライ関連かな」

「そうなのか？」

ライの名前に僕がジャンの側《そば》に近寄ると、封を切って手紙を読むジャンがそれを僕にも見やすいように動かしてくれる。

「うん。学園では王家の一員だってバレないように平民として通ってるらしいから、ライ宛ての手紙の窓口はカッシネッリ公爵が請け負ってるらしいんだよね。ライに手紙を送る場合もカッシネッリ公爵に出さないとライが読むまでに時間がかかるんだ」

ライが王族と皇族の証《あかし》である緑の瞳と黒い髪を隠して学園に通うことは知っていたが、まさか下級貴族に成りすますでもなく完全に平民として学園に通っているとは思わなかった。

とはいえ昔から平気で周りの貴族が面倒だから市井《しせい》にくだるとか言うようなやつだったからさもありなん。まさかと一笑に付すどころか妙に納得してしまう。

「へー。ライ留学するんだって」

「本当か！　ということはライもノトスに来るのか！」

昔、僕がシエンの勉強のためにノトスに行くと伝えた時に交わした約束を思い出しつつそう聞けば、ジャンはふるりと首を振った。

「んーん。オッキデンスに行くんだってさ」

「は、はぁぁぁぁ！！？」

ライがキュリロスから剣術を、ベルトランド兄上から魔法を学んでいたことは知っている。それなのになぜ武力のオストでも魔法のノトスでもなくオッキデンスに留学に行くんだ!?

混乱のままに僕もその留学の件《くだり》まで急いで手紙を読むと、確かに留学先はオッキデンスだと書いてある。

「な、なんで僕の所じゃないんだ！」

自慢じゃないが、僕はジャンと並んで家族の中で最もライに好かれていると自負している。それなのに僕のいる、約束を交わした僕のいるノトスではなくオルランド兄上のいるオッキデンスが選ばれるなんて思ってもみなかった！

「どうして！　僕に！　会いに来ないんだ！　僕はライがいつか会いに来てくれるのをこんなに待っていたのに!!」

選ばれなかった悔しさと、選ばれたオルランド兄上への嫉妬《しっと》を叫んでいると、ジャンはしばらくんーと何か悩んだような顔をしてから、何か思いついたと言わんばかりににんまりと悪戯《いたずら》げな笑みを浮かべて僕を見た。

「じゃあさ、俺とジョンでライにどっきりしかけようよ」

「はぁ？　どっきり？」

「そう。ちょうど今朝アトラスおじ上に件《くだん》の冒険者がもうちょっとで帰ってくるって聞いたんだよね」

「それとライへのどっきりとどう関係があるんだ」

「俺の最初の旅の目的地をライの行くオッキデンスにしようかなって。だから、ジョンはどうやったら俺がライを驚かせられるのか一緒に考えてよ！」

なるほど、ジャンがライに会いに行くのであれば、その時に直接僕からの言葉を伝えてもらうこともできるのか。

その時に僕は直接反応を見られないとはいえ、ライを驚かせることができたら多少溜飲《りゅういん》も下がるというものだ。とはいえ。

「……ライには、オルランド兄上よりも僕を選んでほしかった」

「ふふっ。ライに会ったらジョンが恨み節を言っていたって伝えておくよ」

◆◆◆◆◆

それから数日、アトラスおじ上が指名依頼を出していた冒険者が到着し、ジャンが旅に出る準備が整った。

今日ノトスを出発するジャンの見送りに僕とアトラスおじ上は二人で弟の前に立つ。

だが、アトラスおじ上は今まさに旅に出ようとするジャンの姿を見ておかしそうに笑いをこらえている。

「ふっ、ははっ！　なるほど。顔を見せない弟へのサプライズとしてはなかなか面白《おもしろ》いね」

「ふふん！　でしょう？　これなら絶対ライもびっくりするはず！」

「考えたのは僕だけど、予想以上に違和感がなくて驚いている……」

得意げな笑みを浮かべたジャンが僕たちから一歩離れ、護衛の二人の側へと歩み寄る。それからこちらを振り返って大きく手を振った。

「それじゃあ、行ってきます！」


その晴れやかな笑みに、僕とアトラスおじ上も笑顔で手を振り返す。

「行ってらっしゃい、ジャン」

「行ってらっしゃい、ジャンカルロ」

幼い頃とは比べ物にならないくらいしっかりとした歩みで旅路を行くジャンの後姿を見つめ、それから少し視線を上げて空を見た。

「……アトラスおじ上。僕はとんでもないものを生み出してしまったかもしれません」

「まぁ、ジャンカルロに似合っていたし、いいのではないか？」

いまだおかしそうに笑みを零《こぼ》すアトラスおじ上に、僕は自分でジャンに提案したことだというのに少し恨めしくなった。

それから、まぁライだし大丈夫かと思いなおした。

「弟との大切な約束なので僕からライに会いに行きません。ライがノトスにやってくるのを、アイツに聞かせるシェンを練習して待つことにします」

そんな僕のささやかな決意表明に、アトラスおじ上は優しい笑顔で頷《うなず》いた。

第《だい》七《なな》王《おう》子《じ》に生《う》まれたけど、何《なに》すりゃいいの?

3

初出……「第七王子に生まれたけど、何すりゃいいの?」

小説投稿サイト「小説家になろう」で掲載

2024年1月5日　初版発行

著者：籠《かご》の中《なか》のうさぎ
イラスト：krage《からあげ》

発行者：野内雅宏

発行所：株式会社一迅社

〒160-0022　東京都新宿区新宿3-1-13　京王新宿追分ビル5F
電話　03-5312-7432（編集）
電話　03-5312-6150（販売）

発売元：株式会社講談社（講談社・一迅社）
印刷・製本：大日本印刷株式会社
DTP：株式会社KPSプロダクツ
装丁：モンマ蚕＋吉田有里（ムシカゴグラフィクス）

ISBN978-4-7580-9595-2
© 籠の中のうさぎ／一迅社 2024
Printed in Japan

おたよりの宛先
〒160-0022
東京都新宿区新宿3-1-13　京王新宿追分ビル5F
株式会社一迅社　ノベル編集部
籠の中のうさぎ先生・krage先生

・この作品はフィクションです。実際の人物・団体・事件などには関係ありません。

落丁・乱丁本は株式会社一迅社販売部までお送りください。送料小社負担にてお取替えいたします。

定価はカバーに表示してあります。

本書のコピー、スキャン、デジタル化などの無断複製は、著作権法の例外を除き禁じられています。

本書を代行業者などの第三者に依頼してスキャンやデジタル化をすることは、
個人や家庭内の利用に限るものであっても著作権法上認められておりません。